W0338055

BASTEI
LÜBBE
TASCHENBUCH

Über die Autorin:

Claudia Busch, 1977 in Moers geboren, studierte Deutsch und Geografie auf Lehramt. Nach ihrem Referendariat entscheidet sie sich gegen den Schuldienst, um ihrem Traumberuf nachzugehen. Sie absolviert eine Ausbildung zur Stewardess. Mittlerweile arbeitet sie seit zehn Jahren als Flugbegleiterin bei einer bekannten deutschen Airline. Zusammen mit ihrer Familie wohnt sie in der Nähe von Düsseldorf.

CLAUDIA BUSCH

ÜBER DEN WOLKEN

Kurioses aus dem Fliegeralltag

BASTEI LÜBBE
TASCHENBUCH

BASTEI LÜBBE TASCHENBUCH
Band 60 795

1. Auflage: Juli 2014

Dieser Titel ist auch als E-Book erschienen

MIX
Papier aus verantwortungsvollen Quellen
FSC® C014496

Originalausgabe

Textredaktion: Lisa Bitzer
Titelillustration: © shutterstock/fred goldstein;
shutterstock/Ksenia Raykova
Innenillustration: © getty-images/iStock Vectors
Umschlaggestaltung: Christin Wilhelm, www.grafic4u.de
Satz: hanseatenSatz-bremen, Bremen
Gesetzt aus der Adobe Garamond Pro
Druck und Verarbeitung: GGP Media GmbH, Pößneck
Printed in Germany
ISBN 978-3-404-60795-2

Sie finden uns im Internet unter
www.luebbe.de
Bitte beachten Sie auch: www.lesejury.de

INHALT

PROLOG

Montagmorgen nach einem *Brückentagwochenende*. Vier Tage hatten die Schüler keinen Unterricht und ich, die Referendarin, der Depp vom Dienst und Fußabtreter für alle, auch nicht. Ein bisschen fühlt es sich an wie der erste Tag nach den Ferien. Obwohl das nur eine Wunschvorstellung sein kann.

Ich habe das lange Wochenende ausgiebig mit Michael und Andrea – meinen besten Freunden – zelebriert. Und jetzt stehe ich wieder hier. Acht Uhr zehn Unterrichtsbeginn, siebte Klasse. Die Schüler sind unruhig. *Sehr* unruhig. Ronja und Lea giften sich an.

»Du doofe Kuh!«

»Sag das noch mal, und ich sag es meinem Bruder, der ist in der Elf. Da hast du den Tag deines Lebens!«

»Ich bitte um Ruhe«, skandiere ich und raschele demonstrativ und vollkommen unbemerkt mit meinen Unterlagen. Scheiße. Das ist die Mappe des sechsten Jahrgangs. Ich habe die Tasche nicht richtig gepackt. Panik steigt in mir auf.

»Du doofe Kuh!«

»Na warte!«

Die beiden Mädchen gehen aufeinander los. Es sieht so aus, als wollten sie sich die Augen auskratzen. An den Haaren wird natürlich auch gezogen. Ich gehe dazwischen, setze die Mädchen auseinander. Sie funkeln sich weiterhin giftig an. Wenn Blicke töten könnten.

Der Rest der Klasse benimmt sich so, als wäre ich gar nicht da. Ich räuspere mich laut und lege meinen besten Fräulein-Rottenmeier-Ton auf: »Ruhe!«

Jetzt sehen sie mich fasziniert an. Wie eine seltene Tierart im Zoo. Dann hustet der Erste. Karsten, hinten links. Danach die ganze Reihe rechts hinten. Dann geht es vorne weiter. Gruppenhusten. Davor wurde ich schon gewarnt, aber ich wusste nicht, wie schrecklich es sein kann.

Resolut und mit unbeweglicher Miene baue ich mich hinter dem Pult auf – die müssen ja nicht wissen, dass ich die falschen Unterlagen eingepackt habe und zudem ziemlich verunsichert bin. Niemals in die Karten blicken lassen, das war der erste Tipp, der mir vor knapp anderthalb Jahren im Lehrerzimmer zugeraunt wurde.

»Wer mag die Hausaufgaben vortragen?«, frage ich forsch und blicke mich um. Viele husten noch. Okay, ich kann das auch lauter. »WER? HAT? DIE? HAUSAUFGABEN? GEMACHT?«

So ein Mist. Keiner reagiert. Ich hole tief Luft. Einer muss anfangen, dann läuft das schon. Also, wer ist das Schlachtlamm? Kai. Der macht immer die Aufgaben. »Kai, lies bitte die Hausaufgaben vor.«

»ICH?!« Er guckt mich empört an. »Nö.«

»Nö?« Am liebsten würde ich mich hinter der Gardine verstecken, aber das geht natürlich nicht. Auch aus hygienischen Gründen.

»Anna, die Hausaufgaben.« Ich recke mein Kinn vor.

»Hab ich nicht.« Sie schaut kaum von ihrem Schminkspiegel auf.

Das ist kein Unterricht, das ist ein Albtraum. Ich möchte nach Hause, unter meine Decke, in mein Bett. Jetzt sofort. Aber das geht nicht. Also noch einmal.

»Hat jemand die Hausaufgaben gemacht?«, brülle ich, aber keiner, wirklich *keiner* der Puber-Tiere reagiert. Verdammt.

Was ist hier los? Ich baue mich vor der Klasse auf. Sie reden miteinander, als wäre ich nicht da. Karina geht zu Anna und hilft ihr beim Schminken.

»SETZ DICH!«, schreie ich sie an. »SOFORT! Sonst berufe ich eine Lehrerkonferenz ein, und dann fliegst du achtkantig von der Schule!«

Auf einen Schlag ist die Klasse ruhig. Sie schauen mich an, als wäre ich eine rosa Kuh mit grünen Tupfen. Keine Ahnung, wie ich das angestellt habe. Vermutlich hat es was mit dem Signalwort »Lehrerkonferenz« zu tun. Das funktioniert immer ähnlich gut wie »Elternanruf« oder »Schulverweis«. Allerdings darf man nicht inflationär mit den Begriffen um sich schmeißen, sonst verpufft die Wirkung. Und manchmal, ja manchmal, da muss man dann halt wirklich eine Lehrerkonferenz einberufen oder einen Elternanruf tätigen oder einen Schüler der Schule verweisen, selbst wenn man das eigentlich gar nicht will. Aber was muss, muss.

»Gruppenarbeit«, zische ich. »Wenn ihr die Hausaufgaben nicht gemacht habt, holt ihr sie jetzt eben in der Stunde nach. Bildet Vierergruppen.«

Und das war ein Fehler. Jetzt diskutieren sie lang und breit, wer mit wem und mit dem nicht und wieso, weshalb, warum und überhaupt.

»Schluss!«, unterbreche ich die Diskussionen und teile sie kurzerhand selbst ein. Auch keine gute Idee. Oskar zieht Fritz den Stuhl weg, Fritz knallt auf den Boden, die Klasse johlt. Lea und Ronja nutzen die Chance und gehen sich wieder an die Gurgel. Ich ziehe die beiden auseinander, versuche den Streit zu schlichten. Am liebsten würde ich die Mädels auf den Gang schicken, damit sie ihr Gefecht dort austragen, möge der Bessere gewinnen und so. Aber das darf ich nicht.

Irgendwann sitzen dann alle schließlich an den Tischen und arbeiten. Entnervt lasse ich mich auf den Stuhl hinter dem Pult fallen. Meine Hände zittern, und meine Beine tanzen einen Wackelpudding-Twist. Ich habe kaum Luft geholt, da klingelt es. Alle springen auf und verlassen hustend die Klasse, ein fettes Grinsen im Gesicht.

Es sind nur Kinder, und sie wissen, dass ich ihnen heute nicht gewachsen war – aber ich möchte nur noch nach Hause und nie wieder eine Stunde halten. Kinder können *so* grausam sein. Will ich diesen Job überhaupt machen? Bin ich wirklich Vollblutlehrerin? Die nächsten Jahre, o Gott, nein: Jahrzehnte!, werde ich Machtspielchen mit unerzogenen Halbwüchsigen austragen müssen. Unterricht vorbereiten, Unterricht abhalten, Unterricht nachbereiten. Miese Aufsätze korrigieren, Referate hören, Noten geben. Mir in stinklangweiligen Lehrerkonferenzen den Hintern platt sitzen, stundenlang über die Anschaffung neuer Lehrbücher debattieren und mich irgendwann nur noch auf die Ferien freuen. Ich hatte es mir so schön vorgestellt, das Lehrersein, aber die Realität ist anders. Meine Kolleginnen und Kollegen haben zum größten Teil Spaß am Unterricht, mir bereitet er schlaflose Nächte. Ich glaube nicht, dass ich Schüler wirklich begeistern kann.

Und die wichtigste Frage ist: Will ich das überhaupt?

Herzlich willkommen an Bord unseres BlueSky-International-Airlines-Flugs. Sie sitzen in einer Boeing 737, und unser Captain wird Sie gleich an das Ziel Ihrer Träume fliegen. Die voraussichtliche Flugzeit wird etwa vier Stunden und fünfzehn Minuten betragen. Bitte vergewissern Sie sich, dass großes und schweres Handgepäck sicher unter Ihrem Vordersitz platziert ist. Für kleinere Handgepäckstücke und Garderobe nutzen Sie bitte den Stauraum in den Gepäckfächern über Ihnen. Schnallen Sie sich an und ziehen Sie Ihren Sitzgurt fest. Aus Sicherheitsgründen empfehlen wir Ihnen, während des gesamten Fluges angeschnallt zu bleiben.

DREAMS ...

So würde sie klingen, die fachmännische Ansage von mir, wenn, ja, *wenn* ich Flugbegleiterin wäre.

Bin ich aber nicht. Ich bin Lehrerin. Demnächst, falls ich das Referendariat überhaupt überlebe. Und dann das Staatsexamen bestehe. Wenn ich im Anschluss daran verbeamtet werde und eine Planstelle ergattere, werde ich die nächsten einhundert Jahre Kinder mit Gruppenhusten unterrichten. Mindestens. Und das ohne wirkliche Begeisterung.

»Was ist los mit dir, Süße?«, fragt Michael und lässt sich auf den Hocker neben mich plumpsen. Er zwinkert dem Barkeeper zweideutig zu, und keine Sekunde später stellt ihm dieser einen Prosecco auf Eis vor die Nase.

»Und du? Noch ein Bier?«, fragt mich der Barkeeper und lässt Michael dabei keinen Moment aus den Augen.

Ich nicke.

»Hallo? Erde an Claudia! Was ist los?«

Michael knufft mich in die Seite. Dem kann man aber auch gar nichts vormachen. Wir sind schon seit dem Sandkasten befreundet, seit damals, als er mir meine Arielle-die-Meerjungfrau-Barbie geklaut und niemals wieder zurückgegeben hat. Sie sitzt heute noch in seinem Schlafzimmer im Regal, wie eine Jagdtrophäe.

»Nichts«, winke ich ab.

»Kummer mit Gregor?«

Ich schüttele den Kopf. »Schön wär's«, murmele ich.

Gregor ist mein Lebensgefährte, wie man heutzutage so schön

sagt. Mein Freund. Er ist dreißig und somit fünf Jahre älter als ich. Ideal, hat meine Mutter entschieden. Wir sind seit fast drei Jahren ein Paar. Gregor ist Immobilienmakler und sehr erfolgreich, gerade jetzt, wo Waschbeton wertvoller ist als jede noch so sichere Rente. Gregor ist der Traumschwiegersohn schlechthin, ein Frauenversteher mit romantischer Ader, aber trotzdem sehr männlich. Der Beschützertyp.

Vor vierundzwanzig Stunden hat Gregor höflich darum gebeten, mein zukünftiger Ehemann werden zu dürfen.

»Spuck's aus, Claudi! Irgendwas ist doch«, meint Michael treffend.

»Wir waren gestern Häuser gucken«, wimmere ich.

»Häuser?«

»Ja, Gregor hat eine Mappe angelegt mit Objekten, die ihm zum Verkaufen angeboten wurden. Zwei davon, meint er, wären ideal für uns. Und die haben wir uns angeschaut.«

»Und wo ist der Haken?«

»Er hat mir einen Heiratsantrag gemacht«, hauche ich schwach.

Michael schweigt, schlürft an seinem Prosecco. Ich nehme einen großen Schluck Pils und unterdrücke ein Rülpsen.

»Er möchte das Haus kaufen, für uns. Und nächstes Jahr im Mai will er heiraten. Und in zwei, drei Jahren soll das erste Kind kommen. Vorher könnten wir uns einen Hund anschaffen, hat er gesagt. Zum Üben.«

»Wahnsinn.«

»In der Tat«, sage ich. »Du bist meine erste Brautjungfer. Ich darf doch davon ausgehen, dass du kommst und rosa Wattebäuschchen schmeißt?«

Michael lächelt. »Sag mir rechtzeitig vorher Bescheid, damit ich dann meine Off-Tage nehmen kann.«

Ich blicke ihn von der Seite an. Michaels dunkles Haar glänzt, es ist wohl noch feucht von der Dusche. Braun gebrannt und entspannt sieht er aus. Er riecht sogar ein wenig nach Sonnenmilch, bilde ich mir ein. Wir haben Januar, und niemand braucht in Deutschland Sonnenmilch.

»Wo kommst du eigentlich gerade her?«

»Malediven. Es war traumhaft.« Er grinst breit. »Nur Margo meinte, sie müsse die Paxe erschrecken. Kurz vor der Landung schaute sie auf die Tragfläche und schrie: ›Was ist denn das?‹ Sie hat sich kaputtgelacht. Aber die Paxe fanden das weniger witzig.«

Ich kichere. Die Paxe, das weiß ich inzwischen aus all den farbenfrohen Erzählungen von Michael, sind die Passagiere.

»Wie geil! Ich kann es mir bildlich vorstellen.«

»So lustig war das gar nicht. Wir hatten einen Mann dabei, der litt unter extremer Flugangst. Er hat den ganzen Flug über in eine Papiertüte geatmet. Ich glaube, der ist fast gestorben. Ich kann Margo ja verstehen – ein wenig Spaß muss sein –, aber doch nicht, wenn jemand beinahe einen Herzinfarkt bekommt! Auf dem Rückflug wollte doch tatsächlich jemand …«

Und dann fängt er an zu erzählen.

Michael ist Flugbegleiter bei BlueSky International. Er hat drei Semester Design studiert, dann hat er sich bei BlueSky beworben. Das ist jetzt fast vier Jahre her, und seitdem beneide ich ihn. Aber nur heimlich.

»Über den Wolken«, summe ich gedankenverloren, »muss die Freiheit wohl grenzenlos sein …«

»Du gefällst mir gar nicht«, sagt Michael. »Eigentlich müsstest du doch überglücklich sein. Der Traum aller Heten geht für dich in Erfüllung. Habt ihr euch schon für ein Haus entschieden? Darf ich mit dir das Brautkleid aussuchen? Sag bitte bitte ja!«

»Ich habe aber noch gar nicht ja gesagt.«

»Dann mach es jetzt. Ich werde auch alles für dich tun, sogar die Einladungskarten entwerfen. Und eine Kutsche, ihr braucht unbedingt eine Kutsche!«

»Michael, ich habe *zu Gregor* noch gar nicht ja gesagt.«

»Was?« Er starrt mich an, sodass ich instinktiv über meinen

Mund wische, um das zu entfernen, was dort hängen könnte – ein Bierschaumbärtchen zum Beispiel.

»Du hast noch nicht ja gesagt? Wieso nicht?«

Tja. Wieso nicht? Das frage ich mich auch schon die ganze Zeit. Eigentlich sollte ich superdupermegaglücklich sein. Ich habe studiert, stehe kurz vor dem Abschluss und werde wahrscheinlich an meiner bisherigen Schule bleiben können und Beamtin auf Lebenszeit sein. Und ich habe einen Heiratsantrag von dem Mann erhalten, den ich liebe.

Das tue ich doch – oder?

»Ich weiß nicht, ob ich ihn liebe«, gestehe ich leise.

»WIE BITTE?«, brüllt Michael so laut, dass der Barkeeper guckt.

»Na ja, also, *natürlich* liebe ich ihn. Gregor ist echt ein Schatz. Wirklich. Und wir streiten uns auch nie. Wir haben keine Auseinandersetzung, noch nicht mal darüber, was es am Sonntag zu essen geben soll. Er würde mir die Sterne vom Himmel holen, ohne Leiter und so. Das weiß ich alles. Aber …« Ich stocke.

»Du als zukünftige Lehrerin müsstest doch wissen, dass alles, was vor einem Aber steht, nichts gilt. Also – was aber?«

»Ich bin zu jung.«

»Aber du musst dir doch nicht gleich ein Baby andrehen lassen, Liebes.«

»Nein, ich bin für das alles zu jung. Zum Heiraten, zum Dreißig-Jahre-lang-einen-Job-Ausüben, oder, was viel wahrscheinlicher ist, siebzig Jahre, wenn die Politiker so weitermachen. Zum Haus-Kaufen. Und für den Hund bin ich auch zu jung. Ich will Abenteuer, Freiheit, was erleben.«

Ich hole tief Luft und spreche zum ersten Mal aus, was ich schon länger denke.

»Ich will so leben wie du.«

Michael sieht mich mit skeptisch hochgezogener Augenbraue an. »Ist das jetzt die komische Version eines Outings?«

»Herrgott. Nein! Ich bin immer noch sehr, sehr hetero, zumindest ist das Stand des heutigen Tags, aber ich will Flugbegleiterin werden. Die Welt sehen. Reisen. Globetrotten. Stempel im Pass sammeln, mit unterschiedlichen Menschen zu tun haben und all das!«

»Aha.«

Es gab in den gemeinsamen Jahren unserer Freundschaft nur sehr wenige Augenblicke, in denen Michael sprachlos war. Dies ist einer davon.

Meine Mutter reagiert ganz anders.

»*Was* willst du? Hast du Drogen genommen? Komm mal her, vielleicht ist es Fieber.«

Sie zieht mich an sich und drückt mir die Hand auf die Stirn. Währenddessen brabbelt sie unentwegt weiter.

»Ich habe von einem Meningitisfall in der Stadt gehört, vielleicht hast du dich angesteckt? Hast du Streit mit Gregor? Das gibt sich wieder. Gregor ist so ein Netter, der wird dir das verzeihen, was auch immer du getan hast«, sprudelt es aus ihr heraus.

»Mutter«, sage ich betont ruhig und langsam. »Ich habe kein Fieber, und ich habe auch keinen Streit mit Gregor.«

»Noch nicht«, wispert Michael, den ich als moralische Unterstützung mitgenommen habe. Ob das so eine gute Idee war, wird sich erst noch zeigen.

»Na, dann ist ja gut«, seufzt meine Mutter, lässt von mir ab und drückt sich theatralisch die Hand aufs Herz. »Dann ist das nur ein kurzer Moment der Unsicherheit, bevor du in den Stand der Ehe trittst.«

»Woher weißt du das?« Ich starre sie fassungslos an. »Das habe ich doch noch niemandem –«

»Gregor.« Sie strahlt. »Und er hat mir auch das Exposé von eurem Haus gezeigt. Das wird so schön!«

»Mutter, ähm …«

Ich fange einen Blick von Michael auf, der mir unmissverständlich klarmacht, dass in dieser Situation keine Ausreden gelten. Na gut, dann halt auf die herkömmliche Art: Pflaster ab und weiter im Text.

»Also, ich mach es kurz: Ich werde Gregor nicht heiraten, und wir werden auch nicht in das Haus ziehen.«

»Aber –«

»Ich möchte etwas anderes machen in meinem Leben. Etwas Aufregendes. Ich möchte kein langweiliges, spießiges Leben, ich möchte Abenteuer erleben. Und fremde Länder sehen. Und all das.«

»Aber ihr könnt doch reisen. Als Lehrerin hast du doch so viel Urlaub. Da könnt ihr doch fahren, wohin ihr wollt. Ich nehme auch den Hund.«

»Welchen Hund?«

»Gregor möchte doch einen Hund. Hat er mir letzte Woche verraten.«

»Aha. Mir hat er es erst gestern gesagt.«

Plötzlich ist mir ganz klar, dass ich mich dringend von Gregor trennen muss, bevor mich die Erkenntnis trifft, in einer Partnerschaft gefangen zu sein, die maßgeblich von meiner Mutter gestaltet wird.

»Ich möchte Flugbegleiterin werden.«

»Du willst … WAS? Das kann nicht dein Ernst sein. Nein, Claudia, das meinst du nicht so.«

Sie holt tief Luft. Das kenne ich schon, sie wird mir jetzt schwallartig mein Leben erklären – aus ihrer Sicht. Sie meint es ja nur gut, das weiß ich. Aber es nervt.

»Du *musst* Gregor heiraten, er ist der perfekte Ehemann, und überhaupt, Flugbegleiterin, das ist doch kein Beruf! Du hast studiert, und wir haben dein Studium bezahlt. Lehrerin, das ist sicher, du könntest Beamtin werden. Etwas Besseres gibt es doch nicht.«

»Mama, ich *will* aber nicht Lehrerin werden.« Mir schießen Tränen in die Augen. »Du weißt gar nicht, wie das ist, wenn dir die ganze Klasse den Rücken zudreht oder sich zwei der Puber-Tiere auf eine Art und Weise beschimpfen, die dir die Schamesröte ins Gesicht treibt!«

»Claudia, mein Kind, nur weil du eine schlechte Stunde hattest, willst du alles hinwerfen?« Sie verdreht die Augen, dann sieht sie Michael an, den sie wohl mit ins Boot holen will. Ob sie weiß, dass er selbst Flugbegleiter ist? »Das kenn ich ja schon von dir, damals war das genauso. Als du UN-BE-DINGT Klavier lernen wolltest und Papa dir das Instrument gekauft hat. Ein halbes Jahr hast du geklimpert, und dann wolltest du plötzlich reiten lernen. Zum Glück hat Papa dir da kein Pferd gekauft, ansonsten könnte das jetzt bei uns Klavier spielen. Das ist doch jetzt auch wieder so eine spontane Idee von dir. Das geht wieder weg. Glaub mir, du willst das nicht wirklich.«

»Doch!« Ich kann gerade noch verhindern, dass ich mit dem Fuß aufstampfe. Wir starren uns an wie zwei Büffel, kurz bevor sie aufeinander losgehen.

»Claudia, NEIN! Du wirst darüber nachdenken und zu der Entscheidung kommen, dass dies nur vorübergehende Zweifel sind. Schlaf darüber. Gregor ist das Beste, was dir jemals passiert ist. Das kannst du doch nicht einfach so wegschmeißen.«

»Und ob ich das kann«, brülle ich nun. »Es ist *mein* Leben!«

Michael räuspert sich. Er sieht so aus, als fürchte er, dass wir gleich mit Porzellan schmeißen. Eigentlich wäre mir auch danach.

»Hast du dir das wirklich gut überlegt?«, fragt er.

Hab ich das? Nein, natürlich nicht. Ich schnaufe und sehe meine Mutter an. Ihr Gesicht ist gerötet, und ich kann das Entsetzen in ihren Augen sehen.

»Ja«, lüge ich und atme kontrolliert weiter, um meinen Puls zu entschleunigen. »Das ist doch ein toller Job. Du machst ihn doch auch.«

»Jaaa«, sagt er gedehnt. »Aber …«

»Aber was?«

»Das ist alles nicht so einfach. Ich will nicht, dass du dir Illusionen machst. Es ist echt harte Arbeit. Den Job mit Ehe und Kindern verbinden – das wird schwierig. Selbst Freundschaften zu pflegen ist kein Pappenstiel – du weißt doch, wie das mit mir ist. Wir können uns oft nur spontan verabreden oder in etwa einen Monat im Voraus. Immer dann, wenn irgendetwas im Freundeskreis stattfindet, bin ich nicht da. Und wenn ich da bin, habt ihr keine Zeit. Ich verpasse Geburtstagsfeiern, Weihnachtsfeiern, Osterbrunch und Silvester mit euch.«

Ich blicke zu meiner Mutter rüber, sie hat jedes seiner Worte mit einem vehementen Nicken kommentiert.

»Das hab ich mir schon überlegt. Aber echte Freundschaften halten, sonst wärst du doch jetzt nicht hier.«

Michael lächelt. Ich bin siegesgewiss – jetzt steht es mindestens 1:0 für mich. Michael nimmt den Treffer mit wahrer Größe hin und geht zum nächsten Angriff über.

»Man wird nicht umsonst ›Saftschubse‹ genannt. Die Hauptaufgabe eines Flugbegleiters ist eigentlich, für die Sicherheit der Paxe zu sorgen. Aber die meiste Zeit ist alles sicher, und deswegen teilt man Getränke, Kissen und Decken aus, macht den Bordverkauf, lässt sich dumm anmachen und hält die Kotztüte – Service eben.«

»Ich habe jahrelang in der Gastronomie gejobbt. Das hat eigentlich immer Spaß gemacht.«

»Stimmt. Das kannst du also.«

Er scheint angestrengt darüber nachzudenken, wie er mir mein Vorhaben ausreden kann. Meine Mutter schnäuzt sich geräuschvoll in ein Taschentuch. Da scheint Michael ein Gedanke zu kommen.

»Es ist wirklich kein Vergnügen, mit schwierigen Paxen umzugehen.«

»Schwieriger als mit dreißig pubertierenden Achtklässlern kann das auch nicht sein«, halte ich dagegen.

Jetzt habe ich ihn, darauf kann er nicht kontern.

»Du kannst keine Koffer packen.«

Mist! Damit hat er mich. Das kann ich tatsächlich nicht. Gregor macht das bei uns. Und wenn er es nicht macht, sondern ich, sehen meine Sachen nachher immer aus, als kämen sie direkt aus der Altkleidersammlung.

»Das kann man lernen«, sage ich und strecke das Kinn vor. »Und ich bin lernfähig.«

»Das bist du tatsächlich«, sagt er nachdenklich.

»Kind, das kannst du nicht machen!«, schreit nun meine Mutter wieder. Ihr Gesicht ist puterrot. »Du kannst doch nicht alles hinschmeißen und Saftschubse werden.«

»Warum nicht?«, entgegne ich plötzlich ganz ruhig.

»Weil, weil … Und was ist mit Gregor?«

»Offensichtlich bist du mit ihm als Schwiegersohn viel glücklicher als ich mit ihm als Partner. Er ist nicht gewalttätig, trinkt nicht, spielt nicht und macht generell keine bösen Sachen. Wenn du möchtest, kannst du ihn ja heiraten. Ich zieh dann wieder bei Papa ein. Denn ich langweile mich mit Gregor, Mutter. Das kann es doch nicht gewesen sein. Ich bin Mitte zwanzig und will noch einmal andere Dinge ausprobieren. Bei Gregor bin ich direkt auf der Landebahn und fahre schnurstracks in Richtung Hangar. Dort bleibe ich dann für den Rest meines Lebens. Das will ich aber nicht. Ich möchte noch den ein oder anderen Flughafen ansteuern, ich wünsche mir noch mehr Turbulenzen.«

»Du scheinst vollkommen den Verstand verloren zu haben«, seufzt sie und schüttelt resigniert den Kopf. »Aber das Referendariat machst du noch zu Ende, hast du mich verstanden? Bitte. Es sind doch nur noch ein paar Wochen. Und das Staatsexamen. Bitte!«

»Sie hat recht, Claudi«, sagt Michael, der alte Verräter. »Mach das noch fertig. Nur für den Fall der Fälle. Ich habe schon mal bei uns im System nachgeschaut, es gibt Bedarf bei uns, aber die nächsten Kurse beginnen erst im September. Bewerben kannst du dich ja schon mal online.«

»Du hast schon nachgeschaut für mich?«, quietsche ich glücklich und falle ihm um den Hals. »Willst du mich heiraten?«

»Nein. Dich nicht. Lieber Gregor.«

... ARE MY REALITY

Ich sitze nervös vor dem Telefon. Die Onlinebewerbung habe ich erfolgreich hinter mich gebracht, jetzt muss ich mich nur noch trauen, das Callcenter für das Telefoninterview anzurufen. Michael hatte eigentlich versprochen, mir beizustehen, hat aber Bereitschaftsdienst. Er wird zwar nicht immer aus dem Stand-by gerufen, aber ich habe mir abgeschminkt, dass er Zeit hat und vorbeikommt. Also muss ich da komplett allein durch. Mist!

Den letzten Kaffee habe ich vor zwei Stunden in mich hineingeschüttet – was keine gute Idee war, denn nun bin ich noch hibbeliger als vorher. Überhaupt habe ich das letzte Mal vor zwei Stunden etwas getrunken, damit meine Blase während des Telefonats nicht schwächelt. Allerdings hat sich mein Mund inzwischen in einen Teil der Sahelzone verwandelt, und ich lechze nach einem Glas Wasser. Das steht schon neben dem Telefon bereit. Ebenso meine Bewerbungsunterlagen und ein paar Fragen, die ich vorbereitet habe. Ich muss mich nur trauen. Los, Claudia! Du willst es, also mach es. Schlimmer als die Prüfungen an der Uni kann das auch nicht sein.

Plötzlich klingelt es laut, und ich zucke vor Schreck zusammen. Gott sei Dank die Tür und nicht das Telefon! Ich springe auf und öffne. Michael sieht mich genauso entgeistert an wie ich ihn.

»Willst du weg?«, fragt er.

»Was machst *du* denn hier?«, frage ich begeistert.

»Ich wollte dich moralisch unterstützen. Oder hast du etwa schon angerufen?«

»Aber du musst doch fliegen!«

»Bisher nicht.« Er grinst breit, geht an mir vorbei in die Küche und schaltet die Kaffeemaschine an. »Willst du auch einen?«

»Gleich. Danach.«

»Und wo willst du hin?« Er mustert mich von oben bis unten.

»Äh … nirgendwo?«

»Warum hast du dich dann so aufgetakelt?«

»Na, für das Interview. Jaja, ich weiß«, winke ich ab, als ich seinen entgeisterten Blick bemerke, »sie können mich nicht sehen. Aber ich will in der perfekten Stimmung dafür sein. Das richtige Feeling, verstehst du?«

»Hochsteckfrisur, dezentes Make-up, Pumps, Kostüm, Perlenohrringe – perfekt. Also los, ruf an!«

Michael macht es sich mit einem Becher Kaffee auf dem Sofa gemütlich.

»Wollen wir nicht erst noch mal mögliche Fragen durchgehen?«

»Nein. Sei einfach von dir überzeugt. Du willst Flugbegleiterin werden? Dann schnapp dir den Job. Jetzt.«

Ich hole tief Luft und greife nach dem Telefonhörer. Nur Mut, sage ich mir. Ich habe schon viel schwierigere Situationen überstanden. Wie zum Beispiel Gregor mitzuteilen, dass ich keinen Wert auf die drei Hs lege: Heirat, Haus, Hund. Er hat es mit großer Fassungslosigkeit aufgenommen und schickt seitdem jeden Tag einen Strauß Blumen, immer mit einem Kärtchen, auf dem steht: *Was habe ich falsch gemacht, und wie kann ich meinen Fehler wiedergutmachen?* Aber ansonsten lief es ganz prima.

Ich habe ihm zweimal auf seine Fragen geantwortet, einmal mit einem langen Brief, das andere Mal habe ich ihn angerufen und erklärt, dass er nichts verbockt habe, ich aber einfach nicht die passende Frau für ihn sei. Noch hat er es nicht begriffen, denn die Sträuße kommen weiterhin. Jeden Tag. Und jeden Tag bringe ich sie in das Altenheim die Straße runter. Die alten Leute freuen sich wenigstens über die bunten Blumen.

Vorgestern habe ich per Mail die Telefonnummer zugeschickt bekommen, die ich anrufen soll, um das Interview zu führen. Seitdem liegt sie auf meinem Schreibtisch und grinst mich blöde an.

Jetzt aber, denke ich, hole tief Luft, lächele und wähle.

Warteschleife. Irgendeine Kaufhausmelodie. Dritter Stock, Damenoberbekleidung, denke ich, als ein netter Mann sich meldet.

»Willkommen beim Telefoninterview für BlueSky International.« Er nennt mir seinen Namen. *Markus Müller* notiere ich mir direkt auf dem kleinen Block, den ich zurechtgelegt habe. Michael hat mir gesagt, dass es vorteilhaft ist, wenn man den Namen des Interviewers während des Gesprächs ein paarmal nennt.

Herr Müller gleicht die Daten meiner Onlinebewerbung mit mir ab und erklärt dann, dass das Interview etwa eine Viertelstunde dauern wird. Ich trinke einen Schluck Wasser (stilles natürlich, und nur ein winziges Schlückchen!) und sage, dass es losgehen kann.

»Sie sind Lehrerin?«, fragt Herr Müller.

»Das ist richtig. Ich habe Deutsch und Geografie auf Lehramt für Realschule studiert und werde in drei Wochen mein Referendariat abschließen.«

»Und weshalb möchten Sie dann Flugbegleiterin werden?«

»Obwohl ich immer gedacht habe, dass mir der Lehrerberuf Spaß macht, habe ich doch das Gefühl, nicht ausgefüllt zu sein. Gerade während des Referendariats habe ich das gemerkt.«

»Als Flugbegleiterin wären sie also glücklicher? Weshalb?«

Wenn ich jetzt sage, dass ich Freiheit und Abenteuer erleben will, wird mir Markus Müller die Lektüre von »Steppenwolf« empfehlen und danach sofort auflegen, das hat mir Michael garantiert.

»Ich sehe meine Kompetenz darin, dass ich mit Menschen umgehen kann. Zugegeben, auch Kinder sind Menschen.« Ich lache leise. »Jedenfalls die meisten.«

Er fällt in mein Lachen ein. Pluspunkt, denke ich.

»Ich kann gut erklären und mich freundlich und bestimmt durchsetzen, trotzdem sehe ich mich nicht vor einer Klasse stehen und unterrichten. Ich möchte den Kontakt zu verschiedenen Menschen und unterschiedlichen Kulturen.«

»Können Sie sich vorstellen, dass der Beruf des Flugbegleiters auch Nachteile hat?«

»In meinem Bekanntenkreis gibt es einige Flugbegleiter, deshalb weiß ich natürlich, dass es auch weniger schöne Dinge gibt, die mit dem Job einhergehen. Zum Beispiel den Jetlag. Oder die Arbeitszeiten. Auch dass Nachtflüge psychisch und physisch belastend sein können, ist mir bewusst. Ich weiß, dass die Wirtschaftslage Einfluss auf das Urlaubsverhalten der Leute hat und der Job eventuell nicht sicher ist. Mit meiner abgeschlossenen Ausbildung als Lehrerin habe ich für mein Gefühl jedoch ein ausreichendes Sicherheitsnetz.«

Souverän und überzeugend klingen und dabei immer lächeln, mache ich mir erneut bewusst und grinse den Telefonhörer an.

»Wenn Sie Bekannte haben, die als Flugbegleiter arbeiten, wissen Sie ja sicher, dass es nicht so einfach ist, Freundschaften zu pflegen.«

Fangfrage! Sage ich jetzt ›Ja‹, könnte er es mir so auslegen, dass ich diesen Aspekt negativ beurteile. Ich blicke zu Michael und denke an das Poesiealbum, dass ich während der gesamten Grundschulzeit mit mir herumschleppte und jedem aufs Auge drückte, der in der Lage war, einen Stift zu halten. Susanne Meierhoff aus der 4b hat damals vier Anläufe gebraucht, um zu schreiben: *Freunde sind Engel, die uns wieder auf die Beine helfen, wenn unsere Flügel vergessen haben, wie man fliegt!* Passt eigentlich ganz gut, wegen des Fliegens und so, könnte mich aber ein ganz kleines bisschen debil erscheinen lassen. Also lieber so: »Wahre Freundschaften zeichnen sich nicht dadurch aus, dass man sich jedes Wochenende sieht.«

Und immer lächeln.

»Haben Sie von Ihren Bekannten schon von schwierigen Situationen an Bord gehört?«

Ich überlege kurz. Natürlich habe ich das – aber was antworte ich Markus Müller?

»Schwierige Situationen gibt es in jedem Beruf. Kundenkontakt kann kompliziert sein, aber in der Regel lösen sich die Probleme mit ein wenig Kreativität und Fingerspitzengefühl.«

Hm. Das war vielleicht ein wenig zu schwammig. Unsicher schaue ich zu Michael. Der lächelt und nickt. Weiter so, scheint er zu sagen.

»Und wenn sich ein Passagier aufregt? Schüler können Sie vor die Tür schicken, in einem Flugzeug ist das nicht möglich.«

»Oh nein, man darf heutzutage leider keine Schüler mehr vor die Tür schicken«, sage ich. »Man muss Konflikte in der Klasse lösen. Und das gelingt mir auch immer.«

»Was würden Sie machen, wenn ein Passagier sehr angetrunken wirkt und einen weiteren Drink bestellt?«

»Ich würde ihm freundlich etwas anderes anbieten.«

»Aber er besteht darauf, einen Wodka zu bekommen.«

»Ich werde ihm erklären, dass der veränderte Druck in der Höhe dazu führt, dass Alkohol anders und schneller wirkt und wir deshalb nur begrenzte Mengen ausschenken dürfen, zu seiner eigenen Sicherheit und um gesundheitliche Probleme zu vermeiden. Dann werde ich ihm sagen, welche wundervollen Cocktails es auch ohne Alkohol gibt und wie lecker sie schmecken.«

»Wenn er trotzdem Wodka haben will?«

»Ich werde mit ihm wetten, dass er den Unterschied nicht schmeckt.«

»Er geht aber nicht auf die Wette ein, sondern verlangt seinen Drink.«

»Dann werde ich ihm von den Bestimmungen berichten und mein Bedauern zum Ausdruck bringen, dass ich seinem Wunsch leider nicht entsprechen kann.«

Wieder schaue ich zu Michael. Er wackelt mit dem Kopf. Das war wohl nicht ganz so überzeugend? Dann aber lächelt er mir aufmunternd zu und hebt den Daumen in die Luft.

»Sie haben angegeben, dass Sie in der Gastronomie gejobbt haben. Erzählen Sie davon.«

»Es war immer sehr abwechslungsreich. Ich fand es spannend, unterschiedliche Leute zu treffen, auch wenn man keine Zeit hatte, sich wirklich kennenzulernen. Aber allein schon zu sehen, was die Leute bestellen, fand ich interessant. Außerdem haben mir immer die Momente am meisten Freude bereitet, in denen ich gefordert wurde, zum Beispiel wenn es brenzlig wurde, weil der Schweinebraten zwar vorbestellt, aber nichts mehr übrig war. Eben immer dann, wenn ich improvisieren musste.«

»Gutes Stichwort. Now we have to switch to English. Is that okay?«

Im ersten Moment bin ich überrascht, dass der englische Teil jetzt schon kommt, aber ich kann mich schnell darauf einstellen. »That is perfect for me.«

»Where did you learn English?«

»In school, of course. But I spent half a year in the United States during my school time. It was an exciting experience and I learned so much.«

»What is the main cultural difference between Germany and the USA?«

»Heritage, I would say. The States are a melting pot, a lot of different cultures melted together.«

»What could Germans learn from Americans?«

»To take things more easily.«

Oh-oh. Ob das die richtige Antwort war? Ich weiß es nicht, und Michaels Miene verrät nicht, was er darüber denkt.

Markus Müller und ich reden noch ein wenig über meinen letzten Urlaub (die Kanaren mit Gregor), dann wechselt er wieder ins Deutsche. Ich traue mich nicht, auf die Uhr zu schauen. Einerseits habe ich das Gefühl, das Interview hätte gerade erst begonnen, andererseits scheint es sich wie Kaugummi zu ziehen.

»Wir bieten die Kurse in Berlin oder Frankfurt an«, sagt Markus Müller.

Die Kurse? Bedeutet das, dass sie mich nehmen? Mein Herz vollführt eine Steppeinlage.

»Wo würden Sie den Kurs machen wollen?«, fragt er weiter.

»Das ist mir egal, Herr Müller. Ich habe mich erkundigt und weiß, dass man während der Kurse keine Zeit hat, um Stadtrundfahrten zu machen oder feiern zu gehen. Daher könnte der Kurs auch in Posemuckel stattfinden, es wäre mir gleich. Sollte ich ausgewählt werden, nehme ich den Kurs, der als Erstes stattfindet.«

Michael hebt erneut den Daumen. Diese Antwort war wohl perfekt.

»Haben Sie sich noch bei anderen Fluggesellschaften beworben?«

»Nein, bisher noch nicht. BlueSky ist meine erste Wahl, deshalb habe ich mich zunächst auf diese Bewerbung konzentriert. Sollte ich bei Ihnen jedoch scheitern, werde ich mich woanders bewerben, denn ich möchte wirklich gerne Flugbegleiterin werden.«

Wieder lächele ich, auch wenn er es nicht sehen kann. Aber der Stimme hört man es an, das weiß ich. Und bestimmt hört er auch, wie schick ich angezogen bin. Wie eine echte Stewardess.

»Haben Sie noch Fragen, Frau Busch?«

Ich schlucke. Ich habe sicherlich noch tausend Fragen, aber mir will gerade einfach keine einfallen. »Im Moment nicht«, versuche ich so souverän wie möglich zu sagen.

»Sie werden in den nächsten Tagen Bescheid bekommen, ob wir Sie zum Assessment-Center einladen. Ich gebe Ihnen noch die Durchwahl zu unserer internen Hotline, falls Sie später noch Fragen haben sollten, und wünsche Ihnen viel Glück auf Ihrem weiteren Weg.«

Er diktiert mir die Nummer, wir tauschen ein paar Abschiedsfloskeln aus, und dann legt er auf. Ich sacke in mich zusammen. Die ganze Aufregung fällt mit einem Mal von mir ab, und ich fühle mich wie nach einem Marathon.

»Das hast du sehr gut gemacht«, lobt mich Michael. Er steht auf, geht zur Vitrine und holt einen Schnaps. »Trink.«

»Meinst du, ich habe Chancen?« Plötzlich fallen mir so viele Dinge ein, die ich anders oder besser hätte machen können.

»Da bin ich mir ziemlich sicher. Aber eine Garantie bekommst du von mir nicht, die gibt es nur, wenn du einen Toaster kaufst.«

Sein Handy klingelt. Er zieht es aus der Hosentasche und wirft einen Blick auf das Display. »Mist. Ich fürchte, ich werde aus der Bereitschaft gerufen.« Tatsächlich muss er kurz darauf los, um Urlauber nach Mallorca zu bringen.

Ich träume davon, dass mich in ein paar Monaten auch so ein Anruf ereilt.

ZWISCHEN HIMMEL UND ERDE

Die nächsten drei Tage sind hart. Ich checke stündlich den virtuellen sowie den physischen Briefkasten. Meine Stimmung wechselt von himmelhochjauchzend zu zu Tode betrübt.

»Du bist unausstehlich«, sagt meine Mutter, und wie so oft in meinem Leben hat sie recht. »Hast du deine Tage?«

Zum Glück nicht, das wäre noch die Krönung gewesen.

»Oder trauerst du jetzt doch Gregor hinterher?«

Nein, auf keinen Fall!

Heute sind weder Post noch ein Blumenstrauß gekommen. Ersteres macht mich nervös, Zweiteres beruhigt mich. Gregor wird über unsere Trennung hinwegkommen. Ich habe seine Sachen gepackt, alles, was er so bei mir gelassen hatte, wie Wechselwäsche, Zahnbürste und seine Lieblingstasse. Beim Packen habe ich intensiv in mich hineingefühlt. War die Trennung eine Kurzschlussreaktion? Nur ein Anflug von Torschlusspanik? Wahnsinn? Übermut? Ekstase?

Aber so lange ich auch horche, weder Wehmut noch Zweifel stellen sich ein. Stattdessen nur ein großes Gefühl der Erleichterung. Wir hatten eine schöne Zeit, doch die ist nun vorbei.

Um mich vom Warten auf die Zusage bei BlueSky abzulenken, lerne ich für mein zweites Staatsexamen. Allerdings eher halbherzig. Mein Wunsch, hoch aufzusteigen in die Lüfte, wird von Tag zu Tag stärker. Ich habe sogar die Onlinebewerbungen für zwei weitere Fluglinien ausgefüllt, aber noch nicht abgeschickt.

Am vierten Tag will ich erst gar nicht aufstehen, tue es dann aber doch. In meinem elektronischen Postfach finde ich die Aufforderung, mein Paypal-Konto zu aktivieren, ich darf umsonst in einem Onlinekasino spielen, und jemand aus Russland will mir Geld schicken. Ich lösche den Spam und koche mir Kaffee. Dann schaue ich in den echten Briefkasten. Pizzaservicewerbung.

Am Vormittag bin ich mit einer Freundin zum Lernen verabredet. Bei ihr. Erst will ich absagen, um mich nicht zu weit von meinem Computer entfernen zu müssen, dann gehe ich aber doch.

»Willst du wirklich Düse werden?«, fragt mich Martina ungläubig.

»Ja.«

»Aber dann waren ja dein komplettes Studium und das Referendariat für die Katz!«

»Nein, waren sie nicht. Ich habe eine Menge gelernt und bin mir sicher, dass mir das auch zukünftig helfen wird. Vielleicht werde ich ja später mal Lehrerin«, sage ich ohne große Überzeugung. »Aber dafür müssen wir erst einmal die Prüfung packen.«

Als ich das sage, denke ich dabei an das Assessment-Center und nicht an das Staatsexamen, doch das muss ich ihr ja nicht verraten.

Wieder zu Hause angekommen, checke ich erneut den Briefkasten – es liegt nur eine Rechnung darin –, dann die Mails. Ich habe in der spanischen Lotterie gewonnen, wird mir mitgeteilt, und dann ist da eine Nachricht von BlueSky. Plötzlich klopft mein Herz wie verrückt, und meine Hände fangen an zu zittern.

Was, wenn es doch eine Absage ist? Minutenlang starre ich die Mail an, dann gebe ich mir einen Ruck.

HURRA! Ich habe das Telefoninterview bestanden und darf in vier Wochen zum Assessment-Center nach Berlin kommen. Wahnsinn. Begeistert hüpfe und tanze ich durch meine Wohnung und bin sehr froh, nicht im Erdgeschoss zu wohnen.

Erst am Abend kommt die Ernüchterung. Zwischen mir und

dem Getränkewagen, den ich in Zukunft vor mir herzuschieben gedenke, liegen noch einige wichtige Schritte, und bei jedem kann ich stolpern oder gar fallen. Ich muss das Assessment bestehen, dann den medizinischen Check – wobei ich mir da ausnahmsweise mal keine großen Sorgen mache – und dann, falls ich so weit komme, auch noch die sieben Wochen Ausbildung durchlaufen. Ich habe von Kandidaten gehört, die noch am allerletzten Tag gegangen wurden, und von sehr vielen, die irgendwo auf dem Weg zur Flugbegleitung das Handtuch geschmissen haben. Einfach ist die Ausbildung sicherlich nicht. Aber wer hat gesagt, dass der einfachste Weg immer der beste ist?

In den nächsten Tagen bin ich mir nicht ganz sicher, was mir mehr Magenschmerzen bereitet – das zweite Staatsexamen oder das bevorstehende Assessment-Center. Obwohl ich mir inzwischen sicher bin, dass ich nicht als Lehrerin arbeiten will, möchte ich die Prüfung dennoch bestehen. Allein mein Ehrgeiz zwingt mich dazu. Außerdem ist meine Klasse wirklich nett und hat die ganze Zeit ordentlich mitgearbeitet. Der Klassenlehrer hat ihnen eingebläut, dass sie bei der Prüfung gut mitarbeiten müssen, damit ich bestehe. Außer Michael, meiner Familie und meiner Lernpartnerin Martina weiß bisher niemand von meinen beruflichen Ambitionen.

Die schriftliche Prüfung, die dem Examen vorausgeht, gelingt mir ganz gut, und auch die Unterrichtsvorbereitung läuft zufriedenstellend. Am Abend vor dem eigentlichen Prüfungstag werde ich dann aber tatsächlich noch ordentlich nervös.

Fleurop bringt einen Strauß Blumen zusammen mit einem kleinen Teddybären. »Viel Glück«, wünscht mir Gregor. Das ist wirklich süß von ihm, aber irgendwie auch ein bisschen anstrengend. Wie oft muss ich ihm denn noch sagen, dass wir kein Paar mehr sind?

Ich schlafe erstaunlich gut, und alle Nervosität scheint wie weggeblasen, als ich vor das Prüfungskomitee und die Schüler trete. Die Klasse ist ein wenig unruhiger als sonst, und im ersten Moment habe ich ein paar Probleme damit, Ruhe in den Unterricht hineinzubringen. Ich begrüße die Schüler, aber sie tun so, als sei ich unsichtbar. Dann räuspere ich mich laut. Die Kandidaten in den vorderen Reihen schauen mich jetzt an, aber hinten ist es immer noch laut. Was soll ich tun? Ein Plan B muss her, sonst wird das hier nichts mehr, und dann falle ich durchs Examen und kann nicht als Stewardess arbeiten, und das will ja wirklich niemand.

Ich stelle mir vor, ich wäre in einem Flugzeug und alle Kinder wären Passagiere. Es gibt heftige Turbulenzen, und ich muss alle beruhigen. Allein. Denn die Piloten sind mit dem Fallschirm abgesprungen. Mit meinem schönsten Lächeln im Gesicht begrüße ich die Klasse und ziehe innerhalb kürzester Zeit die volle Aufmerksamkeit auf mich. Die Schüler starren mich aus offenstehenden Mündern an, so freundlich haben sie mich vermutlich noch nie erlebt. Gewöhnt euch nicht dran, will ich ihnen zurufen, aber ich verkneife mir den Spruch genau wie den Hinweis auf die Sicherheitsbestimmungen an Bord und die genaue Lage der Schwimmweste unter dem Sitz. Stattdessen nutze ich die sprachlose Stille und beginne mit dem Unterricht. Die Klasse ist so fasziniert von der neuen Frau Busch, dass sie anstandslos mitmacht. Souverän bringe ich die Meute unter Kontrolle und die vermutlich beste Stunde meines Lebens hinter mich.

Auch die mündliche Prüfung klappt wunderbar. Ich habe gelernt, beherrsche mein Thema und bin die Ruhe selbst. Eine tolle Vorbereitung für die nächste Prüfung, die von meinem kommenden Arbeitgeber, der Fluggesellschaft, denke ich.

»Herzlichen Glückwunsch«, wird mir am Ende eines sehr, sehr langen und anstrengenden Tages gesagt. »Sie haben bestanden!«

Juhu, denke ich, dann kann ich ja jetzt ganz beruhigt mein eigentliches Ziel verfolgen und Flugbegleiterin werden.

Schon eine Woche später bin ich unterwegs nach Berlin-Tegel (TXL). Ich fliege einen Tag, bevor der Kurs beginnt, und beobachte den Ablauf sehr genau und mit ganz anderen Augen als bisher. Werde ich in ein paar Monaten die Sicherheitshinweise geben, Getränke austeilen und nervöse Passagiere beruhigen dürfen?

In der Reihe vor mir sitzt ein junger Mann mit rötlichen Locken und Sommersprossen. Auch er schaut sich sehr intensiv um. Vor allem starrt er die Flugbegleiterin an, als hätte sie irgendeine schweinische Bemerkung auf die Stirn tätowiert. Sie trägt die normale Uniform, eine Bluse, das Halstuch, das dazugehört – kein tiefer Ausschnitt und auch sonst nichts, an dem rechtschaffene Menschen Anstoß nehmen könnten. Sie ist picobello sauber, gestriegelt und geschniegelt, und keine Nudel hängt in ihrem Mundwinkel.

Auch sie scheint den Blick des jungen Mannes zu bemerken und wirkt für einen Moment irritiert, lässt es sich aber nicht anmerken. Ich sehe, dass sie die Toilette aufsucht und dort wahrscheinlich ihr Spiegelbild überprüft. Auf jeden Fall hat sie die Lippen nachgezogen, als sie wieder im Gang erscheint. Auch zupft sie immer wieder an ihrem Halstuch und der Bluse herum.

Würde mich so ein intensiv starrender Blick verunsichern? Ich glaube schon. Vor allem, wenn er nicht nur einmalig, sondern permanent ist, so wie hier. Fast werde ich mit ihr und für sie nervös und möchte den jungen Mann am liebsten zurechtweisen. Doch schneller als erwartet leuchten die Anschnallzeichen auf, und wir landen.

Der junge Mann verlässt sehr schnell das Flugzeug, und ich kann quasi live miterleben, wie die Anspannung von der Flugbegleiterin abfällt. Ich lasse mir Zeit und die anderen vor. An der Tür wünscht sie mir einen schönen Aufenthalt in Berlin.

»Der Typ«, sage ich, »der hat Sie nervös gemacht, oder? Der hat Sie ja fast aufgefressen mit seinen Blicken.«

Sie lacht. »Ja. Das ist mein vierter Flug heute, und zuerst habe ich gedacht, dass ich inzwischen etwas derangiert aussehe. Aber er hat alles so genau beobachtet, nicht nur mich. Auch meinen Kollegen hat das irritiert. Es gibt Männer, die haben einen Uniform-Fetisch. Vielleicht gehört er dazu.« Wieder lacht sie. »Zum Glück werde ich ihn nicht wiedersehen.«

Uniform-Fetisch. Über so etwas habe ich noch gar nicht nachgedacht. Wahrscheinlich habe ich über eine Menge Aspekte nicht nachgedacht, doch der Wunsch und der Wille, diesen Beruf zu ergreifen, werden täglich eher stärker als schwächer.

Am nächsten Morgen bin ich viel zu früh am Flughafen, ich will nämlich auf keinen Fall zu spät kommen. Vor dem Eingang des BlueSky-Gebäudes putze ich mit einem Taschentuch über meine Schuhe. Schuhe sind wichtig, habe ich gehört. Überhaupt ist das Erscheinungsbild maßgeblich. Ich trage ein Kostüm in Anthrazit und schwarze Pumps. Die Haare habe ich sehr kompliziert hochgesteckt, um mein Talent in Sachen kunstvolle Frisuren unter Beweis zu stellen.

Ich soll mich am Empfang anmelden und meine Bewerbungsunterlagen dort abgeben. Ich habe extra neue und sehr seriös wirkende Fotos machen lassen und hoffe, dass sich das auszahlt. Im Warteraum sitzen schon vier junge Frauen, die miteinander schnattern, und ein junger Mann. Es ist der rothaarige Glotzer vom gestrigen Flug.

Ach so, denke ich, er hat sich auch nur alles ganz genau angeschaut und eingeprägt – er hat gar keinen Fetisch. Oder vielleicht doch? Wäre der Job nicht ideal für solche Männer? Ständig umgeben von Kollegen in Uniformen …

Ich sehe mich um. Eines der Mädels scheint deutlich jünger als die anderen zu sein. Sie hat ein Piercing in der Nase und eines am Mundwinkel. Zum roten Minirock passen die orangefarbenen Doc-Martens-Stiefel nicht wirklich. Die anderen Frauen sehen ziemlich normal aus. Eine trägt Jeans und T-Shirt, die andere ein Sommerkleid. Das passt auch eher zu den Temperaturen als mein Kostüm.

Da kommt mir siedend heiß ein Gedanke: Bin ich etwa overdressed?

Immer mehr Adjutanten betreten den kleinen Raum und setzen sich auf die Stühle, und als wir schließlich fünfzehn sind, werden wir in den nächsten Raum gebeten. Dort stehen Namensschilder auf den Tischen, und die hektische Suche nach dem richtigen Platz beginnt. Schnell habe ich das Schild mit meinem Namen gefunden und setze mich. Vor mir liegt eine Mappe von BlueSky, die ich aufschlage. Das erste Blatt ist eine Begrüßung in vier verschiedenen Sprachen. Die Begrüßung bekommen wir jetzt aber auch live und in Farbe, wenn auch nur auf Deutsch.

Zwei Frauen in BlueSky-Uniform, Frau Adler und Frau Schmidt, und ein gewisser Herr Raubein stellen sich kurz vor und erläutern den Ablauf des Tages. Dann fordern sie uns auf, den Test zu machen, den wir hinter dem Begrüßungsblatt in der Mappe finden. Allgemeinwissen und ein Englischtest. Wir müssen mindestens zu fünfundsiebzig Prozent bestehen, um in den Re-Call zu kommen.

Na gut, los geht's. Multiple Choice, die Fragen sind nicht sonderlich schwer, und ich schaffe es locker in der vorgeschriebenen Zeit.

Was ist die Hauptstadt von Italien?

a) Mailand
b) Madrid
c) Rom

Wie bestellen Sie in einem Restaurant einen Hamburger?

a) Can I become a hamburger?
b) I would like to have a hamburger.

Trotzdem bin ich irritiert: Die Aufnahmeprüfung für den Beruf, von dem es immer heißt, jeder Idiot könne ihn ausüben, beginnt mit einem Wissenstest?

Die Tests werden eingesammelt, und wir dürfen wieder in den Warteraum zurückkehren. Die anderen quasseln aufgeregt durcheinander und tauschen sich über den Test aus, mir ist aber nicht nach reden zumute. Nicht mal mein Pausenbrot will mir schmecken – ein deutliches Anzeichen dafür, dass ich nervös bin. Denn essen kann ich eigentlich immer.

»Hi, ich bin Till«, stellt sich der Glotzer von gestern vor. »Ich kenne dich irgendwoher, oder?«

Es klingt nicht nach billiger Anmache, die es bei gleichem Wortlaut sein könnte, denn er sieht mich sehr nachdenklich an.

»Wir waren gestern auf demselben Flug. Ich bin Claudia.«

»Ach ja, du hast etwas hinter mir gesessen. Du bist schon Flugbegleiterin, oder?« Er mustert mich nachdenklich.

»Nein. Wie kommst du darauf?«

»Weil du so aussiehst. Perfekt gekleidet und geschminkt, die passende Frisur.«

Ich erröte ein wenig vor Stolz und verrate nicht, wann ich heute Morgen aufgestanden bin.

»Außerdem wirkst du so gelassen und ruhig. Beneidenswert.« Er nickt anerkennend.

»Das ist nur äußerlich«, lächele ich. »Innerlich sieht es ganz anders aus.«

Wie zur Bestätigung rumpelt es einmal ordentlich in meinem Magen. Seit dem Frühstück hab ich nichts mehr runterbekommen, und selbst das habe ich mir mehr schlecht als recht reingestopft.

Till beißt sich auf die Lippe. »Der Test war gar nicht so einfach.«

Oje, denke ich. Wie reagiert man auf so was? Ich fand die Fragen total easy, du Hohlbacke? Eher nicht. Zum Glück kommt jemand vom Personal in den Raum und ruft die Namen derjenigen auf, die einen Schritt weiter sind. Plötzlich sind wir nur noch neun. Wir werden zurückgeführt in den Raum, in dem wir den Test geschrieben haben, dann müssen wir uns nacheinander kurz vorstellen. Das Mädchen mit den Piercings hat den Fragebogenteil gut überstanden, jetzt aber schwächelt sie. Sie wirkt extrem unsicher, kriegt kaum einen Ton heraus, stottert. Das macht keinen guten Eindruck, finde ich, und passt überhaupt nicht zu ihrem rotzigen Karo-Rock-und-bunte-Stiefel-Look.

Till ist souveräner. Er hat auch auf Lehramt studiert, Englisch und Französisch, aber nach dem ersten Staatsexamen abgebrochen. Warum er den Test von BlueSky so schwierig fand, erschließt sich mir nicht, als er weltgewandt und locker losplaudert. Vielleicht kann ich ihn ja später einmal fragen. Wenn er dann noch im Rennen ist.

Oder wenn *ich* noch im Rennen bin.

Ich werde aufgerufen und gehe nach vorne. Meine Knie haben urplötzlich die Konsistenz von Kartoffelbrei. Deswegen stelle ich mir einfach vor, dass ich vor einer neunten Klasse stehe, der ich gleich die schriftliche Erörterung erklären soll, und plötzlich geht alles ganz einfach. Die drei oder vier Minuten sind ruckizucki um, und ich darf mich wieder setzen. Ich habe keine Ahnung mehr, was ich gesagt habe.

Kurz darauf kommen die Einzelgespräche, vorher wird aber noch einmal ausgesiebt. Das Sommerkleid und die Piercings sind raus.

Ich trinke etwas, esse die Banane, die ich mir mitgenommen habe. Die kann ich gut schlucken, obwohl ich die Anspannung inzwischen immer deutlicher merke. Immerhin: Die Frisur sitzt.

Till ist vor mir dran, es dauert ewig. Was machen die bloß da drin mit ihm? Verpassen die ihm eine Gehirnwäsche? Samenklau? Organraub?

Als er rauskommt, sieht er sehr blass aus.

»Und?«, will ich wissen.

Er schüttelt den Kopf. »Ich glaube, das habe ich nicht gepackt.«

Bevor ich jedoch weiterfragen kann, bin ich selbst dran. Jetzt habe ich aber wirklich Muffensausen. Trotzdem setze ich mein entwaffnendstes Lächeln auf. Wenn ich schon untergehe, dann wenigstens strahlend. Smile and wave.

Ich betrete den Raum und sehe ein paar Stühle in Zweierreihen hintereinanderstehen.

»Willkommen an Bord«, sagt Frau Adler und zeigt auf Frau Schmidt, die auf einem der Stühle in der ersten Reihe sitzt. »Dieser Gast ist übergewichtig und sitzt auf Höhe des Notausgangs.«

Na, also, denke ich, übergewichtig ist die wirklich nicht. Wenn *das* für die Fluggesellschaft übergewichtig ist, bin ich elefantös. Ich ziehe den Bauch ein und atme sicherheitshalber etwas flacher.

»Sie müssen die Passagierin dazu bringen, den Platz zu wechseln, weil sie zu dick ist und einen Zwischengurt braucht. Das ist in der Notausgangsreihe aber nicht erlaubt, wie Sie sicherlich wissen.«

Wusste ich nicht. Ich nicke aber beflissen. Dann geht es los. Rollenspiel.

»Ich bekomme meinen Gurt nicht zu«, meckert Frau Schmidt mich an.

Ja, weil Sie angeblich zu fett sind, entgegne ich – aber nur in Gedanken. Was sagt man in so einer Situation? Wahrscheinlich erst einmal nicht die Wahrheit.

»Ich kann Ihnen einen Verlängerungsgurt anbieten. Leider sind diese Gurte in dieser Reihe nicht erlaubt«, sage ich freundlich. »Aber dort hinten ist ein Platz frei, dort können Sie sich hinsetzen.«

»Ich bin den ganzen Tag über die Messe gelatscht, ich gehe keinen Schritt mehr.« Frau Schmidt verschränkt die Arme vor der Brust und schaut demonstrativ aus dem nicht vorhandenen Flugzeugfenster.

»Sie waren auf der Messe? Das war sicher sehr interessant.«

Krampfhaft überlege ich, wie ich sie dazu bewegen kann, sich umzusetzen.

»Nein, das ist nur stressig«, mault sie schnippisch.

Wie würde ich das bei Schülern machen? Doofer Vergleich, da würde ich gar nicht lange fackeln, eine Anweisung raushauen und fertig. Und wer nicht spurt, kriegt einen Eintrag ins Klassenbuch. Aber Passagiere sind unsere Gäste, und der Gast ist König.

»Ich muss Sie trotzdem bitten, den Platz zu wechseln. Es ist eine reine Sicherheitsmaßnahme. Die Gurte hier vorne sind ganz besonders eng, die passen kaum jemandem«, plappere ich munter drauflos. »Der Sitz dort ist viel bequemer, da haben Sie auch ein wenig mehr Platz.«

Was habe ich neulich zu den Reihen mit den Notausgängen gelesen? Dort sind die Notrutschen in Kästen verstaut, deshalb ist dort weniger Beinfreiheit.

»Kommen Sie, ich nehme Ihr Gepäck und helfe Ihnen, sich umzusetzen. Sie wollen doch nicht so eingeschnürt fliegen nach diesem langen und anstrengenden Tag.«

Meine Güte, ich klinge fast, als wollte ich ihr gleich auch noch einen Staubsauger verkaufen.

Frau Schmidt ist aber immun gegen mein Verkaufstalent und schüttelt den Kopf. »Ich werde nicht aufstehen.«

»Leider können wir nicht fliegen, wenn nicht alle angeschnallt sind.«

Und Sie können sich nicht anschnallen, weil Sie in diesem Rollenspiel die dicke Kuh spielen. Lächeln und winken. Lächeln und winken. Lächeln und –

»Sie haben mir doch von dieser Gurtverlängerung erzählt. Dann geben Sie mir doch endlich eine, das kann doch nicht so schwer sein!«

Hm. Sie will nicht. Das ist ja auch ihre Aufgabe, nicht zu wollen, fällt mir ein. Wenn dies die Realität wäre, wäre sie sicher schon längst einverstanden. Also gut, ich probiere es noch einmal.

»Leider geht das hier wirklich nicht. Sehen Sie, hier ist der Notausgang. Wenn wir einen Notfall haben, muss man sehr schnell die Notrutsche ausfahren. Dafür muss der Passagier, der hier sitzt, ganz schnell ausgeschnallt sein. Das ist mit einer Gurtverlängerung nicht möglich. Zudem könnte sie andere Passagiere im Fall des Falles behindern.« Ich lächele immer noch, auch wenn mir langsam die Gesichtsmuskeln einschlafen. »All das müssten Sie dort drüben gar nicht bedenken. Dort könnten Sie bequem sitzen und den Sekt genießen, den ich Ihnen gleich bringen werde, sobald wir Ihr Gepäck verstaut haben.«

Frau Adler, die das ganze Spektakel aus unmittelbarer Nähe beobachtet hat, nickt. »Was würden Sie machen, wenn der Gast sich immer noch weigert?«

Die rettende Antwort habe ich von Michael. Immer dann, wenn gar nichts mehr geht, holt er den Purser beziehungsweise die Purserette, den oder die verantwortliche Flugbegleitung. Und wenn das nichts hilft, muss der Pilot eingeschaltet werden.

»Ich hole mir Hilfe«, sage ich schulterzuckend, lächele aber weiterhin.

»Das haben Sie gut gemacht.«

Nun setzen wir uns an einen Tisch, und die beiden gehen mit mir noch einmal meine Bewerbungsunterlagen durch, fragen nach meiner Motivation und meinen Beweggründen. Wieder versuche ich, bei meinen Antworten sachlich und nicht zu euphorisch, aber dennoch begeistert zu klingen. Was sich viel schwieriger anfühlt, als es sich anhört.

»Haben Sie noch Fragen?«

»Ja. Wie ist die richtige Lösung beim Rollenspiel?«

Die beiden lachen. »Es gibt keine richtige Lösung. Man muss versuchen, den Gast zu überzeugen und immer freundlich dabei zu bleiben. Wir wollten sehen, ob Sie verschiedene Lösungswege haben, und die hatten Sie.«

Ich glaube, die Hochsteckfrisur hat sich ausgezahlt.

STOPOVER

Zum Abschluss wird uns ein Film gezeigt, der alle Nachteile des Jobs aufzählt. Wer nicht wirklich davon überzeugt ist, dass er den Job will, wird hier garantiert anfangen zu zweifeln. Ein Anti-Werbetrailer fürs Fliegen. Was es alles gibt …

»Von Haustieren und Freunden können Sie sich schon einmal verabschieden. Zeit werden Sie für die nämlich nicht mehr haben«, sagt Frau Schmidt.

Wir sollen uns ein paar Tage nehmen und unsere endgültige Entscheidung überschlafen. Am Montag können wir anrufen und werden dann erfahren, ob wir bestanden haben.

Am Montag? Ich krieg die Krise! Das sind ja noch drei Tage. Das überlebe ich nicht, denke ich, als ich ins Flugzeug steige, um zurück nach Hause zu fliegen.

Diesmal sehe ich einige Dinge mit anderen Augen. Die Liste mit den Nachteilen ist noch sehr präsent. Die beiden Flugbegleiterinnen sehen sehr müde aus, kein Wunder, sie sind heute vermutlich schon dreimal von Düsseldorf nach Berlin und zurück geflogen.

Ein Gast kommt schwankend rein, rülpst und hinterlässt eine beachtliche Alkoholfahne in der Kabine. Er stellt sein Handgepäck in den Gang und lässt sich auf den Sitz fallen.

»Würden Sie bitte Ihr Gepäck verstauen?«, fragt die Flugbegleiterin, doch er reagiert nicht. Seufzend stemmt sie es selbst in das Hatrack.

»Darf ich Ihnen etwas zu trinken anbieten?«, fragt sie mich dann.

»Ja, einen Sekt. Den kann ich jetzt gebrauchen.«

Sie bringt mir die Prickelbrause, ich gebe ihr das Geld. Schon abgezählt, denn ich will ihr bloß keine unnötige Arbeit machen. Ich will ihr und mir beweisen, dass es auch nette Passagiere gibt. Falls das mit der Stewardessen-Ausbildung nicht klappt, kann ich dann immer noch Fluggast des Jahres werden.

»Danke.«

Nachdem ich mich kurz umgeschaut habe – sie hat den Service fast erledigt – beuge ich mich zu ihr vor: »Darf ich Sie gleich etwas fragen?«

»Natürlich.«

Und *natürlich* ist sie freundlich und beflissen, so wie es zu sein hat. Ob das schwer ist, immer freundlich zu sein? Selbst zu den größten Arschlöchern? Ob man das lernt? »Lächeln ist der Weg in unsere Fluggesellschaft«, hat Frau Adler noch am Vormittag gesagt. Aber kann man wirklich immer lächeln?

Ein paar Minuten später kommt sie zu mir. »Womit kann ich Ihnen helfen?«

Ich seufze. »Ich komme gerade vom Assessment-Center von BlueSky.«

»Oh. Wie aufregend!« Sie sieht mich neugierig und, ich bin mir sicher, plötzlich mit ganz anderen Augen an. »Komm in die Galley«, sagt sie, als würde ich jetzt schon dazugehören. Das gibt mir den nötigen Aufschwung, und ich folge ihr.

In der Galley, der Mini-Küche an Bord, war ich noch nie. Ich habe mir natürlich zur Vorbereitung Fotos angesehen. Trotzdem überrascht mich, wie klein es hier ist. Winzig, wie in einer Puppenstube. Und jeder Bereich, jede Ecke ist gefüllt. Technisch sieht es hier aus. Mit einer ordinären Küche hat das wenig zu tun.

Sie sieht meinen Blick. »Warst du noch nie in der Galley?«

Ich schüttele den Kopf. »Die ist doch nur für die Crew.«

»Den Satz musst du sofort aus deinem Gehirn streichen. Die Paxe glauben, sie würden all-inclusive fliegen. Die kommen ständig hier rein! Das ist echt nervig, vor allem, wenn Hektik herrscht.« Sie lacht, und es klingt nicht genervt. Zum Glück, denn sonst hätte ich jetzt vielleicht – für einen Moment – Zweifel bekommen.

»Willst du noch einen Sekt? Ich geb dir einen aus. Was willst du denn jetzt wissen? Wie kann ich dir weiterhelfen?«

Ohne auf meine Antwort zu warten, schenkt sie mir ein Glas ein, sich einen Kaffee.

»Ist es … äh … wirklich so schrecklich?«

»Machen die das immer noch? Am Ende alles aufzählen, was an dem Job nicht so schön ist?« Sie lacht. »Nein, so schrecklich ist es nicht. Aber es ist ein Job, und es gibt keinen Job, in dem es nicht auch schlechte Tage gibt. Jede Arbeit, bei der du Kundenkontakt hast, birgt das Risiko, an einen besonders schlecht gelaunten Kunden zu geraten. Im Gegensatz zu den meisten anderen Servicebereichen kann man an Bord halt nicht ausweichen, nicht rausgehen, nicht weglaufen. Bei Kurzstrecken wie dieser ist es nicht so schlimm, wenn mal ein Stänkerer darunter ist, bei Langstrecken kann es nervtötend sein. Aber man ist ja nie alleine. Da sind immer noch die Kollegen. Die helfen und reißen auch manches raus. Wir haben wirklich viel Spaß zusammen.«

»Echt?«

»Ja, ich liebe den Job, auch wenn ich später froh sein werde, wenn ich die Schuhe von den Füßen bekomme. Trotzdem liebe ich meine Arbeit.« Sie sieht mich nachdenklich an. »Wenn du jedoch Zweifel hast, dann lass es. Einfach ist das nicht.«

Ich schüttele den Kopf. »Ich *will* das ja, Flugbegleiterin werden. Aber gerade bin ich einfach nur platt.«

»Das kenne ich. Also, überleg es dir gut. Ich würde es immer wieder tun. Cheers!«

Als ich zu Hause ankomme, wünsche ich mir nichts sehnlicher als eine Badewanne, aber die habe ich nicht, egal wie viel ich wünsche. Ich habe nur eine Dusche. Gregor hat eine Wanne, deshalb habe ich die in meiner Wohnung nie vermisst. Wollte ich baden, ging ich zu ihm. Überhaupt hat er ein traumhaftes Appartement mit Dachterrasse und großer Küche und so Schnickschnack wie einen begehbaren Kleiderschrank. Im Moment fehlt mir aber nur die Wanne. Ich dusche heiß und ausgiebig.

Da Gregors Wohnung so viel größer und schöner ist, haben wir mehr Zeit bei ihm als bei mir verbracht. Entsprechend größer war auch die Kartonladung, die von seinem Appartement wieder in meine kleine Zweizimmerbude gewechselt ist. Ich habe sie bei meiner Heimkehr im Hausflur gefunden. Vier Umzugskartons mit Kram. Klamotten, Bücher, Töpfe … alles Mögliche. Ich habe fast schon bei ihm gewohnt, denke ich und lasse die Kartons einfach da stehen, wo sie sind. Das kann ich auch morgen noch regeln.

Michael fällt mir ein, und ich schicke ihm eine SMS, bevor ich ins Bett falle. Der Stress des heutigen Tages, die überstandene Aufregung und der Sekt sorgen dafür, dass mein Adrenalindepot gähnend leer ist und ich sofort einschlafe.

Am nächsten Morgen regnet es. Ein ganz grauer Tag. Ideal, um Sachen auszusortieren. Im Briefkasten, den ich gestern nicht mehr geleert habe, finde ich den Schlüssel zum Haus und zu meiner Wohnung, außerdem ein Briefchen von Gregor.

War es das wirklich? Ich kann und will es nicht glauben.

Du wirst dich schon daran gewöhnen, denke ich und wuchte die Kartons nach oben.

Vielleicht werde ich umziehen müssen. Wenn ich angenommen werde, gibt es mehrere Möglichkeiten, welchen Standort ich bekomme. München (MUC), Düsseldorf (DUS), Hamburg (HAM), Frankfurt (FRA) oder Berlin (SXF oder TXL) – die Drei-Letter-Codes für die Flughäfen lerne ich jetzt schon auswendig.

DUS, also Düsseldorf, habe ich als meinen Wunschstandort angegeben, dann müsste ich nicht umziehen. Aber das Leben ist kein Ponyhof, und nicht alle Wünsche werden erfüllt. Sogar nur die wenigsten, leider. Ich hoffe aber, dass das Universum für mich bei der Wunscherfüllung eine Ausnahme macht, denn nach dem Aufwachen ist mein Traum, Flugbegleiterin zu werden, noch größer als zuvor. Nein, er hat sich sogar noch verstärkt. Ich habe alle negativen Dinge abgewogen und für annehmbar befunden. Das hilft mir aber vor Montag nichts, erst dann kann ich anrufen und erfahren, ob ich zur Ausbildung eingeladen werde oder nicht.

Montag. Bis dahin ist so viel Zeit, die muss ich totschlagen. Michael ist unterwegs. Irgendwo, ich habe vergessen, wo. Ich schicke ihm eine E-Mail und eine SMS. Und dann widme ich mich den Kartons vor meiner Wohnungstür.

Das ganze Wochenende sortiere ich aus und schmeiße weg. Wenn ich umziehen muss, werde ich ohnehin die Hälfte loswerden müssen, also lieber gleich die alten Zöpfe abschneiden und weg mit dem Zeug. Am Samstag fahre ich zweimal zum Wertstoffhof, meine ganze Sammlung an Kochzeitschriften gebe ich hier ab, etliche kaputte Kleinteile und Altkleider.

Altkleider – na ja, was man halt so alles aufbewahrt, wenn man den Platz dazu hat. Könnte ja mal wieder passen/modern werden/gefallen. Alles, was ich im letzten Jahr nicht getragen habe und in den kommenden Wochen nicht tragen werde, schmeiße ich weg. Ich bin gnadenlos, der Terminator des Kleiderschranks. Ich kenne kein Pardon, denn ich brauche Platz für standesgemäße Klamotten und seriöse Kleidung.

Und Schuhe. Ich kann all die flippigen und unbequemen Dinger in ein Leben in der Freiheit entlassen. So manches gebe ich bei eBay ein, ich habe ja das ganze Wochenende Zeit, und viele Dinge wandern halt einfach in den Müll, wenn ich sie nicht mehr für eBay-tauglich halte.

Die vier Umzugskartons von Gregor leisten mir bei meiner Entrümpelung gute Dienste. Ich fülle sie bis oben hin. Weniger ist mehr, und wer weiß, was ich auf meinen zukünftigen Trips alles entdecken werde? Kleine Schätze und Kostbarkeiten, Kitsch, Kunst und Kuriositäten, die dann meine Schränke füllen werden.

Vielleicht aber auch nicht. Es gibt Beschränkungen und Zollbestimmungen, auch für Flugbegleiter. Die drucke ich mir aus und lerne sie auswendig. Sicher ist sicher. Mein neuer Job soll ja nicht damit enden, dass ich in Thailand eingebuchtet werde, weil ich eine geklaute Muschel vom Strand illegal in die EU schmuggeln wollte.

Überhaupt gibt es viel zu überlegen und zu tun. Was, wenn ich den Job bei BlueSky nicht bekomme? Okay, ich werde mich dann woanders bewerben. Aber dann kommt wieder die Zeit des Wartens. Und Warten kostet Geld. Miete, Lebensmittel, Freizeit, seriöses Outfit – ich muss meine Garderobe ja dem Traumjob entsprechend anpassen. Selbst, wenn ich mich auf das Nötigste beschränke, nur noch Dosenravioli esse und Teebeutel zweimal benutze, brauche ich Geld für Miete und Nebenkosten. Und auch wenn ich die Zusage bekomme, muss ich erst mal durch die siebenwöchige Ausbildung kommen, die nicht bezahlt wird. Ich habe ein wenig Erspartes von den Jobs in der Gastronomie, die ich immer gemacht habe, und von meinem Gehalt als Referendarin. Die meisten Ausgaben der letzten Zeit hat Gregor übernommen, wofür ich ihm mental ein kleines Dankeschön schicke. Und dann rechne ich. Ich würde ganz knapp hinkommen mit der Kohle, aber ein Spaß wäre das nicht.

»Kommst du zum Essen?«, fragt mich meine Mutter am Sonntagmorgen am Telefon.

Ich bin mir nicht sicher, ob meine Laune gesellschaftsfähig ist, aber schließlich ist Blut dicker als Wasser, und meine Familie wird mich schon ertragen. Müssen sie ja. Immerhin haben sie meine Pubertät überlebt, und die war nicht ohne. Außerdem ist meine Familie keine wirkliche Gesellschaft im herkömmlichen Sinn. Nicht zuletzt beginnt hier und heute mein Sparprogramm, und wenn es ein warmes Essen für lau gibt, will ich dem geschenkten Gaul mal nicht ins Maul schauen.

»Olli und Ina sind auch hier«, begrüßt mich meine Mutter strahlend.

Olli ist mein Bruder und Ina seine Freundin. Oje. Plötzlich bereue ich meinen Entschluss, gekommen zu sein.

»Mir ist auf einmal gar nicht gut«, stammele ich.

Meine Mutter packt mich am Arm. »Kein Wunder, das ist sicher das Wetter«, sagt sie und zieht mich in die Diele. »Außerdem hast du sicher ewig nicht mehr richtig gegessen.«

»Mausi!«

Nur mein Vater darf mich »Mausi« nennen. Er kommt mir entgegen und breitet die Arme aus. Dann bleibt er plötzlich stehen und schaut über meine Schulter, als wäre dort irgendetwas. Ich drehe mich um, aber da ist nichts.

»Wo ist denn Gregor? Kommt der etwa nicht?«

Mist. Papa weiß offenbar noch nicht, dass es keinen Gregor mehr in meinem Leben gibt. Ich will Mama Hilfe suchend anschauen, doch sie ist schon in der Küche verschwunden.

»Nein, Gregor kommt nicht«, sage ich leise.

Nie wieder, um genau zu sein, füge ich in Gedanken hinzu, aber die heikle Neuigkeit muss ich Papa wohl vorsichtiger beibringen.

»Schade, ich habe einen neuen Whisky und hätte ihn gerne mit ihm verkostet.«

Die beiden haben sich wirklich ausgezeichnet verstanden. Ich glaube, ich schiebe die Beichte noch auf.

»Jetzt machen wir aber erst mal einen Champagner für dich auf. Schließlich bist du fertige Lehrerin«, poltert er weiter. »Übernehmen die dich denn an der Schule? Das sollten sie.«

Ich räuspere mich. Auch die klitzekleine Entwicklung in meinem Leben ist also an ihm vorbeigegangen. Sagt dem armen Mann denn niemand was? Und wie bringe *ich* ihm das jetzt bei?

»Claudi? Bist du das?«, ruft mein Bruder aus dem Wohnzimmer. »Ich möchte bitte eine Cola mit Rum und Ina einen Tomatensaft.« Er kichert.

Wie gemein! Ihm hat es meine Mutter also erzählt.

»Tomatensaft?«, wundert sich mein Vater. »Seit wann trinkt Ina Tomatensaft?«

»Gar nicht«, knurre ich und stürme ins Wohnzimmer.

Mein Bruder springt auf und reißt mich in seine Arme. »Schwesterherz! Herzlichen Glückwunsch zur bestandenen Prüfung und viel Glück für die nächste. Wann ist die?«, fragt er und wirbelt mich herum.

»Die nächste Prüfung? Habe ich etwas verpasst? Mir erzählt ja niemand etwas«, brummt mein Vater und öffnet das Barfach in der Wohnwand. »Möchte jemand etwas trinken? Tomatensaft haben wir allerdings nicht.«

»Hat Claudi es dir nicht gesagt?« Olli stoppt, hält mich am ausgestreckten Arm und sieht mich an. »Tztztz. Schäm dich, Schwesterherz!«

»Ich find das ganz toll, was du vorhast«, sagt nun Ina. Sie stolpert selber ein wenig durchs Leben und weiß wohl nicht so recht, wo es noch langgehen soll. Im Moment arbeitet sie in einem Nagelstudio. Sie ist aber eine Seele von Mensch, deshalb drückt die ganze Familie beide Augen zu. »Das möchte ich auch machen.«

Ich beiße mir auf die Zunge und schlucke den Kommentar, der mir auf der Zunge liegt, runter. Ina als seriöse Flugbegleiterin? Never ever.

»Das ist gar nicht so einfach«, versuche ich diplomatisch zu erklären. »Erst einmal musst du dich online bewerben.«

»Bei Facebook? Da habe ich so eine Seite gesehen und geliked. Von BlueSky – da willst du doch auch hin?«

»WAS?«, brüllt es da von der Wohnwand. Dann zerspringt ein Glas auf dem Boden.

»Öhm …« Jetzt oder nie, ist die Devise, und »nie« geht natürlich nicht. »Ich werde Flugbegleiterin bei BlueSky.« Vorsichtig schaue ich in Papas Richtung. Er glotzt mich an, als sei ich ein ganz außergewöhnliches Individuum von einem fernen Planeten.

»Was?«

»Ich werde Flugbegleiterin bei BlueSky«, wiederhole ich ruhig, und diesmal klingt es fast, als würde ich es glauben.

»Blödsinn, du wirst Lehrerin. Das bist du ja schon. Oder haben sie dich nicht übernommen? Mir sagt ja niemand was.«

»Papa, ich habe mir überlegt, dass ich etwas anderes machen möchte in meinem Leben. Etwas ausprobieren muss.«

»Und was ist mit Gregor?« Er schüttelt fassungslos den Kopf.

»Wir haben uns getrennt«, gestehe ich.

Meine Mutter kreischt aus der Küche: »*Sie* hat sich von Gregorschatz getrennt!«

Papa guckt immer noch ungläubig. »Du hast was? Wann?«

»Ist schon ein paar Wochen her. Aber es war die richtige Entscheidung«, beeile ich mich zu sagen. »Ich fühle mich seitdem viel freier.«

»Mir sagt ja niemand etwas«, brummt mein Vater beleidigt und schenkt sich einen Whisky ein. »Also, dann erzähl mal.«

Meinem Vater die Idee von meiner zweiten Berufsausbildung schmackhaft zu machen, ist gar nicht so einfach. Nebenbei erkläre ich Ina, welche Voraussetzungen man als Flugbegleiterin mitbringen muss. Als ich von dem Telefoninterview mit englischem Part erzähle, winkt sie ab.

»Das überlebe ich nicht. Schade. Das klingt alles so spannend«, seufzt sie.

Nach dem Essen nimmt mich mein Vater beiseite. Er hat sich schweigend meine Erklärungen angehört und immer wieder den Kopf geschüttelt. Mir klopft das Herz bis zum Hals. Gibt es jetzt nur eine Standpauke, oder werde ich gleich enterbt?

»Mausi, dir ist es wirklich ernst. Das merke ich. Aber hast du dir das gut überlegt? Saftschubse? Ernsthaft?«

Ich setze mich ihm gegenüber an den Küchentisch, schaue ihm direkt in die Augen und nicke.

»Du weißt, welche Vorurteile es gegen Düsen gibt?«

»Ja, Papa. Und ich kenne auch die Berichte in der Presse und die Bücher. ›Sorry, wir haben die Flugschneise verpasst‹ und das alles, ja, ich kenne das. Ich kenne auch Michaels Berichte und weiß, dass der Job kein Zuckerschlecken ist. Aber ich möchte das wirklich machen. Ich will es ausprobieren. Ich will wissen, ob ich dafür geschaffen bin oder nicht. Falls nicht – hey, ich habe mein Staatsexamen gemacht und kann jederzeit einen ›seriösen‹ Beruf ergreifen.« Ich seufze und senke den Kopf. »Falls sie mich überhaupt nehmen.«

»Was? Dich nicht nehmen? So eine tolle Flugbegleiterin finden sie doch nie wieder! Natürlich nehmen die dich.« Empört setzt sich mein Vater auf und verschränkt die Arme vor der Brust.

»Das erfahre ich morgen, Papa. Dann kann ich anrufen. Und dann muss ich immer noch die Ausbildung schaffen, das ist nicht so leicht. Aber ich werde so oder so was davon mitnehmen. Wir lernen zum Beispiel im Notfalltraining, wie wir Leben retten. Ist das nicht krass?«

Er schnauft kurz. »Und die Ausbildung wird nicht bezahlt?«

O Gott, jetzt wird es ernst. Mein Vater ist ein Mann, der mit beiden Beinen im Leben steht und uns immer vermittelt hat, dass wir unser Leben eigenständig zu meistern haben. Weder mein Bruder noch ich hatten Anspruch auf BAföG, unsere Eltern haben uns einen kleinen Betrag überwiesen, den Rest mussten wir selbst finanzieren.

Ich schüttele den Kopf. »Ich habe ein wenig gespart. Das klappt schon.«

Er holt tief Luft. »Ich ziehe den Hut vor dir, mit welcher Leidenschaft du dein Leben gestaltest und deine Träume in die Tat umsetzen willst. Wie lange dauert die Ausbildung?«

»Sieben Wochen. Und sie wird nirgendwo anders anerkannt«, gebe ich zu.

»Sieben Wochen sind eine überschaubare Zeit. Vielleicht merkst du ja dann, dass es dir keinen Spaß macht, Tomatensaft zu servieren.« Er grinst. »Oder du stellst fest, dass es für dich eine Herzensangelegenheit ist, für die Sicherheit der Passagiere in der Luft zu sorgen und schlechtes Essen in Aluschälchen durch die Gänge zu schieben. Sei es drum, in diesen sieben Wochen unterstütze ich dich finanziell. Du sollst weder vom Fleisch fallen noch am Hungertuch nagen. Vor allem musst du dir dann keinen Mann in der Hinterhand halten, der dich ausführt, damit du mal einen Drink bekommst.«

Er steht auf und holt den Champagner, den er tatsächlich besorgt hat, aus dem Kühlschrank. »Gregor ist ja nett, und er versteht etwas von Whisky, aber er wollte aus meiner Mausi doch zu schnell eine graue Maus machen.« Jetzt zwinkert er mir zu und lässt den Korken knallen. »Auf deine Zukunft bei BlueSky International!«

Wir sind nun startbereit und bitten Sie, die Rückenlehnen Ihrer Sitze senkrecht zu stellen und die Tische vor sich zurückzuklappen. Mein Name ist Claudia Busch, und ich bin die verantwortliche Flugbegleiterin auf diesem Flug. Vielen Dank für Ihre Aufmerksamkeit. Wir wünschen Ihnen einen angenehmen Aufenthalt an Bord von BlueSky International Airlines.

IM HANGAR

Der Champagner hat mich selig und müde gemacht, ich schlafe wie ein Stein, beruhigt durch die Sicherheit, dass meine Familie hinter mir steht. Das ist nicht immer so, der Beruf der Flugbegleiterin ist ziemlich vorurteilsbehaftet. Presseaufrufe von Zeitungen, in denen Passagiere dazu aufgefordert wurden, ihre Erlebnisse an Bord eines Flugzeugs zu schildern, machen es eher schlimmer als besser.

Nun ist aber endlich Montag, und ich hocke fingernägelkauend vor dem Telefon. Natürlich kaue ich nicht wirklich Nägel, das würde ja hässlich aussehen – aber innerlich tue ich es.

Soll ich anrufen und nach den Ergebnissen fragen oder lieber doch nicht?

Ich muss, und ich will auch, aber ich trau mich nicht.

Um zwölf, als mir schon bald der Hintern einschläft, kommt eine SMS von Michael: *Und?*

Ja, und? Ich greife nach dem Telefon, hole tief Luft und wähle die Nummer, die uns gegeben wurde.

Es tutet ein paarmal, dann …

Warteschleife.

Ich dreh durch! Das ist doch nicht zu fassen. Wieder Kaufhausmusik, diesmal lande ich bei den Spielwaren im Obergeschoss.

»BlueSky International, Personalbüro. Was kann ich für Sie tun?«

Ich habe vor Aufregung Schluckauf bekommen und hoffe, dass die Dame am anderen Ende der Leitung das nicht hört.

»Meine Name ist Claudia Busch«, erkläre ich. Mein Nachname

geht fast in einem Hicksen unter. »Ich war letzten Freitag im Assessment-Center in Berlin.« Dann sage ich meine Bewerbungsnummer.

»Einen Augenblick.«

Momente wie diese sind unendlich lange und grauenvoll. Das Warten zieht sich hin, und plötzlich muss ich ganz dringend zur Toilette. Unruhig rutsche ich auf dem Stuhl hin und her und schlage verkrampft die Beine übereinander.

»Frau Claudia Busch?« Sie nennt mein Geburtsdatum und meine Anschrift.

»Das bin ich«, hauche ich schwach.

»Haben Sie sich gut überlegt, ob Sie den Job wirklich wollen?«

Ich kann das Lächeln in ihrer Stimme hören. Das heißt …

Ich habe bestanden.

Oder?

Oder etwa nicht?

»Ja, ich will«, sage ich, und kurz kommt mir Gregor in den Sinn, der diesen Satz auch gerne von mir gehört hätte.

»Herzlichen Glückwunsch!«

Habe ich mich vermählt? Noch nicht ganz. Ich bin aber verlobt. Mit BlueSky International.

»Ich schicke Ihnen eine Liste mit Observer-Flügen zu, die von einem Flughafen in Ihrer Nähe starten. Suchen Sie sich einen Flug aus und bestätigen Sie ihn im Internet. Dann schicken wir Ihnen heute noch die Unterlagen zu. In denen finden Sie auch die Schulungsunterlagen und die Adressen von Fliegerärzten, damit Sie die Flugtauglichkeitsuntersuchung machen lassen können. Die Unterlagen füllen Sie bitte aus und senden sie an uns zurück. Die Flugtauglichkeitsuntersuchung muss vor Schulungsbeginn erfolgen. Außerdem müssen Sie sich ein Hotel aus der Liste auswählen und dort selbstständig ein Zimmer für die Dauer der Schulung buchen«, rasselt sie herunter. »Haben Sie noch Fragen?«

Ich bin sprachlos. Fragen habe ich Tausende, aber zu meinem drängenden Bedürfnis, die sanitären Anlagen aufzusuchen, kommt mal wieder die Wüste in meinem Mund. Die Zunge klebt an meinem Gaumen fest. Statt einer Antwort mache ich: »Hicks.«

»Ich wünsche Ihnen viel Glück und eine gute Zeit bei BlueSky.« Dann legt sie auf.

Viel Glück und eine gute Zeit? Sollte mir das zu denken geben? Egal. Ich rase zum Klo und erleichtere mich. Juhu! Ich hab den Job. Na ja, fast. Der nächste Schritt ist auf jeden Fall getan. Zumindest in Richtung Toilette.

Die Unterlagen kommen zwei Tage später. Da steht es nun schwarz auf weiß – ich bin zur Ausbildung zugelassen. Das freut mich mehr als damals, als ich meinen Studienplatz bekommen habe.

Ich mache einen Termin bei einem Fliegerarzt und buche meinen Observer-Flug, der, wie ich mittlerweile aus diversen Internetforen erfahren habe, auch »Abschreckungsflug« genannt wird. Ich darf natürlich nur zuschauen und die Crew begleiten. Doch es soll schon die eine oder den anderen gegeben haben, die danach erst gar nicht zur Ausbildung erschienen sind. Das kann ich mir absolut und überhaupt nicht für mich vorstellen. Niemals. Vollkommen ausgeschlossen.

Was mich allerdings blass werden lässt, ist die Nadel beim Blutabnehmen. Ich habe keine Probleme mit Blut, aber mit Nadeln, die sich in meinen Körper bohren.

»Ihnen wird doch wohl nicht schwindelig?«, fragt mich der Arzt eine Woche später überrascht. »Haben Sie sich auch genau überlegt, ob Sie Flugbegleiterin werden wollen? Der Job ist nichts für Leute mit schwachen Nerven.«

»Ich hab keine schwachen Nerven!«, gebe ich entrüstet zurück. »Ich mag eben keine Nadeln. Aber zum Glück will ich Flugbegleiterin werden und nicht Akupunkturmodel.«

Er lacht. Dann werden meine Sehschärfe und meine Hörfähigkeit getestet, ein EKG geschrieben und ein Lungenfunktionstest gemacht. Ein wenig beleidigt bin ich, als mein Gewicht und meine Größe auch noch überprüft werden. Ich dachte eigentlich, dass man mir ansieht, dass ich nicht aus dem Rahmen falle. Aber die falsche Eitelkeit vergesse ich beim abschließenden Gespräch: Alles ist gut, und falls der Herr Doktor sich nach der Blutanalyse nicht telefonisch bei mir meldet, werde ich zur Ausbildung zugelassen.

Das ist ja mal ganz was Neues. In der kommenden Woche patrouilliere ich nicht vor dem Briefkasten und überprüfe stündlich, ob die Post gekommen ist, sondern ob ein Anruf erfolgt. Aber nach zehn Tagen ist außer ein paar sehnsuchtsvollen SMS von Gregor nichts passiert, und ich gehe davon aus, dass ein weiterer Schritt damit getan ist.

Meine Aufregung steigt, in wenigen Tagen beginnt der Kurs. Wen werde ich dort treffen? Wird es schwer sein? Ich habe ganz unterschiedliche Informationen zu diesem Thema recherchiert. Im Internet finden sich die schlimmsten Verschwörungstheorien, aber Michael lacht sich kaputt, als ich von meiner Sorge berichte, den Kurs nicht zu bestehen.

»Das schaffst du, das weiß ich«, beruhigt er mich. »Aber bist du dir immer noch sicher, dass du das machen möchtest?« Er berichtet mir von einem ziemlich schwierigen Flug, den er gerade absolviert hat. »Mutter mit Kleinkind. Dummerweise litt die Mutter an Flugangst.«

»Und?«

»Sie hat sich Beruhigungsmittel eingeschmissen. Keine gute Idee, wenn man eine Zweijährige dabeihat. Das Ende vom Lied: Sie hat den ganzen Flug praktisch verschlafen, und meine Kollegin Mareike durfte sich um Klein-Emma kümmern. Dadurch fiel sie für uns beim Service aus.«

»Nun ja, so was passiert«, winke ich ab.

»Das mag sein, aber dem Kind wurde schlecht, und es hat Mareike von oben bis unten vollgekotzt.« Michael grinst. »So was passiert eben auch.«

Ich zwinge mich dazu, mir das nicht bildlich vorzustellen, und schiebe den Gedanken an kotzende Babys ganz weit weg. O Gott, wie ekelig.

»Aber die Krönung des Ganzen kommt erst noch. Als wir gelandet sind, haben wir die Frau nicht wieder wach bekommen.«

»Ach du lieber Himmel. Und?«, frage ich gespannt.

»Lange Geschichte. Wir haben alles versucht, selbst auf den nassen Lappen im Gesicht hat sie nicht reagiert. Dann haben wir im Flughafen eine Durchsage gemacht, ob sie jemand abholen wollte, aber es hat sich keiner gemeldet. Das Reinigungspersonal war schon an Bord, die haben um sie herum geputzt, gesaugt und gewischt. Aber es musste eine Lösung her, denn wir hatten ja noch den Rückflug.«

»Was habt ihr dann gemacht?«

»Wir hatten nicht viel Zeit, und sie konnte nicht an Bord bleiben, also haben wir den Notarzt gerufen. Die haben sich dann um die beiden gekümmert.«

»Und was hat Mareike gemacht?«

»Sie hatte zum Glück Wechselsachen dabei. Aber den Geruch von Babykotze wirst du erst mal nicht los. Und duschen konnte sie natürlich nicht mehr.« Er kichert.

»Die Arme!«

Werde ich so etwas auch erleben? Ich weiß, dass manche Gäste unter Flugangst leiden, ich weiß auch, dass einigen auf einem Flug schlecht wird. Aber vollgekotzt werden? Ich hoffe, ich kann damit umgehen, wenn es mir einmal passieren sollte, und spucke nicht gleich hinterher.

Die Spannung steigt. Ein ganz neuer, fremder und aufregender Lebensabschnitt liegt vor mir. An dem Morgen, als ich den Observer-Flug machen darf (einmal Kanaren hin und zurück), ist mir ganz flau vor Aufregung. Ich muss mich beim Crew-Check-in melden und werde herzlich begrüßt.

»Ich bin Lisa und die Purserette auf diesem Flug. Du willst also unsere Kollegin werden? Wie schön.«

Sofort fühle ich mich gut aufgehoben, und ein wenig der Nervosität verflüchtigt sich. Ich darf mit der Crew zusammen das Flugzeug betreten, also vor den Fluggästen – aber viel mehr darf ich auch nicht. Ein paar Sachen werden mir von Lisa gezeigt, aber das, was ich wirklich mitbekomme, ist die Hektik vor dem Flug. Alles muss kontrolliert werden, sie müssen die Checklisten durchgehen und abhaken, Essen zählen und Trolleys auffüllen. Unzählige Dinge sind zu tun, und obwohl mir Lisa immer wieder kurz sagt, was sie gerade macht, schwirrt mir sehr schnell der Kopf.

Aber das ist einfach Routine, sage ich mir, als schließlich die Passagiere einsteigen – beziehungsweise »boarden«. Den Flugbegleiterslang werde ich mir bestimmt leicht aneignen können.

Lisa steht strahlend an der Tür, begrüßt die Fluggäste, als wäre sie auch eben erst an Bord gekommen, und freut sich offensichtlich TOTAL, die Passagiere hier zu treffen. Sie hat ihr Make-up aufgefrischt, die Haare kontrolliert und dann dieses überzeugende Lächeln aufgesetzt. Wahnsinn, ich bin beeindruckt. Aber das schaffe ich auch irgendwann, da bin ich mir sicher.

Das Flugzeug bewegt sich. Es geht los!, denke ich und versuche mir auszumalen, wie es wäre, wenn ich auf einem der Klappsitze des Personals sitzen würde, aber wirklich und ganz vorstellen kann ich es mir immer noch nicht. Die Faszination wird eher größer als kleiner.

»Meine Damen und Herren, herzlich willkommen an Bord. Mein Name ist Tim Gehard, und ich bin Ihr Pilot auf dem heutigen BlueSky-Flug BS658 nach Teneriffa.«

Ich bin ja so aufgeregt! Obwohl ich diese Ansage schon ein Dutzend Mal gehört habe, ist heute alles anders. Denn dieses Mal fliege ich nicht einfach irgendwohin, nein, heute absolviere ich meinen ersten Observer-Flug, dem hoffentlich noch viele, viele andere Flüge folgen werden. Ich weiß, was gleich passieren wird: Das Flugzeug rollt an, der Pilot wird Schub geben, und dann werden wir aufsteigen in die Lüfte. Hach!

Aber niemand steigt irgendwohin. Das Flugzeug bleibt plötzlich mit einem Ruckeln stehen. Der Pilot, der sich gerade kurz vorgestellt hat, meldet sich erneut.

»Meine Damen und Herren, wie Sie sicherlich merken, fliegen wir noch nicht. Das liegt an einem Gegenstand, der auf der Fahrbahn liegt. Da ich ohne Treppe unmöglich aussteigen und ihn beseitigen kann, habe ich das Bodenpersonal informiert, das sich umgehend darum kümmern wird.«

Oha, denke ich, das fängt ja gut an. Doch bevor ich weiter darüber nachdenken kann, wie ich mich jetzt als Flugbegleiterin verhalten würde, rollt das Flugzeug wieder an. Das ging ja schnell.

»Meine Damen und Herren, hier ist noch einmal Ihr Pilot. Der Gegenstand hatte Beine und konnte laufen. Vier Beine, es war nämlich ein Tier, wohl eine graue Katze, die sich als Stein verkleidet hatte. Aber sie hat sich zum Glück selbstständig entfernt, deshalb können wir jetzt auch starten.«

Alle lachen erleichtert.

Ich versuche wieder, mir so viel wie möglich einzuprägen, doch wirklich Neues sehe ich nicht. Der echte Blick hinter die Kulissen bleibt mir noch verwehrt.

Auch der Rückflug verläuft ohne nennenswerte Ereignisse oder Katastrophen. Die Passagiere auf dem Hinflug waren alle etwas angespannt, und eine gewisse Nervosität lag über der Kabine. Die Gäste des Rückflugs wirken alle eher entspannt, stelle ich fest. Ist ja auch klar – die kommen ja jetzt erholt aus dem Urlaub. Da ich aber die ganze Zeit aufmerksam beobachtet habe, bin ich am Abend ziemlich erschöpft. Wie mag es da nur Lisa und den anderen gehen, die quasi die ganze Zeit auf den Beinen waren? Dass es ein anstrengender Beruf ist, wusste ich, doch erst jetzt kann ich mir ein Bild davon machen, wie anstrengend der Job der Flugbegleiterin wirklich ist. Man sitzt nicht am Pult, man hat keine Pausen. Und auch der Arbeitstag ist länger als der einer Lehrerin.

Egal. Ich will das.

»Und?«, fragt mich Lisa im Crewbus. »Hat es dir gefallen?«

»Ja, doch. Natürlich. Aber warum bietet BlueSky diese Flüge für Anwärter eigentlich an? Da lernt man doch noch nichts.«

»Man hat die Chance, alles zu beobachten und darüber nachzudenken, ob man das wirklich will. Und das sollte man. Wir bringen nervtötende Paxe an den Urlaubsort und wieder zurück, befördern Sperrgepäck und fliegen mürrische Geschäftsleute durch die Gegend. Für die Gäste ist es ein bequemes Transportmittel, für uns Arbeit.« Dann kichert sie. »Einmal hatten wir einen Bewerber, der noch nie geflogen ist. Aber er stellte sich den Beruf so toll und schön vor. Leider wurde ihm schon beim ersten Flug schlecht, und am liebsten wäre er gar nicht mehr zurückgeflogen. Er hat dann eine Ausbildung zum Restaurantfachmann gemacht, was für ihn sicher besser war.«

»Ist die Ausbildung denn schwer?«, frage ich dann.

»Was heißt schwer?«, sagt Lisa nachdenklich. »Du wirst viel lernen müssen, und es geht mehr um Sicherheit als um den Service – zumindest im Kurs. Später ist es genau andersherum.« Sie schaut mich an und knipst dann ihr Lächeln an. Diesmal aber wirkt es echt. »Bei dir habe ich aber ein gutes Gefühl. Du machst das mit links!«

Ihre Worte begleiten mich nach Hause. Ich denke tatsächlich noch einmal intensiv darüber nach, ob ich das wirklich machen möchte und ob ich für diesen Beruf geschaffen bin. Ob ich mit den langen Arbeitszeiten, dem stressigen Service, der Klimaanlagenluft und dem Jetlag wirklich klarkommen werde. Doch, ich denke schon. Natürlich werde ich mich beweisen müssen, aber das ist ja eine meiner leichtesten Übungen. Das packe ich!

WIND NORD-OST, STARTBAHN NULL-DREI

Und dann packe ich wirklich. Nämlich meine Koffer. Auf YouTube gibt es Videos, die zeigen, wie man mit drei Handgriffen T-Shirts und Blusen faltet. Ich schaue sie in Endlosschleife und übe. Es dauert, aber irgendwann habe ich das Prinzip verstanden. Mit der Umsetzung hapert es noch, aber ich werde ja demnächst oft Gelegenheit haben, meine Kofferpackskills zu perfektionieren.

Sieben Wochen dauert der Lehrgang. Er findet in Berlin statt, man hat die Wochenenden frei – darf dann auch nach Hause fahren, soll aber lernen. Einiges an Unterlagen wurde schon vorab geschickt, und ich stelle erstaunt fest, dass es erstens viel ist und zweitens gar nicht so einfach. Die Drei-Letter-Codes für die Flughäfen werde ich nie, nimmer, nicht auswendig können. Aber ich muss.

Also lerne ich. Und packe. Was nimmt man für sieben Wochen mit? Den ganzen Haushalt? Ich habe versucht, über das Internet herauszubekommen, wie das Hotel so ist, in dem ich ein Zimmer reserviert habe, aber leider funktioniert die Homepage nicht. »Die Seite befindet sich im Aufbau. Wir bitten um ein wenig Geduld.«

Es ist auch eher eine Pension und kein Hotel. Es soll dort auf dem Flur eine kleine Küche geben und einen großen Kühlschrank für alle. WG in groß, quasi. Der Gedanke daran ist seltsam, aber es sind nur sieben Wochen, denke ich, wobei sieben Wochen mit schrägen Leuten echt lang sein können.

Ein kleiner Tauchsieder und ein Topf sind jedenfalls nicht verkehrt. Ich stehe ja eigentlich nicht auf Tütensuppen oder Fünf-Minuten-Terrinen, aber man muss Opfer bringen, wenn man seine Ziele verfolgt. Ich leihe mir also den größten Koffer, den meine Eltern haben, und lege los: warme Sachen, bequeme Sachen, Sportsachen, schicke Sachen – Blazer, Kleid, Hosenanzug, Blusen. Am Ende kann ich den Koffer nicht einmal zuklappen, vom Schließen ganz zu schweigen. Das geht nicht. Ich packe um und sortiere aus. Mehrfach. Dann beschließe ich, wirklich nur das Nötigste mitzunehmen und am Wochenende wiederzukommen.

»Michael, was mache ich mit meinen Pflanzen, während ich beim Kurs bin?«, frage ich meinen besten Freund.

Er kichert hysterisch. »Du hast noch Pflanzen und willst Flugbegleiterin werden? Vergiss es. Bring sie deiner Mutter oder deinem Bruder. Die sollen sie adoptieren.«

Mein Blick schweift über die drei großen Benjaminis, die sieben Grünlilien, die zwei Dracena und die Gerbera, die meine Wohnung zieren.

»Adoptieren? Weggeben? Ganz weg? Wie machst du das denn?«

Michael hat tolle Pflanzen in seiner Wohnung, erinnere ich mich. Wobei er lieber hierherkommt als zu sich einlädt, deshalb war ich schon eine ganze Weile nicht mehr bei ihm. Seine Standardausrede ist: Mein Kühlschrank ist immer leer, weil ich ständig unterwegs bin, und deiner ist immer voll.

Na, das wird sich ja auch ändern.

»Wie ich das mache?« Er lacht laut. »Schätzchen, ich habe gar keine Blumen. Zumindest keine echten. Ich habe vier Kunstpflanzen. Die habe ich mir aus Bangkok mitgebracht. Sie sehen unglaublich realistisch aus, sind aber so falsch wie die Brüste von Pamela Anderson.«

»Was?« Ich fasse es nicht. Er hat Kunstpflanzen? Okay, ein wenig passt das zu ihm, aber für mich wird das nie im Leben gehen. Vertrocknen sollen die Dinger aber auch nicht. Ich werde mir eine Lösung einfallen lassen müssen. Meine Mutter kommt nicht infrage, die muss eine Zimmerpflanze nur ansehen, und schon geht sie ein. Es gibt aber noch meine Freundin Andrea. Die hat ein Händchen für Grünzeug. Vielleicht erklärt sie sich ja dazu bereit, meine in Pflege zu nehmen.

Als ich am Sonntagabend mit dem Riesenkoffer und einer kleineren Tasche in Berlin ankomme, schlägt mein Herz aufgeregt. Wer wird noch da sein? Wie viele werden wir überhaupt sein? Werde ich mich mit ihnen verstehen?

Ich habe mir eine U-Bahn-Verbindung zu der Pension rausgesucht, aber die U-Bahn fährt heute wegen Streckenwartungsarbeiten leider nicht. Na super. Also nehme ich mir ein Taxi. Nur gut, dass mein Vater meine Ausbildung finanziell unterstützt, sonst wäre ich schneller pleite, als ich wieder in Lohn und Brot stehe.

Wir sind insgesamt vierzehn in diesem Lehrgang und freuen uns über die kleinen, aber gemütlichen Zimmer. Jeder hat zum Glück ein eigenes Bad. Es gibt eine Gemeinschaftsküche und einen Aufenthaltsraum.

»Mia«, stellt sich eine junge Frau mir vor und schüttelt mir die Hand. Sie hat das Zimmer neben mir und scheint etwa so alt wie ich zu sein.

»Die Zimmer sind ja süß«, sagt sie. »Ich freu mich so auf den Kurs.«

»Ich auch«, gebe ich zu. »Was hast du denn vorher gemacht?«

»So dies und das«, sagt sie ausweichend.

Na gut, man muss ja nicht direkt die ganze Biografie auswalzen. Mia macht einen netten und offenen Eindruck, ebenso wie alle anderen.

Wir haben uns gerade im Gemeinschaftsraum versammelt, da öffnet sich die Tür und eine etwa zwanzigjährige Amazone auf waffenscheinpflichtigen High Heels, für die man bestimmt schwindelfrei sein muss, stolziert herein. Sie sieht aus, als sei sie gerade erst vom Friseur gekommen. Ihr dunkles Haar wallt aufregend hin und her, und ihre Kleidung sieht sehr edel aus. Ob die sich wohl im Gebäude vertan hat? Wie eine zukünftige Saftschubse sieht sie jedenfalls nicht aus. Eher wie ein Saftschubsen-Playmate.

»Hi«, sagt sie und lächelt. »Ich bin Fiona, aber ihr habt mich sicherlich schon alle erkannt.« Dann kichert sie.

Ich schaue Mia fragend an.

»Du erkennst sie nicht?« Mia grinst. »Stell sie dir einfach in Unterwäsche vor. Sie ist doch Kandidatin in dieser Modelsendung gewesen, ›Deutschland sucht das Superface‹, und war in den letzten Wochen überall an den Plakatwänden.«

Mia hat recht mit ihrer Behauptung. »Modeln macht ja so viel Spaß«, schwärmt Fiona, »aber man muss ans Alter denken. Und als Model habe ich keine Ausbildung, deshalb dachte ich, ich werde Stewardess. Das bisschen Tomatensaft ausschenken, das krieg ich hin!«

Ich verschlucke mich fast an einem der Kekse, die Sven rumreicht.

»Du weiß aber schon«, sage ich, »dass dieser Lehrgang keine anerkannte Ausbildung ist?«

Fiona wirft mir einen fast tödlichen Blick zu. »Wohl. Ich habe mich erkundigt. Wir machen eine Ausbildung zur Flugbegleiterin.«

So blond kann doch niemand sein, denke ich, dabei ist Fiona brünett.

»Ich weiß nicht, ob ich mit fünfzig noch fliegen will«, meint Mia. »Aber für ein paar Jahre stelle ich es mir ganz toll vor.«

Das tun wir wohl alle, sonst wären wir schließlich nicht hier. An diesem Abend erfahren wir viel voneinander. Es gibt drei Männer in unserer Truppe – Sven, Kai und Andreas. Sven ist einundzwanzig und hat gerade sein freiwilliges soziales Jahr abgeleistet, Kai ist fünfundzwanzig und hat Geschichte und Soziologie auf Magister studiert, und Andreas ist einunddreißig und hat in der Gastronomie gearbeitet. Er ist der Älteste in der Truppe. Leider kommt er sehr arrogant rüber.

»Service? Da weiß ich alles und kenne alles. Da stecke ich jeden von euch in die Tasche«, sagt er. »Das muss einem im Blut liegen.«

Das glaube ich auch, sonst ist man nicht geeignet, Flugbegleiter zu werden. Aber so ein bisschen Sympathie darf man auch ausstrahlen, finde ich.

Wir Mädchen sind alle unter dreißig. Die meisten haben studiert oder eine Ausbildung und wollen jetzt etwas von der Welt sehen und ein wenig Freiheit genießen. Lea und Sina haben gerade erst Abitur gemacht, sie sind unsere Küken. Fiona fällt aus mehrerlei Hinsicht ein wenig aus dem Rahmen.

»Und du?«, frage ich Mia das zweite Mal an diesem Tag. Diesmal antwortet sie.

»Ich habe Erzieherin gelernt, dann ein wenig in der Gastro gejobbt. Letztendlich war mir das alles nicht spannend genug. Jetzt probiere ich es hier. Sollte es nicht klappen, habe ich ja eine Ausbildung.« Sie zwinkert mir zu und schaut dann zu Fiona. Die sonnt sich in der Aufmerksamkeit der anderen, die sie ja alle schon in Unterwäsche gesehen haben, auch wenn es nur auf einem Plakat war. Nur Kai und Sven sabbern nicht, sie sind ziemlich schwul. Der arrogante Andreas fällt nicht in mein Beuteschema.

Das macht mir aber nichts, denn ich habe im Moment kein Verlangen nach einem Partner. Im Gegenteil. Die drei Monate, die ich nun von Gregor getrennt bin, haben mir gutgetan. Er scheint jedoch immer noch nicht über die Trennung hinweg zu sein. Blumensträuße schickt er nicht mehr, seit er herausbekommen hat, dass ich sie an das Altenheim weiterleite, dafür sind es jetzt Postkarten. *Viel Glück* wünschen er und ein rosa Ferkel, das vorne auf der Karte aufgedruckt ist. Die war gestern in meinem Briefkasten. Ich hoffe sehr, dass meine Mutter ihm meine Adresse in Berlin nicht mitteilt. Zutrauen würde ich es ihr schon. Sie glaubt, die Fliegerei wäre nur ein kleines Intermezzo in meinem Leben, und danach würde ich zu Gregor zurückkehren.

Ich werde sie enttäuschen müssen.

Wir vergessen die Zeit bei unserem ersten Zusammensein, und schnell ist es drei Uhr morgens. Verdammt! Um acht müssen wir bei der Schulung sein. Es ist einiges an Wein und Bier geflossen, und es ist spät, aber ich bin so aufgedreht, dass ich nur schwer einschlafe. Das Gefühl, dass gleich der Wecker klingeln wird, macht es nicht besser. Aber dann döse ich irgendwann doch weg und träume von Fiona, wie sie in High Heels und Dessous Getränke serviert.

Mein Wecker klingelt um halb sieben. Zu spät!, stelle ich fest, oder zu früh, je nach Perspektive. Ich gehe in die Dusche, aber das Wasser hat kaum Druck und wird auch nur lauwarm. Mist. Auf solche Dinge werde ich mich wohl einstellen müssen, wenn ich demnächst überwiegend in Hotels übernachte.

Frühstücken kann ich nicht so früh. Daran werde ich auch noch arbeiten müssen. Frühstück ist übrigens inklusive, allerdings tatsächlich ein wenig so wie in einer Jugendherberge. Ich schaue mich um. Alle wirken so müde und gleichzeitig angespannt, wie ich mich fühle. Alle bis auf Fiona. Die sieht aus wie aus dem Ei gepellt, als hätte sie zwölf Stunden Schlaf hinter sich. Beneidenswert gute Gene.

Ich trinke eine Tasse Kaffee, schmiere mir ein Brot und hechte zurück in mein Zimmer, um mich zurechtzumachen. Wir haben noch keine Uniform, sollen aber möglichst geschminkt und gut angezogen zum Lehrgang erscheinen. Rock, Bluse, Weste, Pumps, Hochsteckfrisur. Kein oder nur dezenter Schmuck. Check.

Es gibt einen Transfer zum Schulungszentrum. Um Viertel vor acht sitzen vierzehn nervöse Leute im Bus und starren aus den Fenstern. Viel zu sehen gibt es nicht. Was wird uns erwarten? Ich kann es mir nicht vorstellen, auch wenn ich Michael deswegen schon ausgequetscht habe wie eine reife Orange.

»Weiß ich nicht mehr«, war seine Standardantwort. »Viel Safety. Den Rest lernt man erst richtig an Bord.«

Na super. Wozu hat man Freunde?

Es gab vorab Material über die BlueSky, das wir lesen und uns merken sollten, genau wie die Drei-Letter-Codes. Gerade fällt mir kein einziger ein.

Und wenn ich durchfalle? Rausfliege?

Unsinn, Claudia! Nun hast du es so weit geschafft, da wirst du auch den Rest bestehen.

Mir geht die Düse.

Im Trainingcenter stellen sich uns die Ausbilder Tanja und Christian vor. Sie machen einen sehr sympathischen Eindruck. Ihr Blick hat allerdings etwas Mitleidiges.

»Ihr wohnt also alle zusammen in der Pension«, stellt Tanja fest. »Das hat Vorteile, aber auch Nachteile. So wie es – oder ihr – ausseht, habt ihr euch schon gründlich kennengelernt.« Sie grinst breit, wird dann aber wieder ernst. »Dies ist allerdings kein Ferienlager. Es ist gut, wenn ihr schnell einen Teamgeist entwickelt, denn darum geht es in unserem Beruf. Wir müssen die Fähigkeit haben, rasch mit fremden oder fast fremden Leuten ein Team zu bilden. Diese Zweckgemeinschaft muss perfekt zusammenarbeiten, auch in Krisensituationen. Das mag fehlendes Essen sein oder aber ein schwerer Triebwerksschaden und eine Notwasserung. Wir alle erlernen die gleichen Grundlagen. Was man außerdem dringend benötigt, um ein guter Flugbegleiter zu sein, ist die Fähigkeit, schnell und kompetent mit anderen zu interagieren und zu funktionieren. Das ist das A und O in unserem Beruf.«

»Sicherheit«, fügt Christian hinzu, »ist wichtig an Bord. Das Flugzeug befördert die Paxe. Das haben sie gebucht. Und ihr seid für die Sicherheit der Paxe verantwortlich. Das werden wir in den nächsten Wochen lernen, lernen und wieder lernen. Manche lernen gut zu zweit. Wer das kann – ihr habt hier genügend Kollegen. Tut euch zusammen. Aber feiert nicht nur, sondern tut auch etwas. Wir werden alles testen, und zwar fast täglich. Der Stoff, der Montag dran war, wird Dienstag abgefragt und so weiter. Ihr werdet also lernen *müssen*. Und ja, wer nicht besteht, fliegt – und zwar raus. Da gibt es kein Pardon. Die Schulung dauert vielleicht nur ein paar Wochen, aber sie ist kein Kinderspiel.«

Nach diesen Worten bin ich wach, sehr wach. Und ich verspreche mir, dass ich jeden Tag lernen werde, jeden verdammten Tag. Und immer früh ins Bett gehe und nicht mehr abends mit den anderen im Gruppenraum hocken werde.

Andererseits – war nicht Teambildung auch wichtig? Ich stöhne innerlich auf. Das könnte doch etwas komplizierter werden, als ich gedacht habe.

»Ihr habt Material zugeschickt bekommen und es euch hoffentlich angeschaut.« Tanja grinst. Sadistisch, wie ich finde. »Das fragen wir jetzt ab.«

Ein entsetzter Aufschrei geht durch die Reihen, so mancher Seufzer ist zu hören. Der Test an sich ist aber leicht. Multiple Choice, nur fünfzehn Fragen. Danach geht es zum Styling. Ja, tatsächlich, wir kriegen einen kompletten Schminkkurs und sehen danach alle aus wie Fiona – äußerlich taufrisch. Nach unserem Inneren fragt ohnehin kein Mensch.

Anschließend gibt es die erste Einheit Safety-Ansage und -Anweisungen. Das, was jeder von uns kennt, wenn er in ein Flugzeug steigt. Das, bei dem niemand zuhört, oder jedenfalls nicht wirklich. Wir aber spitzen heute ausnahmsweise die Ohren. Uns wird minutiös erklärt, wie Schwimmwesten funktionieren. Wir dürfen sie auch ausprobieren. Das Ding ist wie ein Airbag um den Hals und nimmt dir erst einmal die Luft, stelle ich fest. Und genau das müssen wir wissen, weil die Paxe im Fall der Fälle wie panische Hühner regieren.

Wir bekommen Material mit, das wir bis morgen lernen sollen. Das wird jetzt jeden Tag so sein. Zwischen Schminken und Schwimmweste gibt es einen kleinen Imbiss, der aber nicht satt macht, und keiner von uns hat heute Abend noch Lust zu kochen.

Deshalb gehen wir in den Imbiss neben der Pension. Die kennen das wohl schon und sind vorbereitet.

Ich bestelle mir Pommes und Brathähnchen und trinke nur Wasser. Was sein muss, muss sein. Die anderen scheinen partytauglicher zu sein oder haben nicht so unter der kurzen Nacht gelitten wie ich. Einige bleiben jedenfalls auch nach dem Essen bei Bier und trinken einfach im Gemeinschaftsraum weiter.

Ich verzieh mich auf mein Zimmer, schaffe es, das Material zweimal durchzulesen und mir wichtige Stellen anzustreichen. Michael hat mir eine SMS geschickt. *Alles gut?*, will er wissen. *Bin in LEI, fliege morgen nach DUS und dann nach ALC.*

Mist, die Drei-Letter-Codes. LEI – das ist in … Spanien? Ich muss nachschauen. Almeria, wo zum Teufel ist das denn? DUS – Düsseldorf. Das wird hoffentlich meine Base, mein Standort, von dem ich immer fliegen werde, falls ich den Kurs bestehe. ALC ist Alicante, wieder Spanien. Ob ich ihm so etwas in ein paar Wochen auch schreiben kann? Gerade bin ich mir nicht so sicher.

Kann mich jetzt perfekt schminken, schreibe ich zurück. Dann gehe ich ins Bad, wasche das perfekte Make-up ab und bete, dass ich es in knapp acht Stunden auch alleine so gut hinbekomme.

Am nächsten Morgen stehe ich verzweifelt vor dem Spiegel und versuche, mich an alle Tipps und Tricks zu erinnern, die uns gestern eingebläut wurden. Das klappt aber nicht. Heller Lidschatten nach innen oder nach außen? Kommt erst der Concealer? Oder erst die Foundation? Und warum sollen wir das Rouge nicht auf, sondern unter den Wangenknochen auftragen?

Einen Nervenzusammenbruch später gebe ich mich geschlagen und schminke mich wie normalerweise, lege aber ein wenig mehr Make-up auf und ziehe den Lidstrich deutlicher nach. Die Haare stecke ich zu einem festen Dutt. Dann ziehe ich mich businesslike an – wie gewünscht: Kostüm und Pumps – und geselle mich zu den anderen.

Mia sieht aus, als wäre sie in den Schminktopf gefallen.

»Ich kann das nicht«, heult sie fast. »Ich schmink mich sonst fast nie!«

»Das wird schon«, versuche ich sie zu trösten, habe aber wenig Hoffnung. »Hast du gelernt?«

»Die Drei-Letter-Codes bringen mich um.«

»Mich auch«, seufze ich.

Fiona erscheint strahlend wie das Licht und wirft ein fettes »Hi!« in die müde Runde. Wir starren sie an. Neidvoll. Ungläubig. Sie hat ihre wallende Mähne auch heute noch nicht gebändigt. Wie eine zugegeben kunstvolle Wolke umgeben die Locken ihr Gesicht.

»Deine Haare«, stammelt Sven. »Willst du … ähm … die nicht zusammenbinden?«

»Bist du verrückt? Dann wirken die doch gar nicht mehr.«

Na, ob sie damit durchkommt?

Im Bus frage ich Mia ab. Drei-Letter-Codes. Diesbezüglich sind wir so ahnungslos wie beim Schminken. AGB ist nicht die Abkürzung für die Allgemeinen Geschäftsbedingungen, sondern steht für den Flughafen Augsburg. BIO beschreibt keine besonderen Produkte der Landwirtschaft, sondern steht für Bilbao in Spanien. Und BKK ist keine Krankenkasse, sondern das Kürzel für Bangkok.

Als wir am Gebäude von BlueSky ankommen, bin ich nicht sehr beruhigt, atme jedoch tief durch und nehme mir vor, auch diesen Tag mit einem Lächeln im Gesicht zu überstehen.

Tanja begrüßt uns freundlich. Aufmerksam betrachtet sie jeden, korrigiert bei Sven den Schlips, bei Kai den Kragen. Ihr forschender Blick ruht sehr lange auf Mia, sie nickt dann aber. »Das lernst du noch. Aber bedenke, du bist hier nicht in der Clownsschule, sondern auf einem Lehrgang für Flugbegleiter.«

Sie geht weiter und bleibt vor Fiona stehen. »Perfekt geschminkt. So muss das sein, meine Damen«, sagt sie, und Fiona wirft uns einen triumphierenden Blick zu.

Man soll den Tag ja bekanntlich nicht vor dem Abend loben.

»Aber die Frisur geht gar nicht. Noch einmal zum Mitschreiben: Die Haare dürfen nur offen getragen werden, wenn sie die Schultern nicht berühren, und auch dann müssen sie ordentlich frisiert sein. Haare, die über die Schultern reichen, müssen zu einem Knoten oder einem Zopf gebunden werden. Zwingend. Das hat nicht nur optische, sondern auch sicherheitstechnische Gründe. Geh bitte und richte das.«

»Aber meine Frisur ist mir heilig.« Fiona zieht einen Schmollmund.

Jetzt wird Tanja, die bisher gelächelt hat, ernst. »Das war eine Anweisung und kein Beginn einer Diskussion.«

Fiona seufzt theatralisch auf, fügt sich dann aber und zieht ein Haargummi aus der Westentasche. Mit dem strengen Zopf sieht sie viel älter aus, und sie scheint sich merklich unwohler zu fühlen.

Wir lernen wieder Sicherheitsmaßnahmen und gehen noch einmal zu »Style and Smile« – Schminken und diesmal auch Anprobe der Uniformen. Als ich mich das erste Mal in den blauen Sachen der Fluggesellschaft sehe, erkenne ich mich fast nicht wieder. Ich sehe so … anders aus. So ernsthaft, so verantwortungsvoll. Und so toll! Auch Fiona wirkt auf einmal wie eine von uns und nicht wie von der Venus. Staunend sehen wir uns an und sind ein bisschen stolz.

Aber eine Uniform macht bekanntlich noch keinen Flugbegleiter.

AUF DER STARTBAHN

Die erste Woche geht wie im Fluge vorbei. Jeden Tag wird geprüft, ob man das Unterrichtsmaterial vom Vortag gelernt hat. Die Tests sind nicht besonders schwer, aber auch nicht gerade einfach. Es ist die Informationsflut, die unsere Köpfe rauchen lässt.

Am Wochenende fahren die meisten nach Hause. Ich beschließe zu bleiben. Ab jetzt sollen wir immer arbeitstauglich erscheinen – »Flight-Faces« nennen die Trainer das, also frisiert und geschminkt, so wie wir es gelernt haben. Und in Kostüm oder Hosenanzug. Schminkzeug habe ich mir neu zugelegt, zwei Kostüme und einen Hosenanzug habe ich mitgebracht. Blusen kann man hier waschen, und eine Reinigung gibt es auch. Da ich die Pflanzen meiner Freundin Andrea zur Dauerpflege überlassen habe, meine Mutter nach der Wohnung und der Post schaut und mich die Heim- und Rückreise nur Zeit kosten wird, ist es einfacher, hierzubleiben und zu lernen.

Fiona fährt natürlich nach Hause. Sie hat die deutliche Anweisung bekommen, sich intensiver mit dem Material zu befassen, aber ich glaube nicht, dass das bei ihr angekommen ist. Sie besitzt viel Charme und Charisma, ist aber unter den brünetten Locken (die sie inzwischen immer sehr streng frisiert) deutlich blonder als der Rest der Truppe.

Überhaupt weiß man nach einer Woche, wen man mag und wen nicht. Richtige Abneigungen gibt es nicht. Ich glaube, es wird schon vorher stark gefiltert, ob jemand teamfähig ist, denn das müssen wir sein. Aber mit Mia komme ich wesentlich besser klar als mit Fiona. Unter anderem auch, weil sie wie eine normale Mittzwanzigerin und nicht wie ein hochgezüchtetes Supermodel aussieht.

In der ersten Woche, das haben uns die Trainer gesagt, ging es um Informationen zum Service und grundsätzliche Sicherheitsvorkehrungen. Wir haben unsere Außenwirkung und unser Verhalten thematisiert, das die Fluggesellschaft repräsentiert und entsprechend tadellos sein soll.

Immer wieder lernen wir die Abkürzungen für Flughäfen und andere Dinge, die genauso unwichtig erscheinen. Mich beschleicht der Verdacht, die Ausbilder wollen herausfinden, wie lern- und aufnahmefähig wir überhaupt sind.

Mia bleibt am Wochenende auch hier. Am Samstag kochen wir zusammen und essen gemeinsam mit den drei anderen Hiergebliebenen Nudeln. Es ist eine nette und lustige Runde. Immer wieder versuchen wir, uns vorzustellen, wie es später sein wird. Werden wir zusammen fliegen? Längere Stopps zusammen haben? Wie wird sich unser soziales Leben verändern? Jeder von uns hat ein paar Zweifel, aber die Freude und die Lust auf den neuen Beruf überwiegen.

In der zweiten Woche kommen die harten Fakten, das Sicherheits- und Emergency-Training. Erst Theorie, danach Praxis im Mockup – einem Flugzeugmodel.

Richtig hart wird es, als wir in der Sicherheitskabine Feuer löschen müssen. Ich bete, dass ich das nie im wirklichen Leben machen muss. Der Adrenalinspiegel steigt unglaublich bei den Übungen. Immer wieder wird uns klargemacht, dass die Abläufe sitzen, die Handgriffe quasi im Schlaf erfolgen müssen. Wir müssen gewisse Dinge können, auch wenn die Kabine voller Qualm ist und die Paxe hysterisch werden. Wir müssen immer ruhig bleiben, egal was passiert. Ein Feuer zu löschen ist gar nicht so einfach. Es kommt vor allem darauf an, wo es entstanden ist und was brennt. Es gibt tausendundeine Regel dabei zu beachten, und wir müssen wieder und wieder üben. Ich erkenne den Sinn der Übungen, denn die Abläufe muss man wirklich beherrschen, wenn man hoch in der Luft ist und nicht mal eben rauskann. Oder jemanden anrufen, der sich mit so was auskennt. Oder ein Video auf YouTube dazu angucken. Aber es ist auch wirklich anstrengend.

Zwischendurch spielen wir immer mal wieder Rollenspiele, versuchen, uns mit schwierigen Paxen auseinanderzusetzen. Das ist tatsächlich entspannend und eher lustig.

Am Anfang der vierten Woche wird Emergency geprüft. Die Prüfung müssen wir bestehen, sonst sind wir raus. Sina, sie hat gerade erst das Abitur gemacht und war noch sehr unsicher, hat uns schon verlassen.

An dem Wochenende vor der schriftlichen Prüfung fahre ich nach Hause. Mich hat ein gewisser Lagerkoller erfasst. Zuerst war es spannend, neue Leute kennenzulernen. Wir verstehen uns als Gruppe gut, aber wir sind auch ständig zusammen, immer die gleichen Leute. Menschen, die ich zwar inzwischen mag, die ich aber vorher nicht kannte. Von denen ich zum Teil mehr weiß, als ich wissen mag. Ich höre meine Zimmernachbarin schon, bevor ich aufgestanden bin. Ich sehe alle beim kurzen Frühstück und im Bus, beim Transfer zum Trainingscenter. Ich sehe und höre sie während des Unterrichts, in den Pausen, beim Mittagessen, im Bustransfer zurück zur Herberge. Ich treffe sie danach im Supermarkt, in der Reinigung, beim Imbiss oder in der Küche. Und draußen, bei der ein oder anderen Zigarette zwischendurch. Und nachher im Aufenthaltsraum. Fernsehen und lernen kann ich allein in meinem Zimmer, höre sie aber nebenan und im Gang. Sie lachen und quatschen, nölen und meckern. Sie erzählen, so wie ich vermutlich auch, immer wieder dasselbe. Warum wir uns entschieden haben, Flugbegleiter zu werden, und welche Träume wir haben. Wir quatschen über schreckliche, lustige, traurige und langweilige Dinge in unserem Leben. Über das Essen und das Wetter. Worüber man eben so spricht.

Mann, was bin ich froh, dass der Kurs nur noch ein paar Wochen geht. Wie mögen sich Gefängnisinsassen nur fühlen, die Tag für Tag, Woche für Woche, Monat für Monat gemeinsam zum Hofgang gehen? Die haben sich doch nach zwei Wochen alles erzählt, was es zu erzählen gibt.

Zum Glück sind wir nicht wirklich inhaftiert, und ein Ende ist abzusehen. Trotzdem setze ich mich am Samstagmorgen in den Flieger nach Düsseldorf.

»Warum fährst du?«, fragt Mia traurig und will mir zum zwanzigsten Mal erzählen, dass sie es mental noch nicht schafft, in ihre Wohnung zurückzukehren, weil sich ihr Freund kurz vor dem Lehrgang von ihr getrennt hat und dort immer noch Erinnerungsstücke an ihn rumliegen.

Genau weil ich das nicht zum zwanzigsten und einundzwanzigsten Mal hören will, fliege ich nach Hause. Ich will gar nichts mehr hören. Ich will Ruhe. Meine Ruhe. Allein sein, einmal ganz und gar allein sein.

Keinem sage ich Bescheid, nicht meinen Freunden und auch nicht meiner Familie.

Es ist herrlich, auch wenn meine Wohnung im ersten Moment seltsam fremd wirkt. Die Pflanzen fehlen natürlich, und es riecht leer. Unbewohnt. Man kann es nicht beschreiben. Meine Mutter war regelmäßig da und hat auch gelüftet, deshalb ist die Luft nicht abgestanden. Aber es fehlen die typischen Gerüche einer bewohnten Wohnung – der Hauch von Parfüm, der auch Stunden später noch in der Luft liegt, der Geruch von gekochtem Essen oder von der Druckerschwärze der Zeitung. Steril wirkt die Wohnung auf mich, so aufgeräumt, wie sie lange nicht mehr war.

Aber das ändert sich schnell. Ich bade ausgiebig, das habe ich wirklich vermisst, in der Herberge gibt es nämlich nur Duschen. Der Kühlschrank ist leer, und ich bestelle mir Pizza. Nudeln habe ich noch da, aber Nudeln essen wir fast jeden Abend und sie kommen mir schon in Spirellis zu den Ohren raus.

Ich schalte den Fernseher an, ziemlich laut. In meiner Wohnung muss ich keine Rücksicht auf andere nehmen, und zum Glück sind die Wände gut isoliert. Dann tanze ich durch die Bude. Endlich mal wieder Platz. Kein enges Zimmer und eine Küche für mich alleine. Herrlich.

Dass es ein Fehler war, meine Familie nicht zu informieren, stelle ich fest, als meine Mutter am Sonntagmorgen um sieben vor mir steht.

»Was machst DU denn hier?«, kreischt sie.

»Ich wohne hier«, antworte ich müde. Eigentlich wollte ich ausschlafen. »Und du?«

»Ich wollte nur nach dem Rechten schauen, bevor wir zu Tante Ulla fahren.«

»Alles in Ordnung«, murmele ich und drehe mich um.

»Warum hast du denn nicht gesagt, dass du kommst?«, will Mama wissen und lässt sich auf meiner Bettkante nieder.

Genau deswegen, denke ich, grunze aber nur unverständlich.

»Aber wo du schon mal hier bist, willst du nicht mitkommen zu Tante Ulla? Die würde sich so freuen!«

»Mama, ich will einfach nur meine Ruhe.«

Ich ziehe das Kissen über meinen Kopf und ignoriere den Wortschwall, den sie über mich ergießt. Glücklicherweise hat sie nach zehn Minuten Erbarmen und geht wieder. Ich genieße die Ruhe, aber nur so lange, bis draußen irgendeine Gartenparty startet. Schlagermusik. Andrea Berg. Sonntags. Da war es ja in Berlin fast besser.

Aber bis Berlin sind es nur noch ein paar Stunden. Ich bade noch einmal ausgiebig, versuche, alles auszublenden, und lerne erst auf dem Rückflug. Diesmal sehe ich den Flug mit anderen Augen. Wo sind die Notausgänge? Wo die Feuerlöscher? Wie funktioniert der Service? Was hätte anders laufen können, was besser klappen sollen? Ich bin immer noch sehr euphorisch bei dem Gedanken, in ein paar Wochen vielleicht selbst diese Uniform zu tragen und den Dienst zu verrichten – aber ein wenig vom Glanz ist weg. Es ist eben auch harte Arbeit. Anders und sicher auch *anders* aufregend, als eine Klasse mit Teenagern zu unterrichten, aber eben tatsächlich viel Arbeit.

Am Montagmorgen sind wir alle ungewohnt ruhig beim Transfer. Es werden nicht die ewig gleichen Geschichten erzählt, die ewig gleichen Fragen gestellt. Heute kommt es wirklich darauf an, beim Test darf man nicht durchfallen. Bisher hatte ich noch keine wirkliche Prüfungsangst in meinem Leben, aber diesmal kribbelt es seltsam ungewohnt und unangenehm in meinem Bauch. Vielleicht ist es das Wissen, dass diese Dinge tatsächlich lebenswichtig sind.

Vielleicht weiß ich aber auch zum ersten Mal in meinem Leben, dass ich diese Prüfung dringender bestehen will als alles andere zuvor.

Auch Mia ist ganz blass. Inzwischen hat sie gelernt, sich zu schminken, Fiona hat ihr dabei geholfen. Ich gehe ein letztes Mal die Checkliste durch, dann müssen wir im Unterrichtsraum Platz nehmen.

Mia ist schneller fertig als ich, sie geht als Zweite. Zuerst hat Kai den Raum verlassen. Nach und nach sind wir aber alle mit den Aufgaben durch und versammeln uns draußen auf dem Hof. Mia sitzt in der Ecke und weint.

»Ich habe das nicht gepackt«, jammert sie. »Ich glaube nicht, dass ich das geschafft habe.«

»Kopf hoch«, versuche ich sie zu trösten. »Warte doch erst einmal ab.«

Doch die Anspannung liegt wie eine Glocke über uns.

Als Letzte stakt Fiona auf ihren Waffenscheinschuhen nach draußen. Sie zieht sich das Gummi aus den Haaren und fährt sich mit beiden Händen durch die wilden Locken.

»Tja, ich fürchte, das war's. Immerhin kann ich mich jetzt wieder ordentlich frisieren.«

Sie grinst, aber das Lächeln ist schief.

Die Tests werden gleich ausgewertet, und als wir eine Stunde später in den Unterrichtsraum zurückkehren, fühle ich mich ein wenig wie das Schaf, das zur Schlachtbank geführt wird.

Mia zittert und beißt sich auf die Lippen. Die Namen derjenigen, die bestanden haben, werden verlesen.

»Claudia Busch.«

Mir fällt ein Gesteinsbrocken vom Herzen.

»Mia Farlotz.«

Mia springt auf und jubelt.

Kai und Fiona haben nicht bestanden. Kai hat den Test wohl gar nicht richtig zu Ende geschrieben und das Schulungsgelände direkt nach der Prüfung verlassen. Fiona nickt traurig, winkt uns allen zu und geht.

Sie ist uns doch irgendwie ans Herz gewachsen, und es ist nicht einfach, wenn plötzlich Leute vom Team fehlen. Plötzlich kann ich die Teilnehmer der ganzen Castingsendungen verstehen. Aber wir freuen uns mehr über unser Weiterkommen als über den Verlust derer, die es nicht geschafft haben.

»Herzlichen Glückwunsch euch allen. Von den ursprünglichen vierzehn sind jetzt nur noch elf übrig geblieben. Leider ist das manchmal so, dass jemand doch nicht für diesen Beruf gemacht ist. In den letzten zwei Wochen werden wir verstärkt den Service mit euch üben«, sagt Christian, unser Ausbilder.

»Vergesst aber nicht, dass ihr trotzdem immer wieder geprüft werdet und wir uns auch jetzt noch jederzeit gegen euch entscheiden können. Am Ende der Ausbildung stehen die beiden Check-Flüge auf der Agenda. Erst wenn ihr die bewältigt habt und positiv über euch entschieden wurde, erhaltet ihr die Arbeitsverträge«, fügt Tanja hinzu.

Es ist nur ein weiterer Schritt, aber ein sehr entscheidender, sage ich mir.

Wir üben den Service im Mock-up-Flugzeug. Alles, was wir in den ersten Wochen zum Thema Service gelernt haben, scheinen wir wieder vergessen zu haben. Aber schneller als erhofft ist es wieder da.

Jeden Morgen treffen wir uns mit den beiden Ausbildern im Klassenraum. Dort muss jeder zwei Fragen zu bestimmten Flugzeugtypen und zum Emergency Case beantworten – fast so wie im Briefing, das die Crew vor jedem Flug abhält.

Die allerletzte Prüfung ist der Service-Check. Bisher haben wir uns immer gegenseitig bedient, die Ansagen nur vor unserer Gruppe geübt. Diesmal kommen aber Fremde und auch Freunde und Familie, die wir einladen durften. Das Lampenfieber ist bei uns allen enorm hoch, aber trotz mancher kleinen Panne klappt alles ziemlich gut. Mein Bruder, der mit seiner Freundin Ina extra aus Düsseldorf angereist ist, lässt es sich sogar nicht nehmen, einen Tomatensaft mit »ein bisschen *La Cucaracha*, wenn Sie verstehen, was ich meine« zu bestellen.

Alle Prüflinge bestehen und kommen weiter. Sogar ich, obwohl ich meinem Bruder mit einer extra Portion Tabasco das Feuerspucken beigebracht habe.

»Ihr Lieben«, sagt Tanja, als wir alle ein Glas Sekt in der Hand halten und die Anspannung langsam nachlässt, »ihr habt es so gut wie geschafft. Jetzt fehlen euch nur noch die Check-Flüge. Always happy landings, wünsche ich euch schon einmal!«

Keiner von uns nimmt die Check-Flüge auf die leichte Schulter, wir sind alle sehr nervös, denn verkacken können wir es immer noch.

»Wie oft schon hat jemand die Flüge nicht bestanden?«, frage ich Christian.

»Es passiert hin und wieder. Natürlich wissen die Purser, dass ihr nervös seid, und sie nehmen bestimmt auch darauf Rücksicht. Probleme mit dem Beladen des Trolleys sind nicht so schlimm. Aber wenn sie feststellen, dass zum Beispiel der Umgang mit den Paxen nicht klappt, dann ist das ein Ausschlusskriterium.«

Tags darauf gehen wir im BlueSky-Gebäude an die Terminals und schauen nach, auf welche Flüge wir eingeteilt sind. Dazu haben wir ein bestimmtes Zugangswort bekommen. In Zukunft werden wir so immer an unsere Flugpläne kommen und sie von jedem Flughafen der Welt aus ausdrucken können.

Meine Kurzstrecke ist schon am nächsten Tag. Ein Umlauf, das heißt: TXL – FRA, dann FRA – MUC, dann MUC – SFX, also Berlin-Schönefeld. Im Klartext heißt das Abkürzungswirrwarr: Berlin, Frankfurt, München und wieder Berlin. Drei Tage später geht meine erste überwachte Langstrecke nach MLE. Zum Glück kann wenigstens Mia die Drei-Letter-Codes mittlerweile einwandfrei, ansonsten hätte ich mich darüber geärgert, nach Malta und nicht auf die Malediven zu fliegen.

Meine Damen und Herren, wir haben soeben unsere Reisehöhe erreicht, und der Captain hat die Anschnallzeichen ausgeschaltet. Sie können sich nun frei im Flugzeug bewegen. Wie immer empfehlen wir Ihnen jedoch, während des gesamten Flugs angeschnallt sitzen zu bleiben. Sie können nun auch wieder die elektronischen Geräte anschalten. Wir werden bald mit dem Bordservice beginnen.

AUF KURZ …

Ich bin mächtig aufgeregt, als ich zu meinem ersten Umlauf aufbreche. Um bloß nicht zu spät zu kommen, bin ich schon um vier aufgestanden. Die Uniform liegt gebügelt bereit. Noch bin ich in der kleinen Pension, erst morgen geht es nach Hause. Meine Homebase, also der Flughafen, von dem aus ich eingesetzt werde, ist tatsächlich mein Wunschort Düsseldorf geworden.

Inzwischen hasse ich das enge kleine Zimmer, das nach fast sieben Wochen völlig zugestellt ist. Ich habe zwar einige Dinge schon zu mir nach Hause gebracht, aber es hat sich viel angesammelt. Zeitschriften, Bücher, Kosmetik, Kleidung, Waschmittel, Handtücher, Teile der Küchenausstattung (weil zum x-ten Mal das Sieb in der Küche verschwunden ist, hab ich mir ein billiges gekauft) und noch anderes mehr. Lebensmittel, die nicht gekühlt werden müssen, lagere ich auch in meinem Zimmer, denn manche nehmen es nicht so genau mit dem Eigentum anderer. Keiner von uns *natürlich*, wir sind sehr kollegial, aber hier wohnen auch ein paar Arbeiter, die auf Montage in Berlin sind. Wobei ich die Jungs eher in Bezug auf die vermissten Bierdosen im Verdacht habe.

Ich bin froh, dass mein Bruder mit dem Auto gekommen ist und mich und meinen ganzen Krempel abholt, alleine würde ich das nicht schaffen. Aber erst einmal muss ich meinen ersten Flug überstehen, während Ina und er sich bei einer Rikschafahrt wie zwei waschechte Touris durch Berlin kutschieren lassen.

Dreimal kontrolliere ich, ob der Haarknoten auch wirklich gut sitzt und keine Strähne irgendwo raushängt. Ich schminke mich sehr sorgfältig, die Nägel habe ich schon gestern lackiert. Wir dürfen nur dezenten Schmuck tragen, Ohrstecker und dünne Ketten, unauffällige Ringe, nicht mehr als zwei.

Es ist etwas ganz anderes, ob man die Uniform nur zur Probe anzieht oder für einen ganzen Tag. Ich habe mich für Rock, Bluse, Weste, Jacke und Hut entschieden. Das Halstuch darf natürlich nicht fehlen. Grundsätzlich dürfen wir selbst aussuchen, welche Teile der Garderobe wir miteinander kombinieren. Die Uniformen stellt die Firma, die Schuhe nicht. Die habe ich schon vor zwei Wochen gekauft und jeden Tag getragen, damit sie eingelaufen sind.

Für die Uniformteile brauche ich einen extra Koffer. Wir bekommen zwei Strickjacken und einen Rollkragenpullover oder einen Rollkragenpullover und zwei Strickjacken. Außerdem zwei Kleider und eine Hose, oder zwei Hosen und ein Kleid, oder eben drei Kleider oder drei Hosen. Dazu drei Halstücher, zehn Blusen (lang- und kurzärmelig), Gürtel, Hut, Hutanstecker, Handtasche und Crew-Koffer. Es ist gar nicht so einfach, das Richtige auszuwählen. Nachts auf Langstrecke – friert man da eher? Wie gut kann man in den Kleidern arbeiten? Lauter Fragen, die ich wahrscheinlich erst nach einigen Wochen beantworten kann, wenn ich mein erstes Gehalt schon für Stützstrümpfe und Blasenpflaster ausgegeben habe.

Hektisch überprüfe ich mein Bordcase, das kleine Rollköfferchen, das ich heute mit an Bord nehmen darf. Darin habe ich Zahnbürste und Zahnpasta, Bürste, Haarnadeln, eine zusätzliche Seidenstrumpfhose, eine saubere Bluse (man weiß ja nie), Deo und Schminkzeug. Außerdem ein Buch (falls mir wider Erwarten langweilig wird), Tampons, Kondome (Ich sage es: Man weiß ja nie!) und das Handyladekabel, falls wir irgendwo notlanden müssen und mir der Akku absäuft.

Ich schließe den Koffer, atme tief durch und koche mir einen Kaffee. Mit vorsichtigen winzigen Schlucken schlürfe ich die heiße Brühe, bloß nicht kleckern! Dann mache ich mich auf den Weg.

Vor dem Flughafen wische ich noch einmal mit einem Taschentuch über meine auf Hochglanz polierten Schuhe und prüfe mein Spiegelbild in der Glastür. Am Terminal ziehe ich erneut meinen Flugplan – es hat sich nichts geändert. Ich suche den Briefingraum, in dem sich die Crew vor dem Flug trifft.

Wie werden die Kollegen sein? Werde ich die Aufgaben meistern? Ich habe das Gefühl, alles, was ich in den letzten Wochen gelernt habe, ist in einem schwarzen Loch verschwunden.

»Ich bin Rita, die Purserette auf diesem Flug. Du bist Claudia?«, begrüßt mich eine Frau mit einem gewinnenden Lächeln. Sie sieht so erfahren und profimäßig aus, ich beneide sie.

»Ja«, stottere ich. »Claudia Busch.«

»Ich werde dich auf deinem Einweisungsflug betreuen.«

Wieder lächelt sie und nimmt mir damit ein Stück meiner Nervosität. Andreas, Brigitte und Steffi sind die anderen der Crew, sie kommen kurz nach mir in den Raum und begrüßen mich herzlich. Der Pilot und der Co-Pilot sind noch nebenan und berechnen die Flugdaten. Anhand der Wetterbedingungen können sie ausrechnen, wie viel Sprit wir auf diesem Umlauf benötigen.

Aber schließlich kommen die beiden auch zu uns. Jetzt bin ich wieder höllisch nervös, denn dieser Flug ist ja wie eine Prüfung. Selbst wenn ich am Boden alles beherrsche, in der Luft und mit echten Paxen wird es komplett anders sein.

»Das ist Claudia, sie hat heute ihren ersten Checkflug. Brigitte, Steffi und mich hast du ja schon kennengelernt, Claudia. Dies sind unser Pilot Jan Wellen und der Co-Pilot Hannes Klein.«

Verstohlen wische ich mir die schweißnasse Hand am Rock ab, bevor ich die beiden begrüße.

Auch sie sind sehr herzlich. »Wir haben heute einen Umlauf von TLX nach FRA, dann nach MUC und von MUC wieder nach

TLX. Die Wettervorhersagen sind gut, es sind weder starke Winde noch Gewitter zu erwarten.«

Wie im Fernsehen bei der Wettervorhersage, denke ich und warte darauf, dass ein Frosch die Leiter hochklettert.

Rita ist die Chefin in der Kabine. Normalerweise übernimmt die Purserette die 1. Klasse und die Rangnachfolgenden die Economy. Diesmal aber wird Rita mit mir und Steffi die Holzklasse übernehmen. Sie teilt alle auf ihre Positionen ein und bespricht noch einmal kurz wichtige Dinge, die Service und Sicherheit betreffen. Während des Flugs werden wir nur Sandwiches und Getränke servieren.

»Wir haben Sandwiches mit Truthahn und Käse«, erklärt sie. Dann stellt sie mir noch zwei Fragen zur Security, die ich stotternd, aber richtig beantworte. Mein erstes Briefing habe ich überstanden, und der Bus bringt uns zum Flugzeug.

Meine Aufregung steigt ins Unermessliche. Wo waren noch mal die Kotztüten?

Wir alle haben einen Checkzettel für unsere Position bekommen. Was ich machen muss, habe ich im Mock-up schon etliche Male geübt, aber jetzt, in einem richtigen Flugzeug, ist es doch etwas anderes.

Schon beim Reinkommen öffnen meine Kollegen alle Hatracks, die Gepäckfächer, und schauen hinein. Das Flugzeug ist in der Nacht gesäubert worden, nun müssen wir überprüfen, ob alles an Ort und Stelle ist und keine ungewöhnlichen Dinge an Bord sind. Ich muss nachsehen, ob mein Feuerlöscher funktionstüchtig ist, die Sauerstoffflaschen überprüfen und die Notrutsche an meiner Tür checken. Bei meinem ersten Durchgang bleibt Rita ständig an meiner Seite. Ich mache zwei Fehler und bin insgesamt langsamer, als ich dachte.

Dann überprüfen wir die Sitztaschen, jede einzelne, und legen die Zeitungen aus. Rita zeigt mir, wie ich die angelieferten Essen überprüfe, und dann soll ich schon einmal den Trolley vorbereiten und bestücken. Wir sind knapp eine halbe Stunde an Bord, als eine Kollegin vom Bodenpersonal kommt und fragt, ob sie die Paxe schicken dürfen. Rita bejaht, ich ziehe den Taschenspiegel hervor und überprüfe mein Make-up und meine Frisur, zupfe die Uniform zurecht und stelle mich mit der Purserette an die Tür.

Jetzt kommen sie, meine ersten Paxe.

Oh mein Gott, bin ich aufgeregt! Ich mach mir gleich in die Hose. Oder das Kostüm. Wie auch immer.

»Lächeln, immer schön lächeln«, flüstert mir Rita aufmunternd zu.

Es ist früh am Morgen, die meisten Paxe sind Geschäftsleute, Vielflieger, wenig redselig. Ich wünsche allen einen guten Morgen, aber nur wenige erwidern den Gruß.

Beim Briefing hat uns Rita gesagt, dass es ein PETC gibt, ein Pet in Cabin, also ein Tier, meist Hund oder Katze unter sechs Kilo, das in einer besonderen Transportbox als Handgepäck mitgenommen werden darf. Und da kommt es gerade die Gangway entlang. Eine Rassekatze mit langem Fell. Sie läuft wie ein Hund an der Leine neben ihrem Frauchen, einer älteren Dame.

Rita stupst mich an, dies ist also meine erste Bewährungsprobe. Das Tier darf nur im Transportbehälter an Bord. Ich gehe der Frau ein paar Schritte entgegen.

»Guten Morgen«, wünsche ich freundlich. »Das ist aber ein schönes Tier.«

»Sie heißt Madame Tussaud«, erwidert die Dame und klingt dabei sehr stolz. »Sie hat schon viele Preise gewonnen, und nun sind wir unterwegs zu einer Rassekatzenshow in Frankfurt.«

»Das klingt sehr aufregend. Madame Tussaud ist also schon öfter geflogen?«

»Oh ja. Sie mag es.«

»Das ist schön.« Die Frau weiß bestimmt, dass das Tier spätestens jetzt in den Transportkorb muss, den sie zum Glück auch dabeihat. »Soll ich Ihnen helfen, Madame Tussaud in den Transportbehälter zu heben?«

»Hat das nicht Zeit bis zum Start?« Sie verzieht das Gesicht.

Hat es nicht, das weiß ich. Aber ich weiß nicht, ob man nicht auch Ausnahmen machen kann. Unsicher sehe ich mich zu Rita um. Sie hebt die Augenbrauen und schüttelt unmerklich den Kopf.

»Das geht leider nicht.«

Inzwischen stauen sich die anderen Paxe hinter der Frau.

»Aber ich helfe Ihnen gerne.«

»Nicht nötig.« Sie hockt sich hin und öffnet den Korb. Die Katze maunzt mürrisch. »Es muss sein, Darling, das weißt du doch. Die Frau will nicht, dass du durch das Flugzeug läufst. Wir beide wissen, dass das albern ist, aber man muss sich ja an Vorschriften halten.«

Der Blick, mit dem sie mich nun beglückt, ist ziemlich giftig. Als hätte ich die Vorschriften allein für sie gemacht und nur deshalb, um sie zu ärgern.

Die Katze lässt sich zum Glück schnell dazu überreden, in den Korb zu klettern, und das Boarden kann weitergehen. Ich stelle mich wieder zu Rita.

»Das hast du gut gemacht«, flüstert sie mir zu.

Ein paar Minuten später sind alle Fluggäste auf ihren Plätzen. Fieberhaft überlege ich, was nun zu tun ist. Aber in meinem Kopf entdecke ich nichts als gähnende Leere.

»Du schaust nach, ob das Handgepäck gut verstaut ist. Dabei kannst du ja schon einmal prüfen, wer bereits angeschnallt ist«, hilft mir Rita.

Ich gehe den Gang entlang, zweimal muss ich jemanden bitten, sein Handgepäck in die vorgesehenen Fächer zu packen. Die Paxe folgen ohne Murren meiner Anweisung. Die meisten haben sich eine der Tageszeitungen, die wir am Eingang ausgelegt haben, mitgenommen und blättern nun darin. Insgesamt ist die

Stimmung eher ruhig und gedämpft, was sicherlich an der frühen Stunde liegt.

Dann entdecke ich Madame Tussaud. Sie liegt auf dem Schoß ihres Frauchens. Der Transportbehälter steht vergessen im Gang.

»Entschuldigen Sie, aber Ihre Katze muss in das Behältnis, und dieses müssen Sie im Fußraum verstauen«, sage ich so freundlich, wie ich kann, obwohl ich eigentlich sagen will: Sie blöde Kuh, haben Sie mir vorhin nicht zugehört? Das Vieh soll in den Käfig, ansonsten werde ich diese Prüfung hier vermasseln, und dann waren die vergangenen drei Monate für die Katz!

Madame Tussaud miaut laut, als hätte sie meine Worte verstanden.

Zwei Reihen vor ihr springt ein Mann hektisch auf. »Ist etwa eine Katze an Bord?«

»Äh … ja?«

»Ich habe eine schwere Katzenhaarallergie!« Er wirkt fast panisch und fängt schon an, an seinem Hemdkragen rumzunesteln.

Ich habe keine Ahnung, ob bei einer Allergie zwei Reihen Abstand ausreichend sind. Aber der Flug ist nicht ausgebucht, und ich werde sicherlich ein Plätzchen finden, das noch weiter weg ist.

»Bitte«, sage ich zu Madame Tussauds Frauchen, »verstauen Sie Ihr Tier in den Behälter. Der muss dann in Ihrem Fußraum stehen – mit Katze.«

Ich eile nach vorne. Der Mann mit der Allergie ist schon in die erste Reihe geeilt und schüttelt den Kopf. »Ich kann hier nicht bleiben«, sagt er aufgeregt. »Das ist ein Unding, dass Tiere mit an Bord kommen. Warum kann das Monster nicht in den Frachtraum gebracht werden?«

»Man kann die Mitnahme in der Kabine buchen«, sage ich ruhig. »Ich kann Ihre Sorge verstehen. Ich habe noch einen Platz in Reihe 3. Es ist sogar ein freier Fensterplatz. Ganz weit weg von dem Tier, das ja in einer Box ist.«

Ich lächele, was das Zeug hält. Was aber, wenn er sich weigert umzuziehen? Doch der Mann ist sehr an seiner Gesundheit interessiert und folgt mir prompt und ohne Widerworte.

Rita hat inzwischen beide Gänge überprüft, alles Gepäck ist sicher verstaut. Die Türen wurden geschlossen, ich darf unter Ritas Aufsicht prüfen, ob alle Riegel anliegen und die Notfallrutsche richtig eingehängt ist.

Dann kommen die Sicherheitshinweise. Und das Anschnallzeichen. Noch ein Gang durch die Reihen, ist auch jeder angeschnallt? Madame Tussaud sitzt beleidigt in ihrem Korb zu Füßen des nun missgestimmten Frauchens.

Wir setzen uns auf unsere Klappsitze, schnallen uns an, inzwischen rollt der Flieger los. Ich bin sehr aufgeregt.

»Das hast du ganz gut gemeistert«, sagt Rita zu mir. »Wir müssen die Katzendame im Blick behalten. Solche Leute sind schwierig. Nur gut, dass das keine Langstrecke ist.« Sie lacht leise.

Ihre Worte beruhigen mich.

Als das Anschnallzeichen erlischt, stürmen schon die ersten Paxe zur Toilette, während wir die Trolleys beladen. Mein allererster Service mit echten Passagieren. Irgendetwas geht schief, bestimmt geht etwas schief, denke ich und rezitiere still und leise die ersten drei Grundregeln von Murphys Gesetz.

Beim Service bin ich sehr viel langsamer als Steffi, die den anderen Gang übernommen hat, aber große Fehler passieren mir zum Glück nicht. Alles geht so schnell. Kaum haben wir die Getränke verteilt, müssen wir schon wieder die Becher einsammeln.

Als das Anschnallzeichen aufleuchtet, kreischt die Katzendame auf. »Madame Tussaud!«

Rita eilt zu ihr, ich folge. Ein Notfall? Ob wir eine Durchsage machen müssen, ob ein Tierarzt an Bord ist?

Doch die Besitzerin der Rassekatze starrt uns nur entsetzt entgegen und zeigt auf die Transportbox. Die Tür steht offen, und die Katze ist nicht zu sehen.

»Sie ist weg!«

Rita bleibt ruhig. »Wann haben Sie sie das letzte Mal gesehen?«

Die Frau senkt den Kopf. »Sie ist mir gerade entwischt. Ich wollte sie vor der Landung nur noch einmal beruhigen.«

»Sie haben sie *rausgenommen*?«, fragt Rita ungläubig. »Na ja, verschwinden kann sie nicht.«

Wie kann man nur so blöd sein, frage ich mich und sehe schon eine preisgekrönte Langhaarkatze bei der Landung durch die Kabine fliegen.

Wir gehen durch die Reihen, schauen unter den Sitzen und in den Fußräumen. Dabei müssen wir uns sehr beeilen und bitten alle, sich schon anzuschnallen. Der Katzenallergiker sitzt bleich auf seinem Platz und hat sogar die Beine etwas angehoben.

»Ist sie hier?«, fragt er ängstlich, als ich mich bücke, um nachzuschauen. Er tut mir richtig leid.

»Nein«, versuche ich ihn zu beruhigen.

»Das ist eine Schweinerei, ich werde mich beschweren«, haucht er, und er klingt dabei sehr kurzatmig.

Ich fürchte, gleich haben wir den nächsten Notfall.

Es wird knapp, wir sind schon im Landeanflug. Rita beschließt, dass wir uns setzen und erst am Boden weitersuchen.

»Meine Katze«, jammert die Dame. »Madame Tussaud! Was, wenn ihr etwas passiert?« Sie steht kurz vor einem Nervenzusammenbruch.

»Selbst schuld«, murmelt Rita und schließt den Gurt.

»Was machen wir denn, wenn wir gelandet sind?«, will ich wissen. »Was, wenn wir die Türen öffnen und das Vieh haut ab?«

Rita seufzt. »Dann hat die Dame Pech gehabt.«

Wir landen. Langsam rollt das Flugzeug zum Gate, und wir machen uns wieder auf die Suche nach dem Tier. Der Katzenallergiker ist schon aufgesprungen und steht an der Tür. Normalerweise sollen alle sitzen bleiben, bis das Flugzeug steht, aber bei ihm haben wir Verständnis.

Plötzlich klingelt unser Bordtelefon. Andreas meldet sich von vorne aus der ersten Klasse. »Ich habe sie. Sie hat es sich hier bequem gemacht«, sagt er lachend. »Ist eben ein echtes Luxusweib.«

Mit einem laut kreischenden »Daaaaaaarling!« stürzt die Katzenmama nach vorne und nimmt ihr Tier in Empfang. Ich hoffe, das wird ihr eine Lehre sein.

So endet mein erster Flug als Flugbegleiterin auf Probe. Die beiden anderen Umläufe an dem Tag verlaufen ohne weitere Schwierigkeiten, abgesehen von einem Passagier, der weder Deutsch noch Englisch noch sonst eine Sprache des europäischen Kontinents spricht und dem nicht zu erklären ist, was genau auf den Sandwiches ist.

Beim Debriefing in Berlin geht Rita mit mir noch einmal alles durch. »Dein Service war zu langsam. Aber das macht die Routine. Nachdem das Reinigungspersonal wieder von Bord ist, musst du wirklich alles kontrollieren, auch die Mülleimer in den Toiletten. Es geht nicht nur darum, zu prüfen, ob alles sauber ist, sondern auch darum, ob das Personal dort nicht fremde Gegenstände versteckt hat. Du bist sehr offen und freundlich zu den Paxen, und das ist sehr wichtig. Du wirst deinen Weg schon gehen.«

Hoffen wir's.

... ODER LANG

Olli und Ina haben sich gestern einen herrlichen Tag in Berlin gemacht, während ich einmal kurz durch die Republik gejettet bin – was sich viel besser anhört, als es sich anfühlt, wie ich am Abend bemerkte, als ich die Pumps fast nicht von meinen geschwollenen Füßen schieben konnte. Die Aufregung nach dem ersten Arbeitstag hielt dann auch noch eine ganze Weile an, und ich nutzte die überschüssige Energie, um Kartons und Koffer zu packen.

Ungläubig schaut sich mein Bruder jetzt in dem kleinen Zimmer um, in dem ich die letzten zwei Monate gehaust habe. »Sieht aus wie ein Handgranatenwurfstand. Bist du zum Messie geworden?«

»Ich möchte nicht wissen, wie das Zimmer bei dir aussehen würde, wenn du hier sieben Wochen eingepfercht gewesen wärst«, fauche ich.

Meine Nervenlage ist nicht die beste. Nach und nach ziehen alle Lehrgangskollegen aus, die Euphorie darüber, dass wir es fast alle geschafft haben, ist einer gewissen Melancholie des Abschieds gewichen. Wir versprechen uns alle, dass wir Kontakt halten werden, obwohl wir wissen, dass wir uns vermutlich schneller aus den Augen verlieren, als die Putzkolonne beim Stopover braucht.

Mia ist gestern auf Langstrecke gegangen, und ich warte immer noch auf eine SMS von ihr. Das Flugzeug ist nicht abgestürzt, das habe ich schon überprüft. Entweder war es so toll oder so schrecklich, dass sie jetzt nicht schreiben will. Denn entweder wird sie mich mit ihrer Nachricht total verunsichern (Werde ich es genauso gut machen wie sie?) oder komplett verstören (Oh nein, bitte lass diesen Kelch an mir vorüberziehen!).

Wir packen meine Sachen zusammen und verstauen sie im Wagen. Die Küchenutensilien, fast alles nur Ein-Euro-Produkte, die ich in einem türkischen Laden um die Ecke gekauft habe, lasse ich zurück. Irgendjemand wird sie schon brauchen können. Auch die Lebensmittel lasse ich in Berlin.

Es dauert eine Weile, mein Bruder stöhnt und flucht, aber irgendwann haben wir meine Sachen in seinem Wagen verstaut, der voll bis unter das Dach ist.

Fünf Stunden Heimfahrt mit einem schlecht gelaunten Bruder und seiner schweigsamen Freundin, das kann ja heiter werden. Aber Olli taut relativ schnell wieder auf, und auch Ina ist viel redseliger, als ich sie bisher erlebt habe, und wir singen die Lieder im Radio mit, schwelgen in Kindheitserinnerungen und lästern über die Verwandtschaft.

Zu Hause angekommen, packe ich nur den Koffer mit den Uniformen aus, alles andere lasse ich im Flur stehen. Home sweet home – allerdings nicht für lange.

Schon zwei Tage später stehe ich wieder am Flughafen. Düsseldorf, zwölf Grad. Es ist windig. Die Frisur sitzt, die Schuhe blitzen. Diesmal habe ich auch neben meinem Bordcase einen großen Koffer dabei, denn es geht für mich das erste Mal auf die Malediven. Wie bei der Kurzstrecke ziehe ich zuerst meinen Flugplan am Terminal, dann suche ich den Briefingraum. Diesmal sind wir mehr Personal. Der Purser, der mich betreuen und überprüfen wird, ist schon da.

»Ich bin Achim«, sagt er und reicht mir grinsend die Hand. »Du musst Claudia sein.«

Nach und nach kommen die anderen, und ich werde vorgestellt. Martina, Silke, Anja, Dennis, Torsten, Sabine, Elke … die Namen rauschen an mir vorbei. Zum Glück hat jeder von uns ein Schild an die Brust gepinnt.

Wieder werden die Flugstrecke und andere Details besprochen. Diesmal wird es drei Preboardings geben, zwei Familien mit sogenannten Infants, also Kindern unter zwei Jahren, und eine Person im Rollstuhl. Preboarding bedeutet, dass diese Personen schon vor allen anderen ins Flugzeug dürfen.

Achim bespricht mit uns die Speisen. Es gibt zwanzig Special Meals, das sind Mahlzeiten, die mindestens vierundzwanzig Stunden vor dem Flug geordert sein müssen, wie zum Beispiel koscheres oder vegetarisches Essen. Er teilt die Crew ein und gibt jedem eine Position. Ich werde mit ihm zusammen den ersten Abschnitt der Economy auf der rechten Seite betreuen, R2 heißt die Position.

Das Flugzeug hat vier Türen auf jeder Seite. Drei davon kann man öffnen, die Nottüren über den Tragflächen nur im Notfall. Aber für jede der Türen muss mindestens ein Flugbegleiter an Bord sein, das ist bei dieser Flugzeuggröße die Mindestbesetzung. Das wären also acht. Wir sind heute elf. Die Positionen werden nach ihrer Lage (rechts oder links, also R oder L) bezeichnet und dann nach Anzahl der Türen durchnummeriert. Am Gate wird natürlich immer nur eine Seite geöffnet, das hängt davon ab, welche Position das Flugzeug hat und wie es steht. Und vom Flughafen natürlich.

Dann stellt er die obligatorischen Sicherheitsfragen und bespricht noch dies und das mit uns, bevor der Pilot und seine beiden Assistenten zu uns stoßen, uns die Flugroute zeigen und die berechnete Flugzeit mitteilen.

Dann geht es los. Das Flugzeug ist so groß, denke ich und hoffe, dass ich mich trotzdem zurechtfinden werde. Wir fahren wieder mit dem Bus bis zum Flugzeug, unsere Koffer haben wir dabei. Die werden als Erste eingeladen und später auch gesondert aus dem Flugzeug geholt, sodass wir sie nicht in der Flughafenhalle aufsammeln müssen. Wir steigen die Treppe hoch, und ich schaue mich unsicher um. Im Prinzip sieht es hier aus wie im

Mock-up, nur dass es dort nicht dreihundert Plätze gab, sondern höchstens vierzig.

Ein wenig bleibt mir die Luft weg, als ich versuche, mir den Flug vorzustellen. Nachtflug, ziemlich voll und circa elf Stunden dauernd. Es gibt eine Unwetterwarnung über der Türkei, aber der Pilot macht sich keine Sorgen. »Bis wir da sind, ist das Gewitter vielleicht schon weg. Ansonsten fliegen wir einfach drüber«, sagt er und lächelt. »Könnte allerdings Turbulenzen geben.«

Okay, denke ich, Turbulenzen, das wird schon nicht so wild werden.

»Kommst du?«, fragt Achim und zieht mich zu der mittleren Galley. »Hier kannst du dein Bordcase verstauen. Hast du die Checkliste?«

Es bleibt keine Zeit zu verschnaufen. Ich schiebe das Köfferchen in den Schrank und nehme die Liste. Achim bleibt, genau wie Rita, immer an meiner Seite. Die Sicherheits-Checklisten unterscheiden sich nicht besonders von denen der Kurzstrecke. Routine habe ich zwar noch nicht, aber es geht mir schon leichter von der Hand.

Doch dann geht es zurück in die Galley.

»In der Business Class haben wir sechs Special Meals. Dafür sind Stefan und Tanja verantwortlich. Wir haben hier die übrigen vierzehn Special Meals. Deine Aufgabe ist es, zu überprüfen, ob sie geliefert wurden und ob es auch die richtigen Mahlzeiten sind.« Er zeigt auf einen Container.

Unsicher sehe ich ihn an, aber er nickt nur und reicht mir eine Liste. Grundgütiger! Die Abkürzungen verschwimmen vor meinen Augen, und für einen Moment wird mir schwindelig.

Nein, Claudi, sage ich mir, das gilt nicht. Du willst das. Denk an Gregor und die drei Hs: Heirat, Haus, Hund. Das ist die Alternative zu dem hier, und denk an drei Tage Strand, Wellen, Meer. Was willst du also?

Ich blinzele einmal, schlucke, hole tief Luft und hocke mich vor den Container, öffne ihn und schaue wieder auf die Liste. In dem Container sind die Tabletts mit den Essen. Immer zwei Trays hintereinander, in vierzig vertikalen Reihen. Wie soll ich denn hier die sechs Special Meals der Business Class und die vierzehn der Economy finden?

Mir bricht der kalte Schweiß aus.

»Okay, das war eine Falle.« Achim grinst und zeigt auf einen weiteren Container. »Die Special Meals sind hier. Schau, man tippt kurz die Tabletts an, dann merkt man, ob noch ein zweites dahinter ist oder eben nicht. So kann man leichter durchzählen, ob alle Essen da sind. Aber das erkläre ich dir später noch mal.«

Gemeinsam mit Dennis und Silke, die die Position L2 besetzen, gehen wir die Getränkeanlieferungen durch. Dann kontrollieren wir Toiletten, und schon wird gefragt, ob das Bodenpersonal die Paxe schicken darf, allen voran die Preboarders. Achim gibt sein Okay, und eine Frau im Rollstuhl und ihre Begleitperson werden mit einem Hubwagen an die Tür von L2 gebracht. Achim bringt sie zu ihren Plätzen. Dann kommen schon die anderen Preboarders über die Gangway. Zwei Familien, eine mit drei Kindern, zwei davon INF, die andere nur mit einem INF.

Ich lasse mir die Bordkarten geben und führe sie zu ihren Plätzen. Die eine Familie sitzt hinter der Galley, die andere hinter den Trennwänden zu den Toiletten. Dort sind spezielle Halterungen, an denen man Babybetten einhängen kann.

»Wir haben die Mutter-und-Kind-Plätze gebucht«, sagt die Frau mit den drei Kindern und schaut sich um.

»Richtig«, sage ich. »Bitte schön.«

»Aber wo ist denn das Bett für Jacqueline? Das habe ich doch gebucht!« Sie hebt das Baby, das in ihren Armen schlummert, ein wenig an, wie um mir zu demonstrieren, dass es echt ist und sie das Bettchen nicht nur aus Spaß angefordert hat.

»Das hängen wir erst ein, wenn wir die Flughöhe erreicht haben.«

Sie schaut mich ungläubig an, dann blickt sie zu ihrem Mann. »Werner, sag doch mal was.«

Aber Werner ist mit den beiden anderen Kindern beschäftigt.

»Wie soll das denn gehen?«, schnauzt sie mich an. »Ich muss Jacqueline doch irgendwo lassen, wenn wir fliegen.«

»Natürlich. Aber beim Start und bei der Landung müssen Sie Ihr Kind auf dem Schoss halten«, versuche ich zu erklären.

»Wir haben aber drei Kinder!«

Wer zählen kann, ist stark im Vorteil, denke ich und schenke ihr mein schönstes Lächeln. »Sie haben doch drei Plätze gebucht.«

»Wo ist denn der Kindersitz? Für Charlene?« Sie zeigt auf das älteste Kind, das gerade mal vier Jahre alt zu sein scheint.

»Wir haben keine Kindersitze. Sie haben die Möglichkeit, ihren eigenen Kindersitz mitzubringen, sofern er für einen Flug zugelassen ist.«

Haben die sich gar nicht vorher erkundigt? Ich kann es nicht fassen.

Achim kommt zu uns. »Gibt es Probleme?«, fragt er.

»Wie soll das gehen?« Die Frau schüttelt empört den Kopf. »Ich möchte, dass das Kinderbett jetzt schon festgemacht wird. Damit ich das Baby ablegen kann.«

»Das ist leider nicht erlaubt«, sagt Achim freundlich. »Sollen wir Ihnen helfen, Ihr Handgepäck zu verstauen, bevor die anderen Passagiere kommen und es hektisch wird?«

An seiner Stimme erkenne ich, dass es schon hektisch ist. Vermutlich wird die Zeit knapp. Trotzdem bleibt er sehr zuvorkommend.

»Aber wohin mit den Kindern?«, fragt die Mutter wieder. »Ich habe extra dieses Babybett gebucht, damit ich die Hände frei habe!«

»Es ist doch nur für Start und Landung«, erklärt Achim mit ruhiger Stimme. »In der Zeit müssen Sie Ihr Kind auf dem Schoß halten. Wir haben spezielle Schlaufengurte, mit denen die Kinder gesichert werden, die haken wir nachher in Ihren Gurt ein.«

»Werner? Hast du den Kindersitz?«, kreischt sie an Achim vorbei, als hätte dieser gar nichts gesagt. »Für Charlene?«

»Verdammt!« Es ist das erste Mal, dass Werner etwas sagt. Immerhin kann er reden. »Der ist im Buggy, und den habe ich gerade unten abgegeben.«

»Kein Problem«, sagt Achim. »Darum kümmere ich mich.«

Inzwischen hat Charlene ihren Rucksack auf dem Boden ausgekippt. Das Baby fängt an zu quäken, und der kleine Junge krabbelt an uns vorbei in die Galley. Die Mutter lässt sich auf einen Sitz fallen und streckt Werner das Baby hin. »Ich kann nicht mehr«, seufzt sie.

»Darf ich Sie bitten, Ihr Handgepäck zu verstauen und die Plätze einzunehmen.« Achim bleibt ruhig, aber bestimmt. »Bitte sorgen Sie dafür, dass sich Ihr Kind nicht in der Küche aufhält.«

Er dreht sich zu mir um und lächelt. Es wirkt eingefroren. »Lass uns mal die anderen Paxe in Empfang nehmen«, flüstert er mir zu. Wir gehen zu unserer Position. Achim ruft den Ramp Agent, den zuständigen Lademeister, an und bittet darum, den Kindersitz zu bringen.

»Das geht?«, frage ich.

»Ja, das ist kein Problem. Die Maschine wird ja noch beladen. Und der Buggy steht ganz vorne, damit die Paxe ihn sofort nach der Landung wiederbekommen.«

Aber bis zur Landung sind es noch fast zwölf Stunden …

»Ich frag mich immer wieder, warum Familien mit kleinen Kindern unbedingt so weit fliegen müssen. Mit denen werden wir sicher noch Spaß haben.«

Die Kollegen haben inzwischen überall die Sitztaschen überprüft und Zeitschriften ausgelegt. Wir stellen uns auf und warten auf die Paxe, die in diesem Moment um die Ecke biegen.

»Hallo. Guten Tag. Willkommen an Bord«, sage ich unzählige Male und lächele, was das Zeug hält. Immer wieder wird mir eine Bordkarte gezeigt, und ich weise den Weg zu den richtigen Plätzen.

Dies ist ein Wide-Body-Flugzeug, eines mit zwei Gängen. Am Fenster links zwei Plätze, dann der Gang, dann drei Plätze in der Mitte, der zweite Gang, und dann zwei Plätze am Fenster rechts. Narrow-Body-Flugzeuge nennt man solche, die nur einen Mittelgang haben und rechts und links davon jeweils drei oder zwei Plätze.

Das Einsteigen ist nicht viel anders als bei der Kurzstrecke, nur dass es mehr Paxe sind. Wir helfen, das Handgepäck zu verstauen, und weisen immer wieder darauf hin, dass nichts im Gang stehen darf.

»Boarding completed«, heißt es irgendwann, und wir schließen die Türen.

Achim kommt mir ziemlich hetero vor, aber Dennis ist ganz sicher schwul. Seine Position ist L2, und er geht durch den linken Gang, um zu überprüfen, ob alle Gurte angelegt sind. »Angeschnallt? Ach Gottchen. Hübscher Schal! Auch angeschnallt?«

Ich verkneife mir ein Lachen, schaue nach, ob meine Reihe die Gurte angelegt hat, Achim immer auf meinen Fersen. Ein wenig macht mich diese Verfolgungsjagd ja nervös, aber andererseits gibt er mir auch Sicherheit.

Die Chaosfamilie hat in ihrer Reihe offenbar eine Bombe abgeworfen, denn es sieht aus wie bei Hempels unterm Sofa. Schnell helfen wir aufräumen, bevor diverse Plastikautos, Kuscheltiere und Pappbilderbücher durch die Maschine fliegen.

»Kann Charlene etwas zu trinken haben?«, fragt die Frau.

»Gleich«, vertröstet Achim sie.

Charlene sitzt angeschnallt auf dem Kindersitz, den wir haben kommen lassen. Die beiden anderen Kinder sichern wir mit Schlauchgurten auf dem Schoß ihrer Eltern. Achim zeigt mir, wie man die Gurte anlegt.

Ich merke, wie nervös ich bin. Ich will bloß keinen Fehler machen, und genau deswegen passieren mir andauernd kleine Missgeschicke, aber Achim mit seiner ruhigen Art bringt mich immer wieder zurück auf den Boden.

Dann kommt das Sicherheitsbriefing der Paxe, schließlich nehmen wir unsere Positionen auf den Klappsitzen ein und schnallen uns an. Der Flieger hebt ab und verliert den Kontakt zur Rollbahn – Airborne. Das beste Gefühl am gesamten Flug. Es geht auf die Malediven. Lasset die Spiele beginnen.

VÖLLIG LOSGELÖST

Der Service bei einer Langstrecke ist natürlich ganz anders als bei einer Kurzstrecke. Kaum sind wir in der Luft, befestigt Achim das Babybett in der ersten Reihe. Die Chaosfrau seufzt erleichtert auf. Dann schnappen wir uns die Trolleys und teilen Getränke aus. Tomatensaft ist keine Mär, sondern stimmt. In der Luft und durch den Druck verändert sich das Geschmacksempfinden, alles schmeckt weniger intensiv, fast so, als wenn man einen Schnupfen hätte. Deshalb sind die Flugzeugspeisen auch etwas stärker gewürzt als normalerweise und wären am Boden ungenießbar. Im Gegensatz zu den Aromen von Kräutern, Gewürzen, Salz und Zucker bleiben die fruchtigen Aromen in der Luft aber erhalten, schmecken sogar besser als am Boden. Deshalb wird beim Fliegen gerne Tomatensaft getrunken.

Achim zeigt mir, wie ich die Aluschalen mit den Gerichten im Dampfofen erhitze. Er zeigt mir auch, wie die Kaffeemaschine funktioniert und wo alles verstaut ist. Ich werde mir das nie, nie, nie merken können, fürchte ich.

Dann beladen wir die Trolleys mit den Speisetabletts und machen uns auf den Weg. Ganz vorne, in meiner ersten Reihe in der Mitte, sitzt die Chaosfamilie. Das Baby schreit, der Junge, der übrigens Victor heißt, nölt, und Charlene quengelt. Die Chaosmutter sieht genervt aus, Werner, der Chaosvater, versucht alles in den Griff zu bekommen.

»Ich brauche ein Gläschen für Victor und ein Fläschchen für Jacqueline«, befiehlt die Mutter.

»Gerne.« Ich schaue sie erwartungsvoll an. Natürlich erwärmen wir Babynahrung auf Wunsch, sie muss sie mir nur geben. Das tut sie aber nicht. Unsicher sehe ich mich zu Achim um, er grinst. Na toll, und jetzt?

»Wenn Sie mir das Gläschen und die Flasche geben, mach ich beides gerne warm«, sage ich.

»Was?« Ungläubig sieht sie erst mich und dann ihren Mann an. »Werner, sag du doch mal was!«

Ich verstehe das Problem dieser Frau nicht. Ist doch ein nettes Angebot von mir. Vermutlich will sie nicht aufstehen. »Sind die Sachen in den Hatracks?«, frage ich und will schon das Gepäckfach öffnen.

»Ich dachte, Sie hätten so etwas an Bord!«

»Bitte?«

Habe ich sie richtig verstanden?

Achim steht mir bei, zum Glück. »Wir erwärmen gerne Gläschen und Fläschchen und geben Ihnen natürlich auch heißes Wasser. Das ist überhaupt kein Problem«, sagt er sachlich.

»Aber Sie haben doch auch Essen für die Erwachsenen, und ich habe doch nun extra mit drei Kindern gebucht. Da müssen Sie doch auch etwas haben!«

»Möchten Sie lieber den Rinderbraten oder die Nudelspeise?«, fragt Achim und lächelt. Kein Wässerchen könnte ihn trüben.

»Für die Kinder? Victor isst nur Gemüsegläschen, und Jacqueline bekommt natürlich nur Milch.« Entrüstet starrt sie ihn an.

»Wir wärmen das gerne auf. Was möchten Sie selbst? Pasta oder Fleisch?« Er stupst mich an.

Mein Einsatz. Ich ziehe ein Tablett hervor.

»Aber die Kinder müssen doch auch etwas essen!«, empört sich die Mutter.

»Irene«, schaltet sich nun Werner ein. »Wir haben doch alles dabei.« Er nickt mir zu. »Gehen Sie erst mal und bedienen Sie die anderen Fluggäste. Ich hole den Brei aus dem Handgepäck. Wir essen dann gleich.«

Erleichtert seufze ich auf und frage die Paxe in den nachfolgenden Reihen nach ihren Wünschen. Es gibt zwei Speisen zur Auswahl, ein Fleisch- und ein Pastagericht. Als ich am Ende meines Gangs ankomme, habe ich nur noch Pastatabletts auf dem Wagen, das Essen mit Fleisch ist schon weg.

»Ich hätte gerne den Rinderbraten«, sagt ein Mann zu mir.

»Es tut mir leid, aber ich habe nur noch die Nudeln«, erkläre ich.

»Ich hasse Nudeln. Ich möchte den Braten.«

»Ich habe aber … Moment, ich frag gleich nach, ob einer meiner Kollegen noch Fleisch übrig hat.«

Achim nickt mir zu. Gut gemacht, formt er mit seinen Lippen.

Ich verteile die letzten Tabletts in meinem Gang. Wir haben das zwar am Boden geübt, aber im Flugzeug ist es komplett anders, die Mahlzeiten zu verteilen. Enger, hektischer, unruhiger. Immerzu habe ich Sorge, dass ich ein Tablett fallen lasse, es mir aus der Hand rutscht oder sonst etwas Schreckliches passiert. Doch zum Glück geht alles gut.

Ich schiebe den fast leeren Trolley zurück zur Galley und stoppe bei der kinderreichen Familie. Der Vater reicht mir ein Glas mit Babynahrung und ein Fläschchen, in dem Milchpulver ist.

»Können Sie das Gläschen warm machen und heißes Wasser in das Fläschchen schütten?«

Na klar, das kann ich.

»Ich habe leider nur noch das Pastagericht für Sie.«

»Gerne«, sagt er. »Auch für unsere Charlene, die liebt Nudeln. Nicht wahr, Mäuschen?« Er klappt die Tische herunter und nimmt mir die beiden Tabletts ab.

»Ich möchte das Fleischgericht«, sagt seine Frau.

Darauf hätte ich eine Wette abschließen können.

»Wir haben bedauerlicherweise nur noch Nudeln.« Ich lächele.

»Ich möchte aber den Braten.«

»Da muss ich schauen, ob die Kollegen noch etwas haben. Aber ich fürchte, der Braten ist aus.« Wieder lächele ich.

»Dann sehen Sie mal zu!«, keift sie.

Ich schiebe den Trolley in die Galley und hole erst einmal tief Luft.

Achim grinst. »Du machst alles richtig«, beruhigt er mich. »Solche Leute gibt es immer mal wieder, aber nicht auf jedem Flug.« Er füllt heißes Wasser in das Fläschchen, schüttelt es und stellt das Gläschen in den Ofen.

»Hast du auch Kinder?«, frage ich, weil er so routiniert dabei wirkt.

Er nickt. »Zwei.«

»Aber du würdest nicht mit ihnen fliegen?«

»Doch, schon. Aber ich würde mich anders vorbereiten. Geh mal die anderen nach dem Braten fragen.«

Ich frage zuerst Dennis, der die linke Position zusammen mit Silke besetzt, aber auch da sind alle Fleischmenüs schon weg. Dann frage ich in der hinteren Galley nach. Die Kollegen sind schon lange fertig mit dem Service, und dort gibt es tatsächlich noch einmal Fleisch. Ich zögere keine Sekunde. Der Mann in meiner letzten Reihe hat zuerst gefragt, er bekommt die Mahlzeit. Sein Dank ist sehr überschwänglich und herzlich.

Die Chaosmutter muss ich enttäuschen. »Leider haben wir nur noch Pasta.«

»Ich möchte aber keine Pasta«, echauffiert sie sich.

»Tut mir leid, aber der Braten ist aus.« Ich seufze tonlos.

»Irene, die Pasta schmeckt wirklich gut«, sagt ihr Mann aufmunternd.

»Ich will aber nicht!«

»Leider kann ich das nicht ändern. Wie können wir das Problem lösen?«, frage ich.

»Ist nicht noch ein Essen aus der Business Class übrig?«, will sie wissen.

Daher weht also der Wind! Aber ich bin ein Hase und weiß von nichts. »Da muss ich fragen«, sage ich und eile in die Galley.

Achim hat inzwischen die Babynahrung erwärmt und bringt sie zur Chaosfamilie.

Werner bedankt sich. Irene fragt auch ihn nach einem Menü aus der Business Class.

»Das müssen Sie vorab bestellen, das ist kein Problem. Machen Sie das doch einfach für den Rückflug. Mindestens zwei Tage vorher können Sie ein Essen auf Ihren Namen bestellen. Das legen wir dann zurück.«

»Ich möchte jetzt aber keine Nudeln.«

»Wir hätten da noch Tütensuppen. Die sind eigentlich für die Crew«, sagt Achim zuckersüß, »aber Ihnen würde ich natürlich gerne eine warm machen.«

Sie schweigt für einen Moment. Ich linse um die Galleywand in die erste Reihe.

»Na gut«, sagt sie verschnupft.

»Tütensuppe?«, flötet Achim.

»Nein, die Nudeln! Aber jetzt sind die doch sicherlich kalt.«

»Die machen wir warm. Das dauert nicht lange. Claudia?« Er gibt mir ein Zeichen. »Für unsere Gäste tun wir doch alles, was in unserer Macht steht.«

Wir verteilen warme und kalte Getränke und sammeln das Geschirr wieder ein. Mit dem großen Trolley habe ich noch meine Schwierigkeiten, voll beladen ist er wirklich schwer, und ich muss noch suchen, um die gewünschten Getränke zu finden. Den anschließenden Bordverkauf übernehmen die Kollegen, ich schaue nur zu oder suche die gewünschten Artikel auf dem Verkaufstrolley.

Es wird ruhiger an Bord, viele Paxe wollen schlafen. Mit einer Thermoskanne mit Kaffee in der einen Hand und einem Tablett mit Milch, Zucker und Süßstoff in der anderen mache ich die Runde. »Kaffee?«

Die Paxe hatten schon Kaffee, Tee und Kaltgetränke.

»Tee!« Ein Mann hält mir seinen Becher entgegen.

»Mein Kollege kommt gleich mit Tee. Möchte jemand Kaffee?«

»Ich nehme eine Cola«, sagt seine Sitznachbarin.

»Sicher, gleich.« Ich lächele. »Kaffee?«, frage ich die nächste Reihe.

»Tomatensaft. Für meine Frau auch.«

»Wir kommen gleich noch einmal mit Kaltgetränken durch. Ich habe jetzt nur Kaffee«, erkläre ich.

»Kann ich ein Wasser haben?«, fragt mich jemand zwei Reihen weiter, als ich Kaffee anbiete.

Es ist nicht zu fassen. Sehen die denn nicht, dass ich nur eine Kaffeekanne dabeihabe? Offensichtlich nicht.

Nachdem ich den Kaffee ausgeschenkt habe, bringe ich Tomatensaft und Wasser, Cola und Bier. Es ist tatsächlich ein wenig wie in einer Kneipe, nur viel enger, und es schaukelt. Endlich sind wir durch mit dem Service.

»Du darfst dich jetzt zwei Stunden ausruhen.« Achim nickt mir in der Galley zu. In manchen Flugzeugen gibt es Ruheräume mit Betten für die Crew, sogenannte Crew Rest Compartments. In diesem nicht, hier gibt es nur eine Crew Rest Area – zwei Sitzreihen ganz hinten, die wir mit blickdichten Vorhängen abteilen können.

Ich mache zusammen mit Dennis und Nadja Pause. Wir wechseln ein paar Worte, dann ziehen die anderen den Vorhang zu. Sie sind ganz routiniert und können die Auszeit offensichtlich gezielt nutzen. Ich bin viel zu aufgeregt, um zu schlafen. Alle möglichen und unmöglichen Dinge geistern mir durch den Kopf. Dann nicke ich weg, und gefühlte fünf Minuten später rüttelt Achim an meiner Schulter.

»Aufwachen, Claudia.«

Verwirrt schaue ich mich um. Nein, ich habe nicht geträumt – ich lebe meinen Traum! Ich bin Flugbegleiterin und in diesem Moment im Dienst.

Achim gibt mir kurz Zeit, mich zu sammeln. Dann darf ich mich im Toilettenraum restaurieren. Viel Zeit habe ich dazu nicht. Mein Spiegelbild sieht entsetzlich aus, und getreu dem Motto »Ich kenne dich nicht, aber ich male dich trotzdem an« klatsche ich mir Farbe ins Gesicht, putze mir die Zähne und stecke meine Haare wieder ordentlich zusammen.

Achim mustert mich, nickt dann zufrieden. »Kaffee?«, fragt er.

Dieser Mann weiß, was Frauen wollen.

In der Maschine ist es überwiegend ruhig, nur ein Baby meckert. Das ist bestimmt Jacqueline. Ich bin mir nicht sicher, welchen Service wir jetzt machen. Überhaupt habe ich ein eher watteartiges Gefühl im Kopf.

»Geht es dir gut?«, fragt Achim mich skeptisch.

Jetzt bloß keine Schwäche zeigen, Claudi, es ist quasi eine Prüfung, und du kannst immer noch durchfallen.

»Alles gut, brauch nur den Kaffee –«

Und dann ist mir plötzlich schwindelig. Achim zieht mich gerade noch rechtzeitig zu unseren Klappsitzen, bevor mir so richtig schwarz vor Augen wird.

»Du hast in den zwei Stunden vermutlich nicht viel geschlafen«, sagt er freundlich. »Dazu der Stress und der Druck in der Kabine, da kann einem schon mal duselig werden. Ist mir auch schon passiert.« Er lächelt, doch dann wird er ernst. »Claudia, Sicherheit ist das Höchste hier oben in der Luft. Wenn es dir nicht gut geht, geht es dir nicht gut. Dann sag es und setz dich. Das ist immer noch besser, als wenn du umfällst.«

Beschämt senke ich den Kopf. Er hat ja recht. Aber was bedeutet das jetzt für meine Beurteilung? Hoffentlich hält er mich für flugtauglich.

»Wir haben noch genug Zeit, bleib erst einmal sitzen.«

Auch wenn gerade kein regulärer Service ist, müssen wir alle fünfzehn bis zwanzig Minuten durch die Kabine gehen und nachsehen, ob alles in Ordnung ist. Manchmal möchten Paxe noch etwas zu trinken, manchmal wollen sie eine Decke oder ein Kissen oder haben eine Frage. Die meisten aber schlafen. Wir sind jetzt sieben Stunden geflogen, in dreieinhalb Stunden werden wir da sein.

Die gebrauchten Tabletts sind wieder in den Containern verstaut, gleich werden wir das Frühstück vorbereiten. Achim zeigt mir, wo die Trays sind und wie man die Brötchen aufbackt.

Aber das hat noch Zeit. Achim hat jetzt Pause und geht nach hinten. Dennis steht fröhlich neben mir.

»Wenn etwas ist, wende dich an mich«, sagt er und sieht dabei so taufrisch aus wie eine Werbeikone für Nivea.

»Hast du wirklich geschlafen?«, frage ich verwundert.

»Ja, das lernt man mit der Zeit. Ich zumindest. Ich kann mich hinsetzen oder hinlegen, die Augen schließen und, zack, schlafe ich ein. Genauso schnell bin ich auch wieder wach. Aus- und einknipsen.« Er grinst. »Ich wette, du hast wach gelegen und bist erst ganz zum Schluss eingeschlafen.«

»Stimmt.« Ich werde rot.

»So war das bei mir am Anfang auch. Manche lernen es nie, die sind dann nicht geschaffen dafür, auf Langstrecke zu gehen.«

Ich schlucke. Das will ich nicht hören, ganz und gar nicht! Ich will dazu geboren sein, geradezu bestimmt, vom Schicksal auserkoren. Die fleischgewordene perfekte Stewardess. Schnell straffe ich die Schultern, setze mein bestes Lächeln auf.

»Machst du den Kontrollgang?«, fragt er mich.

»Allein?« Bisher ist mir Achim nicht von der Seite gewichen – bis auf die Crew Rest Area, dorthin ist er mir nicht gefolgt. Doch jetzt ist Dennis für mich zuständig.

»Ich habe dich beobachtet, du machst das schon ganz gut. Ich bin in der Galley, falls etwas ist. Nur Mut!«

Im Mittelgang, hinter der Galley, schlummert die Chaosfamilie. Werner, der Vater, sitzt rechts außen, auf dem Schoß hat er den fast zweijährigen Sohn. Der hat sich zusammengerollt, sein Kopf liegt auf dem linken Arm des Mannes. Kinder unter zwei Jahren fliegen kostenlos oder vergünstigt, haben dann aber auch keinen eigenen Sitzplatz. Vor Werner hängt das Babybettchen mit dem Säugling. Mit seiner rechten Hand streichelt Werner über den Babykopf. Auf dem Platz in der Mitte liegt das etwas größere Mädchen im Kindersitz. Ihre Füße hat sie auf Werners Knie gelegt. Er sieht ganz verkrampft und völlig übernächtigt aus, noch schlimmer als ich. Aber alle Kinder schlafen. Seine Frau auch, links außen. Sie hat sich eine Schlafmaske über die Augen gezogen und Kopfhörer aufgesetzt.

Er tut mir richtig leid.

»Kann ich etwas für Sie tun?«, flüstere ich ihm zu.

Er schüttelt den Kopf. »Bloß nicht die Kinder wecken«, wispert er. Das verstehe ich gut.

Ich gehe durch die Reihen, schaue nach, ob alles in Ordnung ist. Dann kehre ich zurück zur Galley.

»Super«, lobt Dennis. »Du machst das schon wie eine Große.«

Ich habe das Gefühl, direkt drei Zentimeter zu wachsen.

Nach und nach werden die Passagiere wach. Etwa anderthalb Stunden vor der Landung ist die Crew wieder komplett, und wir bereiten das Frühstück zu. Inzwischen ist Familie Chaos auch vollständig erwacht.

»Werner«, kreischt Irene, »es stinkt! Das war sicher Victor.«

Victor reibt sich verschlafen die Augen und weint leise.

»Kann ich Ihnen helfen?«, frage ich den müden Vater.

»Ich muss meinen Sohn wickeln, und das Baby bestimmt gleich auch.« Er zeigt nach oben. »Irgendwo in den Gepäckfächern muss die Wickeltasche sein. Könnten Sie vielleicht …?« Er hebt das Kleinkind auf seinem Schoß an, der Junge weint jetzt lauter, und eine süßliche Duftwolke kommt mir entgegen.

Schnell öffne ich den Hatrack und finde die gesuchte Tasche. Werner ist inzwischen aufgestanden. Er nimmt mir die Tasche ab. »Danke schön.«

Keine Ursache, denke ich. Immer noch besser, als das miefende Kind zu nehmen. Und wer weiß, ob es wirklich nicht ausläuft oder so.

»Jacqueline braucht ihr Fläschchen«, sagt die Chaosmutter im Befehlston. »Und ich hätte gerne einen grünen Tee mit Ingwer.«

Wir haben zwar einige Teesorten an Bord, aber ob grüner Tee mit Ingwer dabei ist, bezweifle ich. Ich nehme das Fläschchen mit dem Milchpulver entgegen, fülle es in der Galley mit heißem Wasser und schüttele.

»Haben wir grünen Tee mit Ingwer?«, frage ich Achim.

»Nein. Schwarzen Tee, Kamille, Pfefferminze, Hagebutte und Fenchel.« Er grinst. »Madame möchte grünen?«

Ich nicke.

»Dann hat Madame Pech gehabt.«

»Soll ich ihr das so sagen?«

»Kannst du es netter verpacken?«

Kann ich. »Es tut mir leid, wir haben keinen grünen Tee.« Ich nenne ihr die Auswahl.

»Wie in einem billigen Hotel oder im Krankenhaus.« Sie rümpft die Nase. »Dann nehme ich Kaffee.«

Zum Frühstück gibt es Brötchen und Croissants, Wurst, Käse, Marmelade, ein hart gekochtes Ei, Joghurt und eine kleine Schale mit Müsli.

Papa Werner gibt dem Säugling die Flasche, füttert nebenbei den Sohnemann mit dem Joghurt und hilft der Tochter, ihr Brötchen zu schmieren. Die Mutter schimpft nur oder beschwert sich. Die Brötchen sind nicht richtig warm, das Ei ist kalt, die Wurst schmeckt nicht, und sie hätte lieber Nutella statt Marmelade.

Ob die wohl immer so ist?, frage ich mich.

Doch dann nähert sich der Flug dem Ende. Wir räumen ab, verstauen die Tabletts in den Containern, überprüfen, ob auch jeder angeschnallt ist, und hängen die Babybetten ab. Jetzt muss selbst die Chaosmutter wieder eines ihrer Kinder auf den Schoß nehmen, damit wir alle sichern können.

Wir nehmen wieder auf unseren Klappsitzen Platz, und nur wenige Minuten später landen wir im Paradies.

IN FREMDEN BETTEN

Die beiden Familien mit den Kleinkindern dürfen zuerst das Flugzeug verlassen.

»Ich wünsche Ihnen einen schönen Urlaub«, sage ich an der Tür zu Werner.

»Herzlichen Dank. Meine Frau ist mit den Kindern so belastet, sie braucht dringend Urlaub.«

Das kann ich kaum glauben, immerhin hat sie die meiste Zeit der zehn Flugstunden geschlafen oder die neusten Blockbuster angesehen, während ihr Mann die Rundum-Kinderbetreuung übernommen hat, aber vermutlich hat sie einfach nur auf Urlaubsmodus umgeschaltet, und bei ihr fing die Erholung schon im Flieger an. Ein Flugzeug ist aber kein Wellnesshotel. Zum Glück gibt es nur ganz wenige Paxe mit so vielen Ansprüchen.

»Das war ein schöner Flug«, sagt eine Passagierin zu mir. »Aber Sie Armen fliegen ja jetzt direkt wieder zurück.«

»Nein, wir bleiben hier«, sage ich. »Drei Tage.« Aber das hat sie schon nicht mehr gehört.

Nachdem die Paxe das Flugzeug verlassen haben, gehen wir noch einmal durch die Reihen und schauen in die Gepäckfächer und in den Fußraum, ob jemand etwas vergessen hat, dann dürfen auch wir Feierabend machen. Unsere Koffer stehen auf dem Rollfeld, und dort wartet der Crewbus.

Die Malediven bestehen aus einer lang gezogenen Kette aus vielen kleinen Inseln. Die Flughafeninsel ist künstlich aufgeschüttet. Die Ferienparadiese hingegen sind auf den echten Inseln, und auch unser Crew-Hotel müssen wir anfliegen, und zwar mit einem Wasserflugzeug.

Als wir einsteigen, bin ich so müde, dass ich kaum etwas von der tollen Umgebung sehe. Das Meer ist azurfarben und der Himmel so intensiv blau, dass mir fast die Augen wehtun. Alle anderen freuen sich auf den Tag am Strand, ich will nur in mein Bett.

»Mach das nicht«, sagt Dennis. »Wenn du jetzt schlafen gehst, hat dich der Jetlag voll am Wickel. Geh duschen, schnapp dir ein Handtuch und deinen Bikini und leg dich mit uns an den Strand. Da kannst du dösen. Wir werden dich davon abhalten, dass du einschläfst und in der Sonne gegrillt wirst, das versprechen wir. Wir gehen nachher alle zusammen essen und sicherlich früh ins Bett, aber wenn du jetzt pennst, bist du die ganze Nacht wach.«

Das ergibt irgendwie Sinn. Doch ich habe noch eine Hemmschwelle gegenüber den Kollegen, fühle mich noch nicht wirklich zugehörig, eher noch wie auf dem Prüfstand, und das macht mich unsicher. Mich, Claudia Busch, die sonst voller Zuversicht durch das Leben marschiert … unglaublich.

Wir kommen im Hotel an, checken ein. Die Crew-Hotels liegen meist abseits von allem Trubel, weil wir uns in den freien Tagen ja erholen sollen. Dieses Hotel hat einen eigenen Strand, ich fasse es kaum. Die Zimmer sind wunderschön, und das Bett lacht mich an. Aber kaum habe ich meinen Koffer abgestellt und das Bad inspiziert, klopft es an meiner Tür. Ich mache auf.

Achim steht vor mir. »Was Dennis gesagt hat, stimmt. Wir treffen uns in einer halben Stunde im Restaurant zum Frühstück. Kommst du auch?«

Ich muss schlucken. Ist das jetzt ein Test? Ich bin hundemüde, gleichzeitig aufgeregt und nervös. Wie habe ich bei meiner ersten Langstrecke abgeschnitten? Die anderen sind so viel erfahrener als ich, auch im Umgang miteinander. Was ist okay, was nicht?

»Ich weiß nicht«, druckse ich herum.

»Wir würden uns freuen«, sagt er. Dann nimmt er mich tatsächlich in den Arm und drückt mich. Herzlich, aber nicht intim. »Das war ein anstrengender Flug wegen der Chaosfamilie, aber du hast dich tapfer geschlagen. Du kannst wunderbar mit den Paxen umgehen. Ich glaube, du bist geschaffen für den Job.« Er zwinkert mir zu. »Falls du nicht auf dem Heimflug noch ein Desaster veranstaltest. Aber das glaube ich eher nicht.«

»Ich darf wirklich mit euch mit?«

Er schüttelt den Kopf. »Du musst. Wir sind eine große Familie.«

Er drückt mich noch einmal und geht dann. Ich mache einen Abstecher ins Bad, lasse die Uniform achtlos auf den Boden fallen und steige unter die Dusche. Dann dusche ich. Lang. Und heiß. Prickelnd heiß. Das tut so gut!

Mein Magen knurrt. Ja, es gibt Crew-Mahlzeiten, und wir dürfen auch das essen, was nicht genommen wurde. Aber ich habe auf dem Flug vor lauter Aufregung nur Häppchen runterbekommen. Das erneute Rumpeln in meinem Magen gibt mir schließlich den Anstoß, meine Bedenken über Bord zu werfen und mich den anderen anzuschließen. Schließlich will ich folgende Schlagzeile gerne verhindern: VERGESSENE DEUTSCHE (25) VERHUNGERT IN HOTELZIMMER. NACHBARN ENTDECKEN LEICHNAM AUFGRUND INFERNALISCHEN GERUCHS.

Und das auf den Malediven!

Ich ziehe mich an und gehe in die Lobby. Dort ist noch keiner. Nervös schaue ich mich um, da kommt Dennis auf mich zu. Er sieht ganz anders aus in Hawaiihemd, Shorts und Sandalen. Er duftet nach Sonnencreme, und seine Haare sind noch feucht. Ohne Uniform hätte ich ihn fast nicht erkannt.

»Hast du auch so einen Hunger?«, fragt er mich. »Die anderen kommen sicher gleich. Ich wollte nur mal eben meine E-Mails checken.«

»Wo kann man das denn hier?«

»Da vorne.« Er führt mich durch die Lobby. »Hier kannst du dich einloggen. Das ist für uns kostenlos.«

Wow. Ich fühl mich wie ein Promi.

Ich rufe meine E-Mails ab, und tatsächlich ist da endlich ein Lebenszeichen von Mia. *Hey Süße*, schreibt sie. *Ich habe meine Langstrecke nach PUJ hinter mich gebracht und bin gut bewertet worden. War gar nicht so schlimm, wie ich gedacht habe. Die Crew Rest Compartments sind ja klasse. Wir hatten zwei komische Paxe auf dem Hinflug und einen medizinischen Notfall auf dem Rückflug. Das war aufregend – alles ist zum Glück gut gegangen. Meine Base ist auch DUS. Blöd. Ich wollte ja eigentlich in TXL bleiben. Jetzt muss ich mir in DUS ein Zimmer suchen. Weißt du da was? Aber erst mal habe ich meinen Kurzstreckenumlauf. Davor habe ich Schiss, das ist sicher anstrengender und hektischer als die Langstrecke. PUJ war unglaublich. Immer wieder gerne, und am liebsten bald mal mit dir. Das Essen – du glaubst es nicht! Traumhaft. Wann bist du zurück? Melde dich! M.*

Ich lehne mich erleichtert zurück. Bei ihr ist alles gut gegangen, dann wird es bei mir auch so sein. Plötzlich bin ich ganz euphorisch und zuversichtlich und antworte ihr direkt.

Meine Liebe, DUS? Das ist doch geil! Magst du nicht zu mir ziehen? Wir machen eine WG. Ich räume mein Arbeitszimmer für dich. Was hältst du davon? Bin in drei Tagen wieder da. Melde mich dann. Claudi

Ich überlege nur kurz und gehe dann auf »Senden«. Ein Fehler? Mein Magen knurrt laut und hält mich davon ab, weiter nachzudenken.

Michael hat mir aus Los Angeles geschrieben. Mein Bruder wünscht mir Glück für die erste Langstrecke. Ich antworte nur kurz, schließe dann das Programm.

»Kommst du?«, fragt Dennis.

Im Restaurant angekommen kippe ich fast aus den Latschen. Ich erkenne beinahe niemanden aus der Crew, sie sehen alle so *normal* aus. In Kleidern, Shorts, T-Shirts und Sommerkleidern. Sofort fehlt das Autoritäre der Uniformen. Alle begrüßen mich ganz herzlich und so, als wäre ich schon immer dabei. Das hilft mir wirklich.

In den Crew-Hotels sollen wir zu jeder Tages-, Nacht- und Ankunftszeit Essen bekommen können. Nicht immer klappt das, wird mir erklärt. Aber das Frühstücksbuffet hier ist grandios, und ich haue richtig rein. Auf meine Figur, so schwant mir, werde ich wirklich achtgeben müssen.

Nach dem Frühstück geht es an den traumhaften Strand. Statt Standkörben gibt es hier Sonnenschirme aus Palmenwedeln und Holzliegen mit dicken Polstern. Der Indische Ozean ist warm und klar, wie aus einem Werbefilm für Rum oder Süßigkeiten ohne Schokolade. Jetzt fehlen nur noch die sprechenden Papageien. Ich kann kaum glauben, dass ich hier bin.

Einige der Crew ziehen sich auf ihre Liegen zurück, hören Musik oder lesen. Andere spielen Beach-Ball oder schnorcheln. Ich setze mich auf meine Liege und kann mein Glück kaum fassen.

»Hi! Ich bin Carl«, sagt da ein Mann mit raspelkurzen grauen Haaren und vielen Lachfältchen. Er gehört irgendwie zur Crew, war auch beim Frühstück dabei, aber im Flieger habe ich ihn nicht gesehen. Und beim Briefing? Ich weiß es nicht mehr. Uniform oder nicht macht tatsächlich eine Menge aus.

Carl registriert meinen fragenden Blick. »Ich bin der Pilot«, sagt er grinsend.

Ich bin versucht zu knicksen oder so etwas. Aber ich liege, und im Bikini sieht ein Knicks wahrscheinlich nur lächerlich aus. »Oh«, entfährt es mir.

»Schön, dass du bei uns dabei bist. Ich habe gehört, du hast dich wacker geschlagen.«

Ich winke ab. »Die anderen haben mir ja fast alles abgenommen.«

»Wir hatten eine anstrengende Familie an Bord, sagte Achim. Und du hast das mit Bravour gemeistert.«

Jetzt werde ich doch tatsächlich rot. Und weiß auch gar nicht, was ich sagen soll. Zum Glück muss ich das auch nicht, denn Dennis holt Carl zum Volleyballspiel ab.

Den Tag verbringe ich dösend im Schatten. Mehrfach haben mich meine erfahrenen Kollegen darauf hingewiesen, dass ich mich eincremen muss. Am Abend fühle ich mich wie eine Speckschwarte im eigenen Saft.

Wir gehen essen in einem lokalen Restaurant.

»Was isst man denn hier?«, frage ich naiv.

»Fisch und Reis oder Reis und Fisch.«

»Süßkartoffeln, und natürlich Obst.«

Die Garküche, in der wir eingekehrt sind, ist klein und sieht … klein aus. Aber alle nehmen voller Vorfreude Platz und bestellen tatsächlich Fisch mit Reis oder Süßkartoffeln. Ich nehme, unsicher, wie ich bin, das Fischcurry.

Alkohol ist hier sehr teuer, deshalb bleiben wir bei Wasser und Softdrinks und nur einem Glas Wein oder Bier. Es ist superlecker, und die Stimmung ist sehr entspannt. Natürlich reden wir über die Chaosfamilie, und plötzlich erzählt jeder etwas über die schrecklichsten Passagiere, die er je erlebt hat. Ich liege vor Lachen fast am Boden, als Carl, der Pilot, von einem Pärchen erzählt, das steif und fest behauptete, Mitglieder der englischen Königsfamilie zu sein und deswegen First Class fliegen zu dürfen. Oder von einer Frau, die alle für etwas übergewichtig hielten, die dann aber irgendwo über dem Pazifik einen gesunden Jungen zur Welt brachte.

An diesem Abend höre ich unglaubliche Geschichten, die mich in Staunen versetzen. Einiges hatte mir ja schon Michael erzählt. Ich habe immer geglaubt, dass er schräge Paxe übertrieben dargestellt hat, aber heute werde ich eines Besseren belehrt. Die Crew ist fröhlich, nimmt es gelassen hin und erfreut sich an den Anekdoten. Ein wenig fühle ich mich schon dazugehörig. Aber noch steht mir der Rückflug bevor, und dann die Beurteilung. Werde ich bestehen? Werde ich tatsächlich Flugbegleiterin? Was Mia gelingt, schaffe ich auch, denke ich, als ich abends endlich ins Bett und in einen komaartigen Schlaf falle.

Verehrte Fluggäste, vor uns liegt eine Schlechtwetterfront, und wir erwarten einige Turbulenzen. Der Bordservice wurde eingestellt. Bitte setzen Sie sich auf Ihre Plätze und schnallen Sie sich an – es wird ein holpriger Ritt.

KNOCKIN' ON HEAVEN'S DOOR

Ich schlafe wie ein Stein. Die beiden nächsten Tage am Strand in aller Ruhe tun gut. Herrlich ist es, und die Kollegen sind supernett. Auch die letzte Nacht schlafe ich sehr gut. Ausgeschlafen, entspannt und sonnengebräunt packe ich zwei Tage nach unserer Ankunft meine Sachen. Ein wenig tut es mir schon leid, dass wir nur drei Tage Layover haben, aber immerhin. Das Wasserflugzeug bringt uns zur Flughafeninsel, und diesmal kann ich den Ausblick genießen. Hoffentlich, denke ich, bin ich bald wieder hier.

Der Rückflug ist ein Tagesflug, das ist anders anstrengend als ein Nachtflug, erklärt mir Achim beim Briefing. Wir besprechen die Mahlzeiten. Auch auf diesem Flug gibt es einige vorbestellte Special Meals, und auch diesmal kommen Familien mit INF an Bord.

Carl hat die Flugroute berechnet, zeigt sie uns auf der großen Karte und nennt uns die voraussichtliche Flugdauer. Wieder werden uns Sicherheitsfragen gestellt. Ich bin nicht mehr so nervös wie beim Hinflug. Die Zeit mit meinen Kollegen hat mir gutgetan und dafür gesorgt, dass ich ein wenig auftaue. Eine Voraussetzung für diesen Job ist, dass man sich schnell auf andere Menschen einlassen kann – zum einen auf die Paxe, aber auch auf die Kollegen, mit denen man ein Team bildet. Für den Notfall ist das überlebenswichtig.

Wir werden wieder mit dem Crewbus zum Flugzeug gebracht, der Ramp Agent sorgt dafür, dass unsere Koffer verstaut werden. Meine Checkliste gehe ich viel ruhiger durch als beim Hinflug,

Achim hält sich diesmal mehr zurück und lässt mich mehr machen. Die Griffe in der Galley sind schon etwas geübter, und auch der erste Getränketrolley ist bald beladen. Die Preboarding Paxe kommen, sie machen einen netten und entspannten Eindruck, weder Chaos noch Hektik kommt auf. So ist das also bei der Rückreise vom Urlaub.

Und dann ist es wieder so weit. Wir stellen uns auf, lächeln und die Paxe werden geschickt. »Guten Morgen«, wünsche ich gefühlte siebenhundertmal lächelnd. Ich helfe Plätze finden und Gepäck verstauen.

Ein junges Pärchen kommt an Bord. Sie sind braun gebrannt, scheinen aber Streit zu haben. Sie hat den Fensterplatz auf meiner Seite und er den Platz daneben.

»Du hättest das nicht tun sollen«, zischt sie ihm zu, als sie sich setzen.

Er zuckt nur mit den Schultern. »Blödsinn.«

»Nichts Blödsinn. Nie kannst du auf mich hören! Das ist doch kein Spaß.«

»Chill mal.« Er lehnt sich zurück, schließt die Augen.

Ich helfe anderen Fluggästen mit ihrem Handgepäck. Schließlich kommt die Meldung »Boarding completed«. Achim schließt die Türen. Als Purser überprüft er noch einmal alle Unterlagen, es gibt keine Unregelmäßigkeiten.

»Jeder angeschnallt?«, frage ich und gehe den Gang entlang, schaue links und rechts. »Bitte legen Sie den Gurt an.«

Von der anderen Seite höre ich Dennis. »Anschnallen alle Mann, ach Gottchen, anschnallen.«

»Du sollst dich anschnallen!«, zischt die blonde Urlauberin ihren Freund an. »Es geht gleich los.«

Er öffnet die Augen, schaut sich verwirrt um, kratzt sich dann am Arm.

»Schon geschlafen?«, frage ich amüsiert. »Bitte legen Sie den Gurt an.«

»Was?« Er schüttelt den Kopf, als würde er mich nicht verstehen.

»Den Gurt.« Ich zeige darauf.

»Wie?« Er reibt sich über die Augen.

»Du sollst dich anschnallen, Torsten!«, faucht seine Freundin. »Jetzt sofort.«

»Jaja, schon gut.«

Ich bleibe noch einen Moment stehen. Er hat Mühe, den Gurt zu schließen, schafft es aber doch, bevor ich eingreifen muss. Ich sehe ihn nachdenklich an. Einen betrunkenen Eindruck macht er nicht, aber vielleicht hat er in der letzten Nacht zu wenig oder gar nicht geschlafen. Gleich hat er genügend Zeit, das Defizit auszugleichen, denke ich. Er schaut sich um, kratzt sich nun den anderen Arm. Das werden doch wohl keine Sandflöhe sein?

Nachdem das Sicherheitsvideo gelaufen ist, geht es los. Langsam hebt der Flieger seine Nase in Richtung Himmel und steigt auf. Ich schaue nach draußen, sehe das herrlich blaue Meer. Als wir die erforderliche Flughöhe erreicht haben, erlischt das Gurtzeichen. Wir nehmen die Trolleys und teilen Getränke aus.

Der junge Mann scheint schon wieder zu schlafen. Seine Freundin stößt ihn heftig mit dem Ellbogen in die Seite. »Was willst du trinken? Ich nehme einen Gin Tonic.«

»Lassen Sie ihn doch, wenn er so müde ist. Er verpasst hier doch nichts.« Ich reiche ihr das gewünschte Getränk.

Sie seufzt nur und zieht einen Schmollmund.

Später, als wir das Essen servieren, schläft er immer noch, jedoch rollt er nun mit dem Kopf von einer Seite zur anderen, und Speichel läuft ihm den Mundwinkel herunter. Besorgt bleibe ich stehen.

»Schläft er immer so unruhig?«, frage ich seine Freundin.

Sie hat einen Film gesehen und schaut erst jetzt zu ihm. »Nein«, sagt sie leise und schüttelt ihn an der Schulter. »Torsten. Aufwachen!«

Torsten öffnet kurz die Augen und verdreht sie dann so, dass nur noch das Weiße zu sehen ist. Er stöhnt auf, sackt dann in sich zusammen.

Seine Freundin schreit laut auf. »Torsten? Torsten? Hilfe!« Panisch springt sie auf und rüttelt an seinen Schultern, aber er reagiert nicht.

Mir wird ganz anders. Ich laufe zur Galley, hole Achim.

»Was ist los?«, fragt er mich.

»Wir haben einen Pax, dem es nicht gut geht.«

»Brauchst du Spucktüten?«

»Ich glaube nicht, es sieht so aus, als würde er ohnmächtig.«

Achim läuft durch den Gang, schiebt die immer noch schreiende Freundin zur Seite, sieht kurz auf den jungen Mann, dreht sich dann zu mir um. »Sauerstoff«, sagt er nur.

Okay. Die Sauerstoffflasche ist vorne an unseren Sitzen, hinter einer Klappe. Ich habe vorhin noch überprüft, ob sie voll ist und genug Druck hat. Ich hole sie heraus, nehme das Mundstück und stecke es auf den Schlauch.

Achim und Dennis haben den Pax inzwischen losgeschnallt und versuchen nun, ihn aufzurichten. Achim tastet nach dem Puls, schüttelt dann den Kopf. Seine nächste Anweisung ist eindeutig: »Ruf einen Arzt aus und gib im Cockpit Bescheid, dass wir einen medizinischen Notfall haben.«

»Nein!«, schreit die junge Frau. Sie ist völlig hysterisch. Einer der Fluggäste steht auf und zieht sie zur Seite. Zum Glück. Um sie werden wir uns später kümmern müssen.

Ich haste nach vorne, greife nach der Intercom. Geübt haben wir das alles viele Male, doch jetzt ist es keine Übung mehr, jetzt ist es bitterer Ernst.

»Ist ein Arzt an Bord? Bitte melden Sie sich an der vorderen Galley.« Dann wähle ich die Kurzwahl ins Cockpit. »Claudia hier auf L2. Wir haben einen medizinischen Notfall.«

Achim und Dennis tragen den jungen Mann gerade in die Galley. Seine Freundin folgt uns, sie weint laut.

»Bitte warten Sie hier«, sage ich zu ihr, auch wenn es mir beinahe das Herz zerreißt, und ziehe die Vorhänge zu, um uns vor den Blicken der Schaulustigen zu schützen. Dennis knöpft das Hemd des Passagiers auf.

»Schwacher Herzschlag«, sagt Achim und beginnt mit der Herzmassage, während ich dem Pax die Sauerstoffmaske anlege.

Da plötzlich wird der Vorhang zur Seite gerissen, und ein Mann im mittleren Alter steht vor uns. »Ich bin Arzt«, sagt er und kniet sofort neben dem Pax nieder.

»Hol das Notfall-Kit«, weist Achim mich an.

Verdammt, wo war das noch gleich? Wir haben natürlich alles an Bord, um Erste Hilfe zu leisten, aber wir sind keine Ärzte oder Krankenschwestern, deshalb sind unsere Möglichkeiten bei einem schweren Notfall eingeschränkt. In der Ausbildung haben wir gelernt, wie man den Defibrillator einsetzt. Ich hätte nicht gedacht, dass ich das so schnell erleben muss. An Bord gibt es aber auch einen Notfallkoffer für medizinisches Personal. Den hole ich nun, während Dennis den Defi bereit macht.

Da ich nicht weiter helfen kann, nehme ich die Freundin des Passagiers, die in der Tür zur Galley steht, in den Arm. Sie schluchzt hemmungslos, und ich versuche sie zu beruhigen, obwohl ich selbst sehr angespannt bin.

»Ich habe es ihm gesagt«, schnieft sie.

»Was denn?«

»Torsten war heute früh noch tauchen. Ich habe ihm gesagt, dass er die zwölf Stunden zwischen Tauchgang und Flug mindestens einhalten muss.«

Es ist also die Taucherkrankheit, die ihn erwischt hat. Obwohl davor gewarnt wird, halten nicht alle Taucher die Vorgaben ein. Manchmal kommt es nur zu leichten Symptomen, manchmal zu schwereren. Darüber haben wir im Kurs gesprochen. Beim Tauchen mit Pressluft als Atemgas lagert sich aufgrund des Wasserdrucks mit der Zeit Stickstoff im Gewebe ein, erinnere ich mich.

Der Stickstoff bildet Bläschen im Gewebe und kann nur langsam wieder abgebaut werden. Durch den veränderten Druck im Flugzeug verstärkt sich die Reaktion. Die Bläschen unter der Haut jucken, deshalb nennt man das Symptom auch Taucherflöhe. So hat es bei ihm angefangen, da bin ich mir sicher, denn er hat sich noch vor dem Abflug immer wieder an den Armen gekratzt. Als Nächstes werden dann wohl Embolien aufgetreten sein, die zur Ohnmacht führten. Ob sie das auch weiß? Ich mag gar nicht darüber nachdenken, wie ihr wohl zumute ist.

»Sie tun alles, um ihm zu helfen«, sage ich, dann eile ich zur Galley, um dem Arzt diese wichtige Information mitzuteilen.

Der Pilot gibt durch, dass wir wegen eines medizinischen Notfalles in Antalya zwischenlanden würden. Es scheint ewig zu dauern, bis wir endlich den Boden erreichen, aber eigentlich vergeht nur eine halbe Stunde. Wir machen den Service, so gut es eben geht, aus der hinteren Galley. In der vorderen versucht der Arzt mithilfe von Dennis und Achim immer noch zu tun, was er kann.

Die meisten Passagiere sind entsetzt und sehr still. Natürlich fragt der ein oder andere, wie es jetzt weitergeht. Ich muss sie vertrösten, weiß es selbst nicht so genau. Es hängt von vielen Dingen ab.

Wir bitten alle, sich anzuschnallen, die Landung steht unmittelbar bevor. Der Flughafen in Antalya ist informiert worden, der Notarzt wartet schon auf uns. Kaum sind wir gelandet, eilt medizinisches Personal an Bord. Sie legen Torsten auf eine Trage, bringen ihn nach draußen. Unser Passagier, der Arzt, folgt ihnen. Die Freundin stürzt auch mit nach draußen.

»Wann fliegen wir weiter?«, werde ich gefragt.

»Das weiß ich nicht«, muss ich zugeben, »aber ich werde mich erkundigen.«

Nach zwanzig Minuten kommen die beiden Ärzte zurück an Bord. Sie führen die junge Urlauberin zwischen sich. Sie hat den Kopf gesenkt und schluchzt hemmungslos. Während sich der Passagier-Arzt schwer seufzend auf seinen Sitz fallen lässt, spricht der Flughafenarzt mit dem Cockpit.

»Soll ich Ihnen etwas zu trinken bringen?«, frage ich den mitfliegenden Doktor.

»Ja, bitte. Einen doppelten Schnaps.«

»Hat er es nicht geschafft?«, flüstere ich und weiß die Antwort schon.

Er schüttelt nur den Kopf.

Torsten ist an der Taucherkrankheit verstorben. Er wird in einen Leichensack gepackt, in den Frachtraum geladen und kehrt nun dort zurück nach Hause. Über ihm sitzt seine Freundin, die ein starkes Beruhigungsmittel bekommen hat. Der fröhliche Urlaubsflug wurde zu einem Albtraum.

Zwanzig Minuten später starten wir wieder und fliegen nach Hause. Wir versuchen, den Service normal weiterlaufen zu lassen, aber alle sind bedrückt, auch die Crew. Ich denke an Mia. Sie hat geschrieben, dass sie ebenfalls einen medizinischen Notfall an Bord hatten.

»Passiert so etwas oft?«, frage ich Achim.

»Nein. Aber manchmal. Deshalb sollte man sich ja auch an die Vorschriften der Taucherschulen halten.«

»Und ansonsten? Gibt es oft Notfälle auf Flügen? Ich meine, natürlich haben wir darüber gesprochen und auch immer wieder Situationen geübt, aber wenn es dann wirklich passiert, ist es doch etwas anderes.«

»Stimmt. Wir haben immer mal wieder kleinere Dinge, meist Kreislaufprobleme, Übelkeit. Dramatisch wird es selten. Manchmal sind Paxe schon vorher krank und kommen an Bord. Schlimm ist es bei Nebenhöhlenentzündung, wenn sie keine Nasentropfen genommen haben und keinen Druckausgleich machen können. Schreckliche Schmerzen, aber nicht lebensbedrohlich.« Er mustert mich. »Das war ganz schön heftig heute, nicht wahr?«

Ich nicke. Mit etwas mehr als einer Stunde Verspätung landen wir in Düsseldorf.

Das Reinigungspersonal wartet schon, die Maschine wird kurze Zeit später wieder losfliegen, mit einer anderen Crew zu einem anderen Ziel. Wir setzen uns alle noch einmal beim Debriefing zusammen. Was ist passiert, wie haben wir uns verhalten, was hätten wir anders und besser machen können?

Zum Schluss nimmt Achim mich zur Seite. »Es war dein zweiter Checkflug, und ich glaube, dass du eine sehr gute Flugbegleiterin wirst. Glückwunsch.«

Normalerweise bereitet die Crew etwas vor, ein lustiges Geschenk zum Beispiel. Aber heute fühlt sich keiner nach Feiern und Fröhlichsein, ich selbst auch nicht. Bedrückt gehe ich durch die Halle zum Parkplatz.

FLUGHUND

»Claudia!«

Verblüfft drehe ich mich um. Mia rennt auf mich zu und fällt mir um den Hals. »Ich habe schon gesehen, dass ihr Delay habt, habe aber auf dich gewartet. Wie war es auf Male? Wie war die Langstrecke? Stressig, oder?« Dann schiebt sie mich von sich und schaut mich prüfend an. »Du hast doch bestanden, oder?«

Ich nicke müde.

»Aber? Ich sehe doch das Aber in deinem Gesicht.«

»Lange Geschichte.«

Mia beißt sich auf die Lippe. »Dann ist es blöd, dass ich hierhergekommen bin?«, fragt sie leise. »Ich habe mich so über dein Angebot gefreut. Aber wenn du dir das anders überlegt hast, ist es nicht schlimm. Ich finde schon eine Unterkunft.«

»Nein, nein. Ich habe es mir nicht anders überlegt.«

Aber plötzlich bin ich mir da nicht so sicher. Der Flug hat mich nachdenklich gemacht. Ich hätte nicht gedacht, dass ich so schnell mit dem Tod konfrontiert werde. Torsten war ein junger, sportlicher Mann. Unfassbar, dass er vor meinen Augen gestorben ist.

In meiner Wohnung schäle ich mich aus der Uniform und gehe duschen. Mia ist ganz entzückt von der Lage, dem Balkon und dem Zimmer, das ihres werden könnte. Ich dusche lang und heiß, als könnte ich die schwarzen Gedanken, die mich erfasst haben, wegwaschen. Während ich mich abtrockne und in bequeme Klamotten schlüpfe, höre ich Töpfe klappern. Aus der Küche duftet es köstlich.

»Wo hast du die Lebensmittel her?«, frage ich erstaunt.

»Einkaufen?« Mia lacht. »Geht es dir besser?«

Im Kühlschrank ist noch eine Flasche Wein, die öffne ich und schenke uns beiden ein. »Kann ich helfen?«, frage ich.

»Nein. Hinsetzen. Erzählen!«, befiehlt sie.

Und dann erzähle ich, auch von den Zweifeln, die mich plötzlich erfasst haben. Will ich das wirklich? Jetzt habe ich es geschafft. Ich bin Flugbegleiterin – zumindest so gut wie. Ich habe alle Hürden überwunden, und jetzt kommen plötzlich diese blöden Zweifel.

»Ich kann dich gut verstehen.« Mia stellt zwei gefüllte Teller auf den Tisch, setzt sich mir gegenüber. »Das war kein schönes Erlebnis. Und außerdem: Wenn man einen Traum hat und alles dafür tut, dass er sich erfüllt. Und dies dann tatsächlich passiert. Da kann eine ganz schöne Leere entstehen, nicht wahr?«

So habe ich das noch gar nicht gesehen. Darüber muss ich erst einmal nachdenken. Wahrscheinlich hat sie recht.

Wir essen schweigend und hängen unseren eigenen Gedanken nach. Plötzlich springt Mia auf. »Ich habe schon meinen Flugplan, fange nächste Woche an. Da geht es nach New York. Dann habe ich ein paar kurze Umläufe und dann nach Cancún.« Sie hält mir einen Ausdruck hin.

Jetzt will ich auch wissen, ob ich schon einen Flugplan habe. Ich schalte den Computer an und logge mich ein. Tatsächlich. In meinem Postfach ist sogar schon der Arbeitsvertrag. Und ein Flugplan. »Wann bist du in Cancún?«, frage ich aufgeregt.

»Ende des Monats.«

»Dann fliegen wir zusammen. Wie geil!« Wie kleine Kinder hüpfen wir zusammen durch die Wohnung. »Ein Vier-Tage-Umlauf. Herrlich!«

Auch ich fliege in die USA, nach Los Angeles, und habe ansonsten ein paar kurze Umläufe.

»Also machst du es doch?«, fragt mich Mia, nachdem wir die

Küche aufgeräumt und uns wieder ein wenig beruhigt haben. Wir sitzen auf dem Sofa und leeren die Weinflasche.

»Ich glaube schon. Ich kann ja noch darüber schlafen. Das war doch sicherlich ein einmaliges Erlebnis. So etwas wird sicher nicht jeden Tag passieren.«

Mia lächelt. »Nein, vor allem, da du nicht jeden Tag die Taucherparadiese anfliegst. Aber überleg mal, was auf der anderen Seite steht – die drei Hs mit Gregor.« Sie kichert.

»Grundgütiger! Nein, nie im Leben.«

Gregor hat mir drei Mails geschickt, die ich aber noch nicht gelesen habe. Dazu verspüre ich auch gar keine Lust. In Gedanken gehe ich noch einmal meine Checkflüge durch. Das Positive überwiegt. Und schreckliche Dinge können einem überall begegnen.

Am nächsten Tag räumen wir gemeinsam die Wohnung um. Mir gefällt der Gedanke, dass ich mit Mia zusammenwohnen werde. Wahrscheinlich werden wir uns nicht sehr oft sehen, denn unsere Flugpläne sind bis auf die eine Langstrecke komplett unterschiedlich. Auch unsere vier freien Tage am Stück haben wir nicht gemeinsam. Erst nach dem halben Jahr Probezeit dürfen wir uns überhaupt Flüge wünschen, und selbst dann gibt es keine Garantie darauf, dass dem auch stattgegeben wird. Fast wie im richtigen Leben.

Mia fährt nach Berlin, um ihre Sachen zu holen, und wird in wenigen Tagen mit Sack und Pack bei mir einziehen. Ich übe gerade, meinen Koffer zu packen, was mir immer noch nicht so recht gelingen will, als es an der Tür klingelt. Michael steht mit einem riesigen Blumenstrauß und einer Flasche Prosecco vor meiner Tür.

»Hallöchen, Kollegin«, ruft er. »Ich habe schon gehört, dass es Grund zum Feiern gibt.«

»Ich habe es wirklich geschafft!«

»Daran habe ich nie gezweifelt, Püppchen. Und nun erzähl mal von deinen Checkflügen. Warst du mit den Kollegen in diesem kleinen Fischrestaurant in Male? Die haben ein fantastisches Curry.«

Wieder erzähle ich, diesmal aber nüchterner und sachlicher. Der erste Schrecken ist überwunden. Dann berichte ich, dass Mia bei mir einziehen wird.

»Hättest du nicht einen der schnuckeligen Kollegen nehmen können?«, fragt Michael und seufzt. »Da sind ja so süße dabei. Gerade bei den Neuen.«

Ich lache. »Aber nicht alle sind schwul.«

Michael mustert mich. »Hast du etwa schon die Angel ausgeworfen?«

»Ich bitte dich, ich bin doch gerade erst Gregor vom Haken gerutscht. Jetzt will ich die große Freiheit erleben. Und bisher gefällt mir das gut.«

Die Zeit vergeht, und schneller als gedacht fangen Mia und ich an zu arbeiten. Zuerst ist vieles noch sehr ungewohnt, und wir machen einige Fehler, aber die Kollegen sind nett und nachsichtig. Alle haben irgendwann einmal angefangen, und die meisten hatten dieselben Schwierigkeiten. Wo kommen die Getränke hin? Wie erhitze ich die Aluschalen, ohne mir Verbrennungen dritten Grades zuzufügen? Wie schaffe ich es, bei turbulentem Wetter Getränke auszuschenken, ohne die Paxe zu treffen? Und welches Haarspray hält wirklich bei Wind, Regen und Sonnenschein?

Die meisten Flüge sind tatsächlich lustig, denn alle sind nett. Auch viele der Paxe sind sehr freundlich. Nur wenige beschweren sich, wenn die gewünschte Mahlzeit aus ist, wir Verspätung haben oder der Flug unruhig ist.

Mia und ich fiebern unserem ersten gemeinsamen Flug am Ende des Monats entgegen. Das Zusammenleben klappt reibungslos, wir haben uns gut aneinander gewöhnt. Jeder hat die Kopie vom Flugplan der anderen und weiß, dass es ziemlich uncool ist, laute Musik zu hören, wenn die Kollegin erst vor zwei Stunden von einem Nachtflug gekommen ist. Meine Wohnung ist tatsächlich enger und voller. Da wir aber nur selten zeitgleich unterwegs sind, kann ich meine geliebten Pflanzen von Andrea zurückholen und muss sie nicht durch Plastikblumen ersetzen.

Praktisch ist auch, dass einer von uns da ist und für die andere einkaufen kann, wenn es mal wieder sehr früh oder sehr spät wird. Der Kühlschrank ist fast immer gut gefüllt. Wir haben an Bord zwar Crew-Essen, aber so wirklich schmackhaft ist das nicht. Wir können auch die Mahlzeiten nehmen, die übrig bleiben, doch da ist die Auswahl wirklich nicht groß – es gibt fast immer ein Pasta- und ein Fleischgericht, manchmal auch Hühnchen, ganz selten Fisch. Aber nach vier oder fünf Tagen mit Umläufen hängt einem das Pax-Essen zum Hals heraus, und das Crew-Essen ist nicht unbedingt besser.

Während Mia in New York ist, habe ich langweilige Umläufe. DUS – FRA, FRA – MUC, MUC – TXL, TXL – DUS. Und das an einem Tag. Am nächsten habe ich eine ähnliche Kette und am übernächsten auch. Gruselig. Aber noch gehe ich sehr euphorisch vor.

Ich fange mit dem Umlauf an einem Montag an. Meist sind es Geschäftsleute, die morgens fliegen. Auf dem Flug nach München ist ein PETC, ein Tier an Bord. Ich hoffe, es ist nicht Madame Tussaud. Meine Hoffnung wird erfüllt, es ist keine Katze, sondern ein junger Hund. Sein Besitzer sieht aus wie ein typischer Geschäftsmann – Anzug, Schlips und Aktentasche, aber dazu auch noch den Tierbeförderungskorb. Es ist der erste Flug des jungen Hundes, hoffentlich auch sein letzter, denn er jault die ganze Zeit. Zum Glück für alle dauert der Flug nur eine knappe Stunde. Dabei hat das Herrchen alles getan, um das arme Tier zu beruhigen, aber nichts hat funktioniert. Das Herrchen sieht ganz nett aus, bemerke ich, als ich sie beobachte, und er kümmert sich wirklich rührend um den Hund.

»Tut mir leid«, sagt er, als er aussteigt. Seine Stimme ist tief und warm. Fast wie ein Synchronsprecher. Und sein Lächeln ist süß.

»Wiedersehen«, sagt er und zwinkert mir zu.

Gern, denke ich, aber lieber ohne Hund.

Ich habe den Donnerstag frei und bin sehr froh darum. Inzwischen tun mir die Füße weh, die Umläufe sind aber auch mörderisch. Mia kommt aus New York wieder, ist aber so fertig, dass sie sich sofort hinlegt. Das ist ein Fehler, denn in den nächsten zwei Nächten sitzt sie schlaflos in Düsseldorf und schaut Dauerwerbesendungen auf Verkaufskanälen.

Freitag habe ich wieder einen Umlauf. Diesmal DUS – MUC, MUC – FRA und dann nur noch FRA – DUS. In München haben wir abermals ein Tier an Bord. Ich staune nicht schlecht, als der Geschäftsmann von Montag samt Korb und Hund einsteigt.

»Ich habe mir vom Tierarzt Tropfen geben lassen«, sagt er entschuldigend, er hat mich wohl auch wiedererkannt. »Ich hoffe, er hält diesmal besser durch.«

Ich beuge mich vor und schaue den Hund an. Von Tieren habe ich nicht viel Ahnung, aber ein Dackel oder Pudel ist es jedenfalls nicht.

»Schöner Hund«, sage ich, um irgendetwas zu erwidern. Und weil ich gehört habe, dass man Hundebesitzern und Jungeltern so was sagen soll.

»Ja, ein Rhodesian Ridgeback.« Er klingt so stolz wie ein frischgebackener Vater. Als hätte er den Hund zur Welt gebracht. »Er heißt Pippin.«

»Der ist aber noch jung, oder?«, frage ich zweifelnd.

»Ja, vier Monate.« Der Mann seufzt. »Wir hatten ihn gerade erst gekauft.« Er schüttelt den Kopf.

Ein wundes Thema, das spüre ich.

»Der Flug ist ja nicht so lang«, sage ich. »Vielleicht fällt es ihm diesmal leichter.«

Ich merke, dass der Mann mir eigentlich die ganze Hundegeschichte erzählen will, so wie alle Tierbesitzer, aber ich habe gerade keine Zeit. Und Hunde gehören zu den drei Hs, denen ich privat entkommen bin. Da werde ich sie mir nicht auch noch in meiner Arbeitszeit aufhalsen.

»Sie finden Ihren Platz?«

Er nickt, klemmt sich eine Zeitung unter den Arm und geht.

Auf diesem Flug winselt Pippin nur. Nicht schön, aber auszuhalten. Trotzdem bin ich froh, als wir in Frankfurt landen und der Gast samt Hundekind das Flugzeug verlässt.

»Wiedersehen«, sagt er wieder und lächelt. Er ist *wirklich* süß.

Danach fliege ich auf die Kanaren. Einen Flug hin, dann direkt wieder zurück. Flugzeit etwas über vier Stunden. Das ist weniger anstrengend als viele Umläufe an einem Tag, dennoch bin ich froh, abends zuhause zu sein.

Die Tage vergehen, und den Samstag, bevor es nach Mexiko geht, haben Mia und ich frei.

»Gestern bin ich MUC – FRA geflogen«, erzählt sie, als wir auf dem Sofa sitzen und irgendeine Serie gucken. »Da war dieser Typ mit einem PETC, schrecklich.«

Ich horche auf. »Geschäftsmann? Boss-Anzug? Tiefe Stimme, strahlende Augen? Blauer Tierbehälter und winselnder Hund?«

»Du kennst Pippin schon?«

Ich lache. »Den hatte ich letzte Woche. Montags nach München und freitags zurück nach Frankfurt. Beide Male mit einem angesäuerten und weinenden Hund.«

»Genau, das ist er. Der Hund ist ein Scheidungsopfer. Seine Frau hat ihn gekauft, hat den Mann jetzt aber verlassen. Sie wollte weder Hund noch Mann länger behalten.«

»Bei dem Hund kann ich das verstehen«, sage ich trocken.

»Er heißt Tom«, sagt Mia.

»Nein, er heißt Pippin, wie aus dem kleinen Hobbit.«

»Ja, der Hund, aber der Mann heißt Tom. Der ist voll fertig und weiß gar nicht, wie er das in Zukunft regeln soll.«

»Mia«, sage ich streng, »der Typ hat sich gerade erst getrennt. Das ist ein No-Go. Der leidet noch, der ist nicht fähig, eine neue Partnerschaft einzugehen.«

Sie sieht mich entrüstet an. »Habe ich doch gar nicht vor. Er fällt überhaupt nicht in mein Beuteschema. Was denkst du denn von mir? Er … nun, er tut mir nur so leid.«

»Ja, so fängt das an.« Ich muss lachen. »Aber der arme Hund – ich hatte gehofft, der Mann hätte dazugelernt.«

»Er weiß doch nicht, wohin mit dem Tier. Er kann Pippin ja wohl schlecht die Woche über in Frankfurt lassen, wenn er in München arbeiten muss.«

Ich seufze. »Warum fährt er denn nicht im Zug?«

»Hat er versucht«, weiß Mia. »Das muss montags und freitags die Hölle sein, kein Spaß mit einem Welpen im Schlepptau, der dauernd mal raus muss, um zu pinkeln.«

»Dann muss er sich eben zum Wohl des Hundes von ihm trennen. Der wächst ja noch weiter. In zwei oder drei Monaten kann er ihn nicht mehr im Körbchen in der Kabine mitnehmen.«

»Das weiß Tom«, sagt Mia theatralisch. »Und das macht ihm auch ganz viele Sorgen. Er kann ihn nicht einfach weggeben, schließlich haben sie den Wurf schon seit der Befruchtung begleitet.«

»Das ist nicht dein Ernst.«

»Doch, das hat er mir alles erzählt.«

»Der Typ hat einen Knall!«

Nur gut, denke ich, dass wir morgen nach Mexiko fliegen. Keiner von uns beiden wird Tom oder Pippin so schnell wiedersehen, und das ist auch gut so. Wobei Tom wirklich süß ist. Irgendwie.

»Ich kann das immer noch nicht«, jammere ich am nächsten Morgen und betrachte das Chaos in meinem Koffer. In zwei Stunden geht es los. Für den kurzen Stopover nach Los Angeles war es nicht so schwer zu packen. Vor allem, weil ich einen fast leeren Koffer mitgenommen und in L. A. das Outlet gestürmt habe; das war ein Tipp von einer Kollegin. Doch in Cancún werden wir vier Tage sein. Da braucht man schon ein wenig mehr Kleidung. Außerdem kann ich nicht ständig neue Klamotten kaufen. Ich öffne YouTube und suche das Koffer-Pack-Video.

»Es ist doch ganz einfach.« Mia schüttelt hier etwas aus und faltet es zusammen, legt dort etwas hin, und in Null-Komma-Nichts ist mein Koffer perfekt gepackt.

»Das fotografiere ich, und das Bild drucke ich mir als Anleitung aus«, beschließe ich lachend. Bei unseren Vorbereitungen habe ich fast vergessen, dass wir ja gar nicht in den Urlaub, sondern arbeiten fahren – beziehungsweise fliegen.

Es ist das erste Mal, dass wir zeitgleich losmüssen, und es wird ein wenig eng, was die Badezimmerzeit angeht. Wir mustern uns gegenseitig prüfend. Mia kann sich inzwischen perfekt schminken, sie steht dem Wannabe-Flugbegleiter-Playmate Fiona in nichts nach, und ich schaffe es, meine Haare zu bändigen, sodass sie eine Langstrecke überstehen.

»Haben wir alles?«, frage ich unsicher.

»Egal.« Mia lacht. »In Cancún kann man sicherlich auch Zahnbürsten kaufen.«

DIE SPRECHENDE TASCHE

Meinen Wagen parke ich auf dem Personalparkplatz. Ein tolles Gefühl. Wir nehmen unsere Koffer und die Bordcases und gehen zum Gebäude der BlueSky Airline. Kurz vor dem Eingang wienern wir beide unsere Schuhe mit einem Tempo auf Hochglanz, dann suchen wir den Briefingraum.

»Ach herrje, zwei kleine Engelchen«, sagt Tim, der Purser. »Das freut mich aber. Ihr seid noch Frischlinge?«

Wir nicken beide, versuchen aber Professionalität auszustrahlen.

»Das wird ein ganz entzückender Flug.« Tim zwinkert uns zu.

Bald darauf kommen die anderen der Crew. Jürgen und Tim begrüßen sich mit Küsschen und aufgeregt flatternden Händen. Alles klar, denke ich. Die beiden sind so was von schwul – glücklicherweise interessieren mich Männer immer noch nicht die Bohne. Trotzdem könnte es für mich schwierig werden, einen Mann bei der Arbeit kennenzulernen, denn neunzig Prozent der männlichen Kollegen sind vom anderen Ufer.

Wir sind zehn, eine ziemlich gute Besatzung für eine Langstrecke. Die Mindestbesatzung sind acht Flugbegleiter.

»Leutchen«, sagt Tim. »Wir haben Schwein. Das Belly ist nicht ausgebucht, deshalb haben wir für diesen Flug ein MCR. Ist das nicht klasse?« Er grinst breit und sieht die beiden Frischlinge an. »Wisst ihr, was das ist?«

Aus den Augenwinkeln werfe ich Mia einen Blick zu, aber auch sie zuckt verlegen mit den Schultern.

»Ach, ihr Süßen. Ihr seid einfach Zucker! MCR – das bedeutet Mobile Crew Rest. Das ist ein Container mit Betten, den sie in den Frachtraum schieben, wenn nicht zu viel Frachtaufkommen ist. Wir haben also Betten für die Pause.« Er zwinkert Jürgen zu.

Alles klar!, denke ich wieder.

Wir gehen den Flug durch, die Special Meals, die normalen Mahlzeiten, Dos and Don'ts, den Bordverkauf und natürlich Sicherheit. Tim teilt uns ein. Er und Jürgen arbeiten in der First Class, sie werden wir wahrscheinlich während des Fluges kaum sehen. Ich bin auf R3, Mia ist auf L4. Es gibt noch zwei weitere männliche Flugbegleiter auf diesem Umlauf, Simon und Jonas. Simon ist offensichtlich auch schwul, bei Jonas bin ich mir nicht sicher.

Die Piloten kommen und besprechen mit uns Route und Flugzeit, dann steigen wir in den Bus und fahren zum Flieger.

Mein Herz pocht mal wieder, und ich bin ganz schön aufgeregt. R3 bedeutet, dass ich am Ausgang über dem Flügel positioniert bin, deshalb brauche ich keine Fluggäste an der Tür zu begrüßen, denn meine Tür wird nur im Notfall geöffnet werden. Der hoffentlich nicht eintreten wird. Aber dann habe ich ohnehin ganz andere Probleme.

Ich begleite die Paxe zu ihren Plätzen, helfe das Gepäck verstauen. Auf diesem Flug scheint die Gepäckaufgabe ausgefallen zu sein, jedenfalls scheint keiner seine Sachen aufgegeben zu haben, oder alle glauben, dass Cancún jenseits jeglicher Zivilisation liegt, und deshalb haben sie ihren halben Haushalt mit und auch furchtbar viel Handgepäck.

Eine Dame mit platinblonden Haaren, hoch auftoupiert, stolziert durch den zweiten Gang auf mich zu. Sie wedelt mit ihrer Bordkarte. Mir fällt fast das Kinn auf die Brust, sie trägt Louboutin-Pumps und ein Kostüm von Dior, ihr Handgepäck, das aus sage und schreibe drei Taschen besteht, ist von Louis Vuitton. Hat der Boden da geschlafen, oder wie hat sie die durch den Check-in bekommen? Es sind drei wirklich sehr große Taschen. Und sie klammert sich daran, als wäre Madame Tussaud höchstpersönlich darin, von der sie sich nicht trennen kann. Aber soweit es das Briefing ergeben hat, gibt es kein PETC auf diesem Flug. Ich weiß auch gar nicht, inwieweit man Tiere nach Mexiko mitnehmen kann und ob die nicht vorher in Quarantäne müssen. Nach Australien darf man ja nicht mal Äpfel einführen.

»Fräulein«, schrillt das Fashion Victim mit exaltierter Stimme, und ihr Adamsapfel hüpft dabei. »Ich brauche Hilfe!«

Ach du liebes bisschen, denke ich und gehe auf sie zu, nehme ihr die Bordkarte ab. Sie ist fast einen Kopf größer als ich und müffelt nach Chanel Nr. 5. Den Duft kenne ich gut, den benutzt Gregors Mutter.

»Sie sitzen hier.« Ich zeige auf den Platz im Mittelgang.

»Och, da ist ja gar kein Fenster.« Sie zieht einen Schmollmund.

»Stimmt«, sage ich und lächele zuckersüß. »Aber diesen Platz haben Sie gebucht.«

»Ich möchte aber am Fenster sitzen.« Suchend schaut sie sich um. »Ist denn kein Fensterplatz frei?«

»Es tut mir leid. Bisher nicht. Ich kann später schauen, ob wir noch einen Fenstersitz haben. Aber im Mittelgang ist es für Sie doch bequemer, da haben Sie mehr Platz für Ihre Beine.«

»Meine Beine, tststs.« Sie kichert. »O Gott, o Gott, meine Beine.« Dann hebt sie ihr Handgepäck, das um sie herumschwingt und den Köpfen der anderen Paxe bedrohlich nahe kommt, etwas an, was eine unglaubliche Kraftanstrengung sein muss. »Jetzt müssen wir nur noch diese Kleinigkeiten verstauen.«

Ich zeige auf den Hatrack, der ist allerdings schon ziemlich gefüllt. »Bitte.«

»Jesses, wie soll ich denn da alles unterbekommen?«

Ich überlasse sie sich selbst und kümmere mich um eine Familie mit zwei kleinen Kindern. Die Kleinen sind unruhig und nervös, ich besorge Stifte und Malvorlagen und bringe sie damit zum Strahlen.

Boarding completed – alle Paxe sind auf ihren Plätzen, die Maschine ist voll. Ich gehe durch meinen Gang, bitte den ein oder anderen, sein Handgepäck zu verstauen.

Madame Dior und Louis Vuitton haben sich breitgemacht. Eine der riesigen Handtaschen steht im Fußraum, die andere im Gang, die dritte ist wohl im Hatrack verschwunden.

»Sie müssen die Tasche aus dem Gang entfernen«, sage ich freundlich.

»Und wohin damit? Haben Sie einen Fensterplatz für mich?«

Ich schüttele den Kopf, will ihr gar nicht sagen, dass sie an einem Fenstersitz noch weniger Platz hätte. »Leider nicht. Aber die Tasche kann nicht da stehen bleiben.«

Simon kommt zu mir. »Gibt es ein Problem?«, fragt er und schaut begehrlich auf den Designerbeutel. »Louis Vuitton. Hach, ein Traum«, schwärmt er.

Ich trete zurück. Sollen die beiden sich einig werden.

»Aber der muss leider verstaut werden.« Simon öffnet den Hatrack, quetscht die darin liegenden Taschen zusammen.

»VORSICHT!«, kreischt Madame Dior. »Das sind meine.«

»Ach herrje! Nun ja, ich schau mal.« Simon findet einen Platz in einem Hatrack fünf Sitze weiter vorne. »Da könnte es gehen.«

Madame Dior ist inzwischen aufgestanden, hat eine ihrer Taschen gepackt und hält sie vor der wahrscheinlich nicht ganz naturbelassenen Brust. »Oh nein. Das lasse ich nicht zu! Meine Tasche bleibt bei mir.«

»Hach«, sagt Simon. »Ich kann Sie gut verstehen, aber *geht* leider nicht.« Er will ihr die Tasche abnehmen, aber sie krallt sich daran fest.

»Nein, nein!«

In dem Moment kommt Tim, unser Purser, durch den Gang. »Was ist los? Warum habe ich noch keine Freigabe von euch?«

Ich zeige auf die beiden. »Es gibt einen Konflikt. Wegen einer Tasche.«

Tim wirft einen Blick in den Gang, dann werden seine Gesichtszüge weicher. »Oh, Louis Vuitton. Wie schön.«

»Ja«, sagt Simon. »Aber im Hatrack am Platz ist nichts mehr frei, wir müssen sie woanders verstauen.«

»Woanders?«, sagt Madame Dior indigniert. »Nein.« Sie hält Tim die Tasche vor die Nase. »Was sagt Ihnen diese Tasche. Na? Was sagt sie?«

Tim lächelt, dann beugt er den Kopf nach vorne, hält sein Ohr an die Tasche, richtet sich dann wieder auf. »Ich kann leider nichts hören. Was sagt sie denn?«

Die Dior-Frau schnappt pikiert nach Luft.

»Sie müssen die Tasche trotzdem verstauen. Auch wenn sie zu Ihnen spricht.« Er nimmt sie ihr ab und stopft sie in das Gepäckfach. »War doch gar nicht so schwer.« Dann nickt er uns zu. »Gurte überprüfen, wir fliegen jetzt los.«

»Angeschnallt?« Ich bekomme das Grinsen kaum aus meinem Gesicht, als ich meinen Gang abgehe.

Wir starten, fliegen los, Airborne. Das Anschnallzeichen erlischt, und wir beginnen mit dem Service. Simon arbeitet mit mir zusammen.

Als wir an dem Hatrack vorbeikommen, in dem Tim die Tasche verstaut hat, bleibt er stehen und legt den Kopf zur Seite, als würde er lauschen. »Hörst du was?«, fragt er mich im Flüsterton.

Ich schüttele den Kopf und verkneife mir ein Lachen.

»Ich auch nicht«, sagt er dann. »Ich fürchte, die Tasche spricht nicht mit uns.«

Es ist meine dritte Langstrecke, aber zum ersten Mal darf ich in einem MCR schlafen, der im Belly, im Rumpf des Flugzeugs, verstaut wurde. Durch eine Klappe im Boden der Kabine kann man hinuntersteigen. Ich habe die erste Pause, Mia ebenfalls. Simon zeigt uns den Schlafraum. Es ist tatsächlich ein Container, in den doppelstöckige Liegen eingebaut wurden. Decke und Kissen sind in Folie eingeschweißt, für jeden eine frische Garnitur. Vor jeder Liege befindet sich ein Vorhang, den man zuziehen kann. Alles ist in dem Hellblau der Fluggesellschaft gehalten.

»Wow«, entfährt es mir, und auch Mia staunt.

»Wählt eine Liege aus«, sagt Simon. »Denkt daran, ihr habt nur etwa zwei Stunden Pause, dann sind die anderen dran. Und vergesst nicht, euch anzuschnallen.«

Anschnallen im Liegen? Komischer Gedanke. Inzwischen weiß ich, dass es wirklich guttut, zwischendrin ein wenig die Augen zu schließen, auch wenn ich meinen Ausschalter noch nicht gefunden habe. Auch Mia ist nicht zum Quatschen zumute, deswegen machen wir nicht viel Federlesen. Ich packe mein Bettzeug aus der Verpackung und stelle die Schuhe in die dafür vorgesehene Box – keiner möchte den Fußschweiß der anderen riechen, hat Simon uns erklärt.

Wir nicken uns zu und verschwinden in unsere Schlafkabinen. Hier unten ist es lauter als oben, aber das Geräusch der Motoren ist nicht so störend wie die Unruhe, die immer in der Kabine herrscht. Selbst wenn die meisten schlafen, geht doch immer mal jemand durch die Gänge, einige Leute flüstern und Kinder quengeln. Der Geräuschpegel ist ein anderer, und auch wenn uns ein Vorhang vor den Blicken der Paxe schützt, ist man doch immer irgendwie präsent.

Ich lege mich hin, decke mich zu und schließe den Gurt um meine Hüften. Unbequem ist das zunächst, und es erinnert mich auch unangenehm an den ersten und einzigen Versuch, den ich in Sachen Fesselspiele hinter mir habe, aber dann döse ich weg.

Es rattert und es knallt.

Etwas drückt mich nach oben, dann schaukelt alles.

Von einer Sekunde zur anderen bin ich wach. Der Gurt drückt mir in den Bauch, aber er hält mich. Turbulenzen. Ich bin froh, hier unten zu liegen, auch wenn es kein sanftes Erwachen ist.

»Ach du Scheiße«, flucht Mia, die über mir liegt. »Wir haben wohl einen harten Ritt.«

»Hattest du das schon mal?«

»Einmal. Aber nicht so. Der Captain hat alle, auch uns, auf die Sitze beordert. Was machen wir denn jetzt?«

Ich schaue auf meine Uhr. Tatsächlich habe ich über eine Stunde geschlafen. Wir haben zwar noch eine halbe Stunde Pause, aber an Schlaf ist nicht mehr zu denken. Wie es wohl den Kollegen oben ergeht?

»Sobald es sich ein wenig beruhigt«, sagt Mia, »gehen wir nach oben. Aber vorsichtig! Ich habe von Kolleginnen gehört, die sich schwer verletzt haben, weil sie nicht gesichert waren. Andererseits können die oben jetzt jede Hilfe gebrauchen.«

Wir scheinen das Schlimmste überstanden zu haben und schnallen uns vorsichtig los. Es gibt hier unten einen Spiegel, aber kein Waschbecken. Also muss eine oberflächliche Restauration reichen. Wir klettern die Leiter nach oben, öffnen die Bodenklappe. Es sieht chaotisch aus, aber die Crew ist schon dabei aufzuräumen. Becher und Flaschen und so manches mehr liegen in den Gängen. Einige Hatracks sind aufgegangen, kleinere Gepäckstücke herausgefallen. Es riecht scharf nach Erbrochenem.

»Gut, dass ihr kommt«, sagt Simon, er sieht blass aus.

»Ist jemand verletzt?«, will Mia wissen.

»Nein, zum Glück hat uns der Captain vor der Schlechtwetterfront gewarnt und das Anschnallzeichen rechtzeitig angemacht.«

Wir haben Glück, und es bleibt bei diesen einmaligen Turbulenzen. Jedoch haben sich einige Passagiere übergeben, und ich stelle fest, dass es nicht so einfach ist, das zu beseitigen. Kaffeepulver hilft gegen den Geruch. Wir verstreuen mindestens drei Pakete davon.

Auch die Louis-Vuitton-Tasche, die der aufgetakelten Frau so sehr am Herzen liegt, ist aus dem Gepäckfach gefallen. Für den

Rest des Fluges behält sie sie auf dem Schoß und wirft uns immer wieder vorwurfsvolle Blicke zu. Wir tragen es mit Fassung. Die Sonne geht auf, und an einem strahlenden Morgen landen wir in Cancún, Mexiko.

Die Zimmer für die Crew befinden sich in einem großen Hotelkomplex mit mehreren Gebäuden. Da die Crew aber ausruhen soll, haben wir die Zimmer im letzten Haus. Das Debriefing hat eine Weile gedauert, weil wir die Situation, und was man bei einer solchen Wetterfront hätte besser oder anders machen können, ausführlich besprochen haben.

Jetzt bin ich fertig und möchte nur noch duschen. In Cancún ist es früher Morgen, und es wäre fatal, jetzt ins Bett zu gehen, das weiß ich. Trotzdem freue ich mich darauf, aus der Uniform und den Schuhen zu kommen.

Der Portier reicht mir eine Plastikkarte, den Zimmerschlüssel und einen Ausdruck mit der Wegbeschreibung zum Zimmer. Mia und auch die anderen sind im gleichen Haus, aber in einer anderen Etage. Gemeinsam gehen wir durch die Gebäude. Schier endlos scheint der Weg zu sein. Jeder von uns zieht müde den Koffer und das Bordcase hinter sich her, viele haben auch noch eine Umhänge- oder Handtasche. Es ist wie ein kleiner Auszug aus Ägypten. Endlich haben wir das Gebäude erreicht. Wir verabreden uns in einer Stunde in der Bar und wollen dann gemeinsam frühstücken. Ich muss in die zweite Etage, während die anderen im Erdgeschoss bleiben.

Mit schweren Beinen verlasse ich den Aufzug und suche mein Zimmer in dem langen Flur. Als ich es finde, ziehe ich die Karte durch den Schlitz. Nichts passiert. Ich wiederhole den Vorgang dreimal. Ich könnte schreien, das darf doch nicht wahr sein, irgendetwas mit der blöden Karte stimmt nicht. Und jetzt? Was mache ich jetzt?

Ich schaue mich zweifelnd um. Der Flur ist menschenleer. Mir wird nichts anderes übrig bleiben, als zur Rezeption zurückzukehren. Mein Gepäck muss ich wieder hinter mir herziehen. Wieder durch die kilometerlangen Flure und Gänge.

An der Rezeption steht Tim. Auch er sieht nicht gerade begeistert aus. »Deine Zimmerkarte tut es nicht?«, fragt er mich mürrisch.

Ich nicke nur.

»Meine auch nicht. Das passiert mir immer hier. IMMER. Zum Kotzen!«

Wir bekommen eine neue Karte und mannigfaltige Entschuldigungen zu hören. Das bewahrt uns aber nicht davor, die gefühlten zwölf Meilen samt Gepäck wieder zurücklegen zu müssen. Diesmal funktioniert meine Karte, das ist auch besser so, sonst wäre ich Amok gelaufen. Die heiße Dusche beruhigt meine Nerven zum Glück sehr schnell. Und als ich beim Frühstück erfahre, dass Tim und ich zwei Gratis-Massagen auf Kosten des Hauses bekommen, kann ich endlich wieder ein wenig entspannen.

JEDES BÖHNCHEN GIBT EIN TÖNCHEN

Es ist wunderschön in Mexiko. Der Strand ist ein Traum und das Wasser der Karibik so türkis, als wäre es mit Photoshop bearbeitet worden. Den ersten Tag verbringen wir dösend am Strand. Abends führen uns die erfahrenen Kollegen in ein kleines Restaurant, das etwas abseits der Touristenmeile liegt und mit unfassbar guten Enchiladas aufwartet. Für den nächsten Morgen hat Simon einen Mietwagen besorgt. Er will uns die Maya-Ruinenstätte Chichén Itzá zeigen.

»Wir müssen früh raus, man fährt etwas mehr als zwei Stunden, und wir sollten um zehn schon da sein, sonst wird es zu voll«, sagt er zu uns.

Mia und ich sind begeistert, noch nicht einmal das frühe Aufstehen schreckt uns ab.

Auch am nächsten Morgen locken die intensiven Farben und die Landschaft, durch die wir fahren. Genau so habe ich mir das vorgestellt – die Welt sehen. Es ist fantastisch. Der Besuch der Maya-Ruinen beeindruckt mich sehr, und ich beglückwünsche mich wieder einmal selbst zu der Entscheidung, die drei Hs, Gregor und den Lehrerberuf in den Wind geschossen zu haben, um *das hier* zu erleben.

Abends gehen wir wieder zusammen essen, nur Tim und Jürgen haben sich abgeseilt und scheinen die Zweisamkeit zu genießen. Die Tage vergehen in Mexiko offensichtlich schneller als daheim, denn schon heißt es wieder Koffer packen. Es geht zurück. Erneut ziehe ich meinen Trolley und das Bordcase die langen Flure bis zur Rezeption. Dort warten die anderen schon. Wir checken aus, fahren zum Flughafen. Die Piloten berechnen den Flug und kontrollieren die aktuellen Wetterdaten.

Tim hat sich die Liste mit den aktuellen Buchungszahlen und Besonderheiten des Fluges ausgedruckt. Eine Person im Rollstuhl ist zum Preboarding angemeldet. Dann gehen wir den Service durch, er teilt uns den verschiedenen Positionen zu. Diesmal bin ich zusammen mit Simon auf L4, Mia zusammen mit einer Flugbegleiterin namens Martina auf R4.

Die Putzkolonne ist noch an Bord, als wir ankommen, der Hinflug hatte Verspätung. Während gesaugt und geputzt wird, arbeiten wir schon einmal unsere Sicherheitscheckliste ab. Wir wollen möglichst pünktlich starten.

Das Catering bringt das Essen, Svenja ist als Galleymaus eingeteilt und überprüft, ob auch alle Mahlzeiten samt der vorbestellten Special Meals geliefert wurden. Simon und ich sehen die Sitztaschen durch und füllen die Kataloge für den Bordverkauf auf.

»Das Chili in Cancún ist das Beste der Welt«, schwärmt er. »Ich habe es letztes Jahr entdeckt, und jedes Mal, wenn wir hier sind, muss ich es essen. Ich habe in Deutschland nichts Vergleichbares gefunden.«

»Hast du dir denn das Rezept geben lassen?«, frage ich.

»Ja, aber ich glaube einfach, dass die Bohnen, die sie hier verwenden, anders schmecken als bei uns.«

»Bohnen sind Bohnen.«

»Möglich, aber die Baked Beans, die man in den Staaten bekommt, schmecken auch anders als die, die es in Deutschland zu kaufen gibt.«

»Darauf muss ich mal achten. Ich fliege in zwei Tagen nach New York«, sage ich.

»Das mag ich an unserem Beruf«, schwärmt Simon, »wir kommen viel rum und können alle möglichen Speisen ausprobieren.«

Simon, das weiß ich inzwischen, ist ein Feinschmecker und Hobbykoch. Wie immer, wenn eine Crew einen längeren Umlauf hat, lernt man einige neue Leute kennen und erfährt eine Menge über sie. Auf der Fahrt zu den Maya-Ruinen hat uns Simon erzählt, dass er Gewürze und Rezepte sammelt. Ihn faszinieren fremde Speisen, und er schreckt vor kaum etwas zurück. Sogar frittierte Vogelspinnen hat er schon verspeist. Es gibt Dinge, die muss ich nicht unbedingt ausprobieren … Artischocken und frittierte Achtfüßler gehören eindeutig dazu.

Tim gibt durch, dass die Paxe geschickt werden. Also nehmen wir unsere Plätze zur Begrüßung ein. Ich bin besorgt. Cancún ist ein Taucherparadies, und ein wenig mulmig denke ich an meinen bislang ersten und einzigen medizinischen Notfall an Bord. Es wird sich doch hoffentlich jeder an die Vorschriften gehalten haben?

Das Flugzeug füllt sich, die Fluggäste nehmen ihre Plätze ein und verstauen das Handgepäck. Manch einem sieht man die Wehmut an, das schöne Urlaubsland verlassen zu müssen. Jede Menge Sombreros werden in den Gepäckablagen verstaut. Ich frage mich, was die Passagiere zuhause damit machen. Etwa tragen? Es muss Hunderte, wenn nicht gar Tausende Sombreros geben, die in dunklen Schränken verrotten oder in Vitrinen einstauben und allerhöchstens mal zum Karneval vom Dachboden geholt werden. Und dann? Verkleiden sich dann alle Deutschen als Mexikaner? Eine schräge Vorstellung.

Wir verteilen Zeitungen, Tim macht die Sicherheitsansage. Dann rollen wir auf die Startbahn.

In unserem Block sitzt eine Frau, die unruhig auf ihrem Sitz hin und her rutscht. Sie ist braun gebrannt, trägt ein Sommerkleidchen und Flipflops. Hoffentlich hat sie wenigstens eine Jacke und Socken im Handgepäck, denn unsere Klimaanlage arbeitet gut. Ich beobachte sie genau. Kratzt sie sich? Schwitzt sie? Sie sieht nicht aus wie eine typische Taucherin, aber wer weiß schon, was Leute so während des Urlaubs treiben.

Als wir unsere Flughöhe erreicht haben und das Zeichen kommt, dass die Gurte gelöst werden dürfen, gehe ich zu ihr. »Kann ich Ihnen helfen?«, frage ich freundlich und ohne meine Besorgnis zu zeigen.

Sie lächelt mich an und schüttelt den Kopf. Flugangst scheint sie nicht zu haben, und auch Anzeichen der Taucherkrankheit kann ich zum Glück nicht entdecken.

»Wo ist denn hier für kleine Mädchen?«, flüstert sie mit rotem Kopf.

»Dort hinten jeweils links und rechts ist eine Toilette.«

Sie nickt und hastet davon.

Simon und ich bereiten die Getränketrolleys vor. Immer wieder verzieht er das Gesicht und krümmt sich leicht nach vorne.

»Alles okay?«, frage ich.

»Es war wohl zu viel Chili, und das scheint sich jetzt zu rächen.«

»Magenschmerzen?«

Simon schüttelt den Kopf, schaut verlegen zur Seite. »Nein, ich fürchte, der Spruch ›Jedes Böhnchen gibt ein Tönchen‹ stimmt, und zwar doppelt!«

»Ernsthaft?« Ich muss lachen. »Na, dann kneif mal die Pobacken zusammen, wir müssen jetzt die Getränke austeilen.«

An der Tür der Galley stoppt Simon wieder. »Okay«, sagt er leise zu mir, »ich werde mich mal eben schnell entlüften.«

Er dreht sich um, drückt mit seinem Po die Falttür der Toilette auf, geht einen Schritt rückwärts hinein, beugt sich nach vorne und lässt den Winden freien Lauf. »Ahhh«, macht er dabei, und er sieht sehr glücklich aus.

»O mein Goootttt!«, hören wir da den entsetzten Schrei der Dame, die mich vorhin nach der Toilette gefragt hat. Sie sitzt auf dem Klo. Dummerweise hat sie die Tür nicht verriegelt und ist Simons Giftgasangriff schutzlos ausgeliefert.

Er schaut mich entsetzt an, sein Gesicht verwandelt sich in eine Tomate, die mit kochendem Wasser überbrüht wurde.

Wahrscheinlich kann ich ihm gleich problemlos die Haut abziehen. In Windeseile, jedoch ohne weitere Winde in die kleine Kabine zu entlassen, verschwindet er in die Galley. Die Klapptür lässt er aus lauter Hektik offen stehen. Die Dame, die immer noch auf dem Topf sitzt, sieht mich entgeistert an, ich fürchte, ob der Gase wird sie gleich ohnmächtig werden. Dennoch schließe ich die Falttür.

»Simon?«

Er steht in der kleinen Küche, wiegt völlig verzweifelt den Oberkörper vor und zurück. »Wie konnte ich nur? O mein Gott. Was mache ich jetzt?«

»Nichts machst du.« Ich schüttele mich vor Lachen. »Du hättest dich sehen sollen!« Die Tränen laufen mir über die Wangen. »Du hast ihr direkt ins Gesicht gepupst!«

»Ich weiß.« Simon kneift die Augen zusammen – ihm ist die Situation entsetzlich peinlich.

»Wahrscheinlich ist sie inzwischen in Ohnmacht gefallen«, feixe ich. »Das ist aber auch eine ganz besondere Duftnote.« Ich muss mich festhalten und mir auf die Lippe beißen, um nicht vor Lachen zu quietschen.

Wenn Blicke töten könnten, hätte Simon jetzt eine Leiche am Hals, zusätzlich zu dem Anschlag auf der Toilette, der mindestens als gefährliche Körperverletzung durchgeht. Ich wische mir die Tränen ab, räuspere mich und versuche, mich zu fassen. Es hilft alles nichts, die Gäste wollen ihre Getränke. Ich linse um die Ecke, die Dame hat sich inzwischen wieder auf ihren Platz begeben, sie ist also nicht bewusstlos geworden.

Simon späht über meine Schulter.

»Sie lebt noch«, wispere ich. »Anschlag missglückt.«

»Claudia!« Er seufzt. Seufzt wieder. Dann stöhnt er auf. »Ich kann das nicht.«

»Was?«

»Ich kann da nicht raus! Ich werde vor Scham tot umfallen.«

Ich drehe mich zu ihm um. »Dann nimm dir einen Fallschirm und spring!«

Unsere Blicke treffen sich. Simons Augen glänzen feucht. »Ich kann wirklich nicht«, flüstert er.

Der leidvolle Gesichtsausdruck, mit dem er mich ansieht, erinnert mich an eine Geschichte, die Carl, der Pilot meines Langstrecken-Check-Flugs auf die Malediven, erzählt hat. Denn immer dort, wo sich auf engstem Raum viele Menschen tummeln, kommt es zu den unglaublichsten Geschichten – besonders dann, wenn Flugzeugtoiletten eine tragende Rolle spielen.

Es war ein Flug in einer Tristar, noch vor dem 11. September. Heute sind die Cockpits verschlossen, damit Attentäter oder Terroristen nicht zu den Piloten durchdringen können, aber vor 9/11 war das nicht so. Carl flog mit seiner Crew nach Mallorca, und das Flugzeug war gut besetzt. Es war Ferienzeit, die Flugbegleiter hatten alle Hände voll zu tun. Hannah, die Purserette, schaute im Cockpit vorbei und fragte, ob sie einen Kaffee haben wollten. Carl und Jens, der Co-Pilot, sagten ja, und als Hannah ging, ließ sie die Tür zum Cockpit einen Spaltbreit offen stehen.

»Wie mach ich das jetzt?«, hörten die beiden kurz darauf eine Stimme vor der Tür. In der Tristar ist schräg neben der Cockpittür die Toilette – natürlich mit Falttür. »Das geht nicht«, grummelte es.

»Gerda, was ist dein Problem?«, tönte ein Mann.

»Na, ich muss aufs Klo. Aber das passt nicht. Das ist doch kein Klo, das ist nur ein Verschlag.«

Jens drehte sich vorsichtig in seinem Sitz um und linste zur Tür. »Lieber Herr Jesus!«, stieß er dann leise hervor. »Im Gang steht ein Elefant. Zumindest hat die Frau die Ausmaße.«

Carl prustete. »Und sie will aufs Klo?«

»Herrschaftszeiten«, rief da die Frau. »Also, Dieter, wenn ich da reingehe, kann ich mich nicht umdrehen. Ich kann auch meine Hose nicht runterziehen! Was mach ich denn jetzt?«

»Na, dann ziehst du dir die Buchse eben im Gang runter und gehst rückwärts. Aber jetzt werden Drinks serviert. Ich geh mal schnell zurück zum Platz.«

»O Gott, o Gott, o Gott«, stöhnte die Frau im Gang. Es ging noch eine Weile so weiter, und dann plötzlich drückte ein dicker nackter Hintern die Tür zum Cockpit auf.

Carl und Jens sahen sich verdattert an. Der Co-Pilot fand als Erster seine Sprache wieder: »Meine Dame, bitte gehen Sie wieder drei Schritte nach vorne, dann wenden Sie sich nach links. Dort ist die Toilette, hier ist das Cockpit.«

Sie quiekte einmal erschrocken auf, versuchte über ihre Schulter zu schauen und geriet ins Straucheln. Doch sie konnte sich wieder fangen, watschelte vorwärts, drehte sich um und erwischte, Heck voran, die richtige Tür. Die Falttür klappte zu, und die Frau blieb auf der Toilette. Bis fast zur Landung, und selbst da konnte sie nur mit Engelszungen davon überzeugt werden, die Toilette wieder zu verlassen, so peinlich war ihr die ganze Angelegenheit.

Damals, auf den Malediven, als Jens und Carl mir die Geschichte erzählten, lachte ich mich schlapp und amüsierte mich königlich. Heute, als ich Simon gegenüberstehe, der nicht mehr als ein Häuflein Elend ist, kann ich plötzlich nachempfinden, wie die dicke Gerda sich gefühlt haben muss. Mir wird klar, dass Simon der Frau, der er ins Gesicht gepupst hat, nicht mehr unter die Augen treten kann. Er ist nicht nur ein sehr attraktiver Mann, er ist auch ein Schöngeist, legt Wert auf Benehmen und gilt unter Kollegen als wahrer Gentleman. Er muss gerade Todesqualen durchstehen.

»Okay.« Ich tätschele ihm beruhigend den Arm. »Alles klar. Du bleibst hier hinten und bereitest schon mal die Essen vor. Den Service schaffe ich sicher auch alleine.«

Dankbar nimmt er mich in den Arm, und tatsächlich verlässt er die Galley bis zum Ende des Fluges nicht mehr.

»Es kommt immer wieder vor«, sagt er bedrückt, »dass die Paxe die Türen nicht verriegeln. Ich hätte es wissen müssen.«

»Vielleicht denkst du einfach das nächste Mal daran, am letzten Abend nicht unbedingt Bohnen zu essen? Wobei … weiß die Europäische Agentur für Flugsicherheit von dir? Du könntest die erste biologische Waffe sein, die man mit an Bord nehmen darf.«

Meine Damen und Herren, wir beginnen nun mit dem Bordservice. Im Angebot haben wir »Chef«, der Duft für den Mann von Welt, das Eau de Toilette für nur 49,95 €. »Moon«, der sinnliche Duft für sinnliche Nächte, der 150-ml-Flakon für nur 69,90 €. Oder 0815 – ein Duft, der um die Welt geht. Heute im Supersonder-BlueSky-Spezialpreis für nur 54,99 €. Und wenn Sie noch andere Dinge riechen wollen – Schnorchel haben wir auch.

DER MANN AUF 34A

Die ersten Monate sind schnell vorbei, und eine Art Alltag kehrt ein. Langstrecken sind immer noch toll, aber nicht mehr so neu und aufregend. Mich verblüfft, wie schnell man in kürzester Zeit Kontakt zu quasi fremden Menschen aufbauen kann. Flugbegleiter müssen per se offen und aufgeschlossen sein. Manchmal sind wir auch Seelsorger bei den Paxen, aber immer haben wir ein offenes Ohr für unsere Kollegen.

Ich lerne auch die Kurzstrecken schätzen, die zwar auf eine andere Art anstrengend sind, aber den Schlafrhythmus nicht so durcheinanderbringen. Gerne mag ich die kurzen Stopover in New York. Manchmal haben wir tatsächlich nur einen Tag, aber ich habe mir eine Liste mit all den Dingen gemacht, die ich mir im Big Apple noch ansehen will, und arbeite sie nach und nach ab. Eine Sehenswürdigkeit pro Stopover. Das funktioniert wunderbar.

Auch heute geht es mal wieder in die Stadt, die niemals schläft. Es ist ein Tagflug, und wir haben wunderbares Wetter – blauer, strahlender Himmel, kein Wölkchen ist zu sehen. Sehr selten für November. Diesmal habe ich zwei Tage Aufenthalt und freue mich auf die weihnachtlich geschmückte City. Es steht Extreme-Shopping auf meiner Liste. Mia hat diesen Monat nicht so viel Glück wie ich, sie fliegt fast nur Kurzstrecken und beneidet mich. Ich habe versprochen, ihr irgendetwas besonders Kitschiges mitzubringen.

Das Flugzeug ist nur mäßig belegt und der Flug ganz entspannt. Anni und ich sind für L2 eingeteilt. Wir bringen die Getränke und danach das Essen und scherzen mit den Fluggästen.

Manchmal stimmt einfach die Chemie, und gerade, wenn man nicht so viel Stress und Druck hat, können sich ganz wundervolle und interessante Unterhaltungen ergeben.

Dieses Mal ist es ein Professor aus Bern, den wir an Bord haben. Er erzählt tolle Geschichten und Anekdoten, und meine Kollegin und ich hängen ihm gebannt an den Lippen.

Plötzlich kommt Jens zu mir. Er hat die Position R3.

»Claudia, hast du mal eine Sekunde?«

»Natürlich. Brauchst du Hilfe?«

»Nein«, sagt er, und erst jetzt bemerke ich den besorgten Ausdruck auf seinem Gesicht. »Aber ich mache mir Gedanken.«

Ich folge seinem Blick, und er schaut in den Teil des Flugzeuges, den ich betreue. »Hab ich jemanden übersehen?«

»Siehst du den Mann? Dort auf 34A?«

Ich suche und finde ihn. Er sitzt am Fenster und sieht völlig unauffällig aus, mittleres Alter, beginnende Glatze, Brille, leichter Wollpullover der gehobenen Preisklasse. Er hatte sich einen Gin Tonic bestellt, fällt mir ein, und das vegetarische Menü.

»Was ist mit ihm? Der ist doch harmlos.«

»Er schaut alle paar Minuten auf die Uhr, dann aus dem Fenster. Zweimal hat er sein Handy hervorgeholt. Beim ersten Mal habe ich es zufällig gesehen, seitdem achte ich auf ihn.« Jens' Stimme klingt dunkel und rau, und mir läuft ein eiskalter Schauer über den Rücken.

Seit dem 11. September ist alles anders, gerade im Flugverkehr. Nie zuvor wurden Passagiermaschinen als Waffen gebraucht und Menschen auf eine so vorsätzliche und grausame Art getötet. Seitdem werden wir geschult und, soweit es möglich ist, auf solche Situationen vorbereitet. Wir sollen einen Blick auf Paxe haben, die sich seltsam verhalten. Diesen Passagier werde ich ab jetzt im Auge behalten, und auf einmal ist aus dem lustigen und stressfreien Flug etwas anderes geworden – eine möglicherweise gefährliche Lage.

Was soll ich tun? Der Passagier sitzt in dem Bereich, den ich zu betreuen habe. Ich werde ihn genau beobachten müssen. Auf diesem Flug ist, soweit wir wissen – und wir wissen es nicht jedes Mal –, kein Sky Marshal oder auf Deutsch: Flugsicherheitsbegleiter an Bord. Das sind speziell geschulte Beamte in Zivil meist polizeilicher, in manchen Ländern aber auch nachrichtendienstlicher Behörden, die Flüge, vor allem in die USA, begleiten. Sie sollen die Sicherheit der Paxe, der Crew und des Flugzeuges gewährleisten und sind für Notfälle, zum Beispiel Geiselnahmen und so weiter, ausgebildet.

Die Fluggesellschaften schulen ihr Personal seit 2001 verstärkt in Bezug auf Deeskalation. Das war auch bei meiner Ausbildung ein großes Thema. Wir haben sogar gelernt und geübt, wie man einen UP, einen Unruly Passenger – einen pöbelnden oder tobenden Passagier – in Gewahrsam nimmt. Dafür haben wir Handschellen an Bord. Ich habe immer gehofft, dass es bei den Übungen bleibt und ich nicht in Realität mit einer solchen Situation konfrontiert werde.

Natürlich ist jemand, der eigentlich zum Junggesellenabschied nach Mallorca fliegt und dessen Verlobte zehn Minuten vor dem Flug per SMS mit ihm Schluss macht, etwas ganz anderes als jemand, der sich mit der festen Absicht ins Flugzeug setzt, sich und alle Passagiere in den Tod zu befördern und auf dem Weg in das Paradies noch etliche weitere Menschen mitzunehmen. Ich muss dennoch mit beidem rechnen. Oder mit einer ganz anderen Erklärung für das Verhalten des Mannes. Auch wenn wir aufmerksam sein müssen – wir dürfen niemanden vorverurteilen. Mit gemischten Gefühlen gehe ich zurück in meine Abteilung.

Ich frage nach Wünschen, teile Decken, Kissen und Getränke aus, aber immer wieder schaue ich zu 34A und dem Mann. Er sitzt am Fenster und starrt ins Blaue. Das ist wörtlich gemeint, denn ohne Wolken verschwimmen Horizont und Meer mit-, nein, ineinander. Eine riesige blaue Fläche rings um uns. Oft passiert das nicht, mich beeindruckt es noch.

»Darf ich Ihnen noch etwas bringen?«, frage ich 34A schließlich. »Ein Getränk?«

Er schüttelt den Kopf, kann den Blick kaum vom Fenster wenden. Doch dann sieht er mich an. Sein Blick ist unruhig, er wirkt nervös. Oder bilde ich mir das nur ein? Schweiß bildet sich an meinem Haaransatz, obwohl die Klimaanlage wunderbar arbeitet und es eigentlich recht kühl ist.

»Nein«, sagt er auf Deutsch, auch wirkt er nicht übermäßig nervös.

Aber das sind keine Kriterien. Manche Terroristen sprechen nicht nur akzentfrei, sie sind sogar Deutsche. Und nervös wirken sie nur selten, habe ich gelernt. Sie glauben an ihre Sache.

Dieser Mann schaut aber weiter aus dem Fenster, dann zur Anzeige und dann auf die Uhr. »Sagen Sie«, fragt er mich leise, »ist alles okay mit diesem Flug?«

»Natürlich. Haben Sie irgendwelche Probleme?«

Er schluckt, schlägt die Augen nieder und sieht mich dann wieder an. »Ich schaue schon die ganze Zeit aus dem Fenster.« Er lächelt verlegen. »Es ist kein Horizont zu erkennen.«

»Ja, ein Wahnsinn diese Aussicht, nicht wahr? Strahlend blauer Himmel, keine Wolken. Sehr selten.«

»Das mag sein. Aber ich stelle mir eine Frage.«

Er hebt seine Hand, und ich zucke zusammen. Was macht er? Hat er eine Waffe? Hektisch schaue ich mich um und sehe meinen Kollegen hinter mir in der Gangway stehen.

»Welche?«, presse ich heraus.

»Wann zum Henker fliegen wir weiter?«

Es dauert eine Weile, bevor ich kapiere, was er gesagt und gemeint hat. »Weiterfliegen?«, frage ich verblüfft. »Aber wir fliegen doch.«

»Nein, wir fliegen nicht. Wir hängen hier in der Luft. Ist das üblich, dass das Flugzeug eine Pause macht?«

»Eine … Pause?« Ich habe es immer noch nicht begriffen.

»Ja. Ist hier eine Art Parkbucht für Flugzeuge?«

Er meint es ernst. Die Anspannung löst sich mit einem Mal, und ich grinse. »Glauben Sie mir, wir fliegen die ganze Zeit.«

»Machen Sie mir nichts vor! Ich sehe doch, dass wir nur in der Luft hängen und uns nicht fortbewegen.«

»Wir fliegen die ganze Zeit. Wirklich. Man kann es nur nicht sehen, weil Meer und Himmel nicht zu unterscheiden sind und es auch keine anderen optischen Anhaltspunkte gibt. Aber schauen Sie doch auf die Anzeige, da steht, wie viele Kilometer wir zurückgelegt haben.«

Er zieht die Augenbrauen zusammen und sieht mich mürrisch an. »Die Anzeige, das ist doch so ein Computerprogramm, die ist doch nicht echt!«

»Doch«, versichere ich ihm, »das ist eine GPS-gesteuerte Anzeige. Sie zeigt Ihnen und uns an, wo wir uns über dem Atlantik befinden, wie hoch wir fliegen und wie weit die Strecke ist, die wir noch zurücklegen müssen.«

»Man merkt aber gar nicht, dass wir fliegen.«

So langsam verliere ich die Geduld mit diesem Spinner. »Es ist ein sehr ruhiger Flug, das stimmt. Keine Turbulenzen, keine Luftlöcher. Freuen Sie sich doch darüber.«

Er murmelt etwas vor sich hin, scheint mir aber endlich zu glauben.

»Was ist mit ihm?«, fragt Jens, als ich zurück in die Galley komme.

»Du wirst es nicht glauben, aber er ist der festen Überzeugung, dass wir in der Luft stehen und gar nicht fliegen.«

Jens sieht mich mit großen Augen an, kichert dann los. »Nicht wirklich, oder?«

Wir müssen beide lachen – zum einen, weil diese Annahme wirklich absurd ist, und zum anderen aus Erleichterung. Ein seltsamer Passagier, ein Spinner, aber keine Gefahr.

Der Adrenalinstoß hat mich bei diesem Flug aber dennoch

fast aus den Latschen kippen lassen. Ich bin froh, dass der Pax ein harmloser Geselle ist, und frage mich, wie ich reagiert hätte, wäre es anders gewesen. Jeder Flug ist ein Abenteuer, und auch wenn man eine Strecke schon oft geflogen ist, kann immer wieder etwas Neues passieren. Dieser Flug bleibt bis auf den seltsamen Typen unspektakulär. Wir landen pünktlich und ohne Schwierigkeiten in New York, beim Debriefing besprechen wir den Flug und gehen gemeinsam die Bestimmungen durch, die wir für UPs haben.

Und dann stürze ich mich in den vorweihnachtlichen Trubel der Megametropole. Es ist genau so, wie meine Kollegen es mir beschrieben und ich es mir vorgestellt habe: grandios. Und sehr, sehr teuer!

SCHALOM CHAVERIM

Die beiden Tage gehen viel zu schnell vorbei. Ich habe jede Menge Deko erstanden und auch das ein oder andere Weihnachtsgeschenk. Lustiger wäre es gewesen, zusammen mit Mia durch die gigantischen Straßenschluchten zu laufen, aber das war nun mal nicht möglich. Meine anderen Kollegen waren schon so oft in New York, dass sie lieber ins Museum gehen, als zu shoppen. Aber für mich sind diese Möglichkeiten noch neu, und ich will jede Sekunde in dieser Traumstadt voll auskosten.

Der Rückflug findet nachts statt. Es war nicht ganz so clever von mir, mich nicht nachmittags noch einmal hinzulegen, aber das Flair der Stadt hat mich nicht losgelassen. Die bunten Farben und die geschmückten Straßen und Läden sind etwas ganz Besonderes. Jetzt verstehe ich, warum so viele Menschen in der Vorweihnachtszeit hierherkommen.

Beim Briefing sprechen wir noch einmal über Unruly Passengers und wie wir uns zu verhalten haben. Im amerikanischen Luftraum herrschen sehr strenge Regeln, an die uns die Purserette erinnert: »Schon zwei oder drei Paxe in den Gängen, vor der Galley oder vor den Toiletten werden als ›Zusammenrottung‹ bezeichnet. Das ist zu unterbinden«, sagt sie.

Dann teilt sie uns auf unsere Positionen ein. Wir haben ungewöhnlich viele Special Meals – alles koschere Speisen.

»Da muss man besonders darauf achten, dass sie mit den normalen Menüs nicht in Berührung kommen«, erklärt sie.

Die Rückreise, stellt unser Pilot Sven fest, wird nicht so ruhig werden wie der Hinflug. Über dem Atlantik braut sich ein Tiefdruckgebiet zusammen. Er will versuchen, es zu umfliegen.

Wir gehen an Bord und arbeiten unsere Sicherheitslisten ab. Inzwischen geht mir das ganz locker von der Hand. Dann werden die Paxe geschickt. Ich staune nicht schlecht, als neunzehn Männer in schwarzen Mänteln, mit altmodischen Hüten und Schläfenlocken das Flugzeug besteigen. Eine Gruppe orthodoxer Juden.

Ich begrüße sie freundlich, doch sie sehen mich gar nicht an, erwidern den Gruß auch nicht. Als ich bemerke, dass sie Schwierigkeiten haben, ihre Plätze zu finden, will ich ihnen helfen. »Please, show me your boarding pass, so I can help you finding your seat«, sage ich. Aber keiner reagiert. Sprechen die etwa kein Englisch?, frage ich mich verdattert und gehe im Geist meine Jiddisch-Kenntnisse durch. Außer Masel tov, Mischpoke und meschugge mag mir aber einfach nichts einfallen, was ich zur Völkerverständigung anbringen kann. Das kann ja was werden, denke ich mir.

Die Purserette macht die Ansage, es folgt das Sicherheitsvideo. Das Zeichen, dass der Gurt anzulegen ist, leuchtet auf. Meine Kollegin ist noch nicht fertig mit ihren Ausführungen, als einer der Männer aufsteht und sich in den Gang stellt. Er beugt sich mit kleinen hektischen Bewegungen nach vorne und zurück, die Hände hat er vor der Brust verschränkt. Ich gehe zu ihm.

»Entschuldigung«, sage ich freundlich, »aber Sie müssen sich hinsetzen und den Gurt anlegen. Wir starten gleich.« Ich wiederhole das Ganze auf Englisch und Französisch.

Aber er scheint mich gar nicht zu hören, denn er reagiert nicht. Ich wiederhole meine Aufforderung etwas lauter, doch wieder geschieht nichts. Schließlich zupfe ich ihn am Ärmel. Erschrocken dreht er sich zu mir um, schaut mich an.

»Sie müssen sich setzen und den Gurt anlegen! Wir starten gleich«, sage ich diesmal mit Nachdruck.

Er lässt sich auf seinen Platz gleiten, beachtet mich aber nicht mehr.

Ich kontrolliere ganz genau, ob sich auch wirklich alle angeschnallt haben, bevor ich mich auf meinen Klappsitz setze und den Gurt schließe. Dann starten wir. Doch noch bevor wir unsere Flughöhe erreicht haben und das Anschnallzeichen erlischt, steht der Mann wieder auf, stellt sich in den Gang und betet. Ein Weiterer tut es ihm gleich. Diesmal geht meine Kollegin Maike, die mit mir zusammen auf L3 arbeitet, zu den Männern, fordert sie freundlich, aber energisch auf, sich wieder zu setzen und anzuschnallen. Die beiden antworten nicht, schnalzen aber deutlich hörbar mit den Zungen – was auch immer das auf Hebräisch zu bedeuten hat. Gut klingt es jedenfalls nicht. Es dauert einen Moment, doch dann nehmen sie endlich wieder Platz.

Wir schauen uns etwas verdutzt an – ob das der erste Flug der jüdischen Männer ist? Wissen sie nicht, was die Zeichen zu bedeuten haben? Haben sie die Ansagen vielleicht wirklich nicht verstanden?

Endlich haben wir die Flughöhe erreicht, und das Zeichen erlischt, es dauert auch gar nicht lange, bis der Mann wieder aufsteht und betet.

Wie lange dauert wohl so ein Gebet, frage ich mich und bereite den Trolley vor. Er betet immer noch, als ich direkt hinter ihm stehe. An ihm komme ich mit dem Getränkewagen nicht vorbei, also bitte ich ihn wieder, sich zu setzen. Er schnalzt mit der Zunge, sieht mich weder an, noch reagiert er. Etwas fassungslos bleibe ich stehen. Ich schaue mich um – Maike hat im anderen Gang das gleiche Problem. Hinter mir sind zwei weitere Männer in den Gang getreten und beten murmelnd.

Ich bin gefangen zwischen jüdischen Predigern. Was für ein Schlamassel! Der Mann vor mir scheint mich immer noch nicht registriert zu haben, und jetzt kann ich weder vor noch zurück. Auch am Ärmel zupfen kann ich ihn nicht, denn zwischen uns ist der Getränketrolley. Die Fluggäste rundherum schauen irritiert.

»Was machen die denn da?«, werde ich gefragt.

»Sie beten, denke ich.«

»Na, damit werden sie ja hoffentlich gleich fertig sein.«

Die Hoffnung ist vergebens. Es dauert eine Weile, bis ich den Pax auf mich aufmerksam machen kann. Er wirft mir einen mürrischen Blick zu, setzt sich dann aber hin, nur um direkt wieder aufzustehen, als ich vorbei bin.

Ich versorge die Passagiere mit Getränken, arbeite mich nach vorne vor. Dort steht unsere Purserette Anja und schaut besorgt in den Gang. Sie seufzt hörbar.

»Das wird ein anstrengender Flug«, sagt sie leise.

»Kennst du das etwa schon?«

»Ja, ich hatte schon einmal das Vergnügen.« Sie verdreht die Augen. »Sie beten, es ist eine Art Trance, in die sie sich versetzen. Außerdem reden sie so gut wie nie mit Frauen. Es ist wohl auch nicht angebracht sie anzusprechen. Deshalb schnalzen sie ja auch so missbilligend mit den Zungen.«

»Wie verhalten wir uns denn nun?«, frage ich perplex.

»Höflich, aber entschlossen.« Sie lächelt müde. »Wird kein Zuckerschlecken.«

Kurz darauf haben sich fünf der religiösen Männer vor der Galley versammelt. Dort ist ein wenig mehr Platz, aber wir kommen nun nicht mehr in die Küche. Außerdem befinden wir uns immer noch im amerikanischen Luftraum, und das »Zusammenrotten« ist verboten, erinnere ich mich.

Weil die Männer auf unsere Ansprache nicht reagieren, schaltet Anja den Piloten ein. Das ist eine Maßnahme, die wir nur im Notfall anwenden. Kurz darauf macht er eine Durchsage und weist die gläubigen Männer an, sich hinzusetzen. Sie folgen seiner Aufforderung. Widerstandslos und augenblicklich. Ich kann nur darüber spekulieren, ob es daran liegt, dass er ein Mann ist, oder ob sie vielleicht ihr Gebet tatsächlich beendet haben.

In den nächsten Stunden können wir unsere Tätigkeiten ohne Probleme ausüben, das Essen ausliefern und Getränke verteilen.

Es ist ein Nachtflug, und so langsam kehrt Ruhe ein. Die Schieberollos an den Fenstern sind geschlossen, denn wir fliegen dem Morgen entgegen.

Ich habe mich gerade hingelegt und schließe die Augen. Auch wenn man nicht richtig schlafen, sondern nur kurz ausspannen kann, ist das erholsam und meistens auch nötig. Mittlerweile bin ich Vollprofi im Powernapping und kann fast überall ein Auge zumachen. Wie Napoleon, der hat angeblich sogar im Sattel geschlafen. Doch heute ist mir die ruhige Minute nicht vergönnt, denn kurz nachdem ich den Vorhang zugezogen und mich hingelegt habe, stupst mich Maike an.

»Claudia, ich glaub, ich brauch deine Hilfe«, zischt sie.

Ich öffne die Augen und quäle mich aus der Horizontalen. »Das darf doch nicht wahr sein«, flüstere ich, als ich den Vorhang zur Seite ziehe und in den Passagierraum blicke.

Die Gruppe der orthodoxen Juden ist wieder aufgestanden. Sie stehen in den Gängen, vor der Galley und vor den Toiletten, verbeugen sich hektisch und beten leise murmelnd. Zum Glück ist kein Sky Marshal an Bord – der würde diese »Zusammenrottung« sicher gar nicht gutheißen.

Ich rufe vorne bei Anja an, und wir beratschlagen kurz, was wir tun können. Sie beschließt Sven, den Piloten, zu fragen. Dieser weiß auch keinen Rat. Erst mal lassen wir die gläubigen Männer gewähren. Doch bald darauf wird das Gemurmel immer lauter, und die anderen Fluggäste sind sichtlich genervt. Anja beratschlagt wieder mit Sven.

»Wir können die Schlechtwetterfront zwar umfliegen«, sagt er, »trotzdem wird es gleich ein wenig unruhiger werden. Ich schalte das Anschnallzeichen einfach ein und mache eine Durchsage«, entscheidet er.

»Meine Damen und Herren«, tönt es kurz darauf aus den Lautsprechern. »Aufgrund der Wetterlage muss ich Sie bitten, sich alle wieder auf Ihre Plätze zu begeben und sich anzuschnallen.«

Das Zeichen leuchtet auf. Die gläubigen Männer ignorieren es. Wieder versuchen wir, sie zum Hinsetzen zu bewegen, wieder gestaltet es sich schwierig. So langsam kann ich nicht mehr freundlich bleiben, wenn mir, statt zu antworten, nur missbilligend entgegengeschnalzt wird.

Als Sven aus dem Cockpit erneut eine Ansage macht, in der er die Männer gezielt auf Englisch auffordert, doch bitte endlich Platz zu nehmen, leisten sie Folge und schnallen sich an. Jetzt kehrt Ruhe ein, und wir sind alle dankbar dafür. Wir fliegen dem Morgen entgegen und bereiten das Frühstück für die Paxe vor. Unsere orthodoxen Gäste haben koschere Speisen bestellt, aber trotzdem haben sie die Essen fast nicht angerührt. Eine Schande, denke ich, als ich die Tabletts wieder abräume und die Sachen in den Müll schmeiße.

»Ich finde«, sagt eine ältere Dame leise zu mir, »das haben Sie wunderbar gemeistert. Sie haben es manchmal sicherlich nicht einfach.« Sie tätschelt meinen Arm, und ich lächele. Auch mir tut so ein Lob gut.

Endlich gehen wir in den Sinkflug, nähern uns dem Flughafen. Draußen ist alles grau in grau, es regnet. Wir sind alle froh, als wir endlich gelandet sind. Ohne uns eines Blickes zu würdigen, verlassen die orthodoxen Juden das Flugzeug. Dennoch wünsche ich ihnen sowie allen anderen Paxen einen angenehmen Aufenthalt – auch wenn ich es bei ihnen, da bin ich ehrlich, nicht ganz so ehrlich meine wie bei den anderen.

SEX IN THE AIR

Weihnachten naht mit großen Schritten. Da Mia und ich erst seit Kurzem dabei sind und weder Familie noch Kinder haben, werden wir die Weihnachtsfeiertage nicht zu Hause verbringen können. Das ist nun mal so bei einem Job wie diesem.

Erst ist der Gedanke sehr ungewohnt, die Festtage nicht im Kreis der Lieben verbringen zu können, doch dann macht uns BlueSky ein wunderbares Weihnachtsgeschenk. Mia und ich sind am 23. Dezember zusammen auf einen Flug nach Puerto Plata eingeteilt. Dort haben wir drei Tage Layover, bevor es wieder zurückgeht. Wir werden also Weihnachten zusammen unter Palmen in der Dominikanischen Republik verbringen. Sonne und Strand mit der besten Freundin statt Mistwetter und Mistelzweig mit Onkel Heinz und seinen Altherrenwitzen – es kann einen schlechter treffen.

Das Wetter Ende Dezember am Niederrhein ist gruselig, nass, kalt, nebelig. Von Schnee keine Spur, die weiße Weihnacht kann sich Deutschland abschminken, und so ist es nicht verwunderlich, dass kein weihnachtliches Gefühl aufkommt.

Mia und ich packen unsere Koffer. Ich habe ein kleines Geschenk für sie, also wird es so etwas wie eine Bescherung am Strand oder Pool geben. So wirklich vorstellen kann ich es mir allerdings noch nicht. Weihnachten ohne Rotznase und überfrierende Nässe? Hm.

»Ach Kind«, sagt meine Mutter, »das gefällt mir aber nicht, dass du an den Feiertagen so weit weg bist. Eigentlich sind das ja Familientage.«

Die drei Hs, denke ich und zucke mit den Schultern. »Ich komme ja wieder, Mama.«

»Als Lehrerin hättest du das Problem aber nicht.«

Nein, stimmt, denke ich. Aber als Lehrerin hätte ich vermutlich ganz andere Probleme. Ich könnte zum Beispiel nicht mal eben schnell drei Tage Wärme in der Karibik tanken, während das Rheinland im kalten Nieselregen sitzt und bibbert.

»Ich habe Gregor neulich getroffen. Er fragt immer nach dir.«

Heilige Muttergottes. Er mailt mir auch noch und schickt mir SMS, die ich ignoriere. Ob mir die Familie und Gregor an Weihnachten fehlen werden? Ich glaube kaum.

Der Flug ist fast ausgebucht, teilt uns Jan, der Purser, beim Briefing mit. Es überrascht mich, dass tatsächlich eine ganze Menge Leute vor Weihnachten in die Karibik flüchten. Vermutlich, weil das christliche Fest der Nächstenliebe mit Onkel Karl und Tante Trudi einfach überall auf der Welt unerträglich ist. Wir gehen den Service durch, besprechen die Mahlzeiten, Jan teilt unsere Positionen ein. Mia und ich arbeiten zusammen auf R3.

Im Schnelldurchgang gehen wir die Checkliste für die Notfallausrüstung durch und überprüfen die Sitztaschen. Dann stürmen die Paxe an Bord. Sie sind fröhlich und guter Dinge, freuen sich auf den Urlaub in der Sonne.

Vorne rechts sitzt ein Pärchen. Blondie sitzt am Fenster und Brad am Gang. Er lässt die Muskeln seines Oberarms spielen, sie kichert beifallartig bei jedem seiner Sätze. Brad hat kurzes dunkelblondes Haar, und Blondie ist – naja, sehr sehr blond, außerdem hat sie so viel Silikon eingebaut, dass sie beim Schwimmen nie untergehen wird. Beiden ist ein grenzdebiles Lächeln ins Gesicht getackert worden. Sie sind sehr verliebt und können kaum die Finger voneinander lassen. Mia und ich schauen uns immer wieder amüsiert an.

»Das muss Liebe sein«, seufzt sie theatralisch, als der junge Mann seiner Begleiterin einen dicken Knutschfleck verpasst.

»Ja, aber eigentlich nur für Teenager.« Ich verdrehe die Augen. Und genau das macht die ältere Dame, die in der Mittelreihe auf Höhe des Pärchens sitzt, auch. Sie ist sichtlich genervt vom Geknutsche und Gekichere.

»Sollen wir etwas sagen?«, frage ich Mia in der Galley, als wir die Getränketrolleys fertig machen.

»Ach Quatsch, die werden gleich schon ruhiger, wenn die gegessen haben und es dunkel wird.« Sie lacht. »Außerdem sitzt schräg hinter den beiden eine schwäbische Kehrwochentruppe, die sind voll begeistert von dem Geschehen. Sie finden es besser als den Film.«

»Echt?« Ich schiebe den Vorhang zur Seite und schaue den Gang hinunter. Tatsächlich sitzen dort vier Paare rechts und links vom Gang und renken sich fast die Hälse aus, um einen Blick auf das Gesabber zu erhaschen. Ich nehme den Trolley und schiebe ihn vorwärts. Das Liebespaar bestellt eine Flasche Sekt, stößt heiter miteinander an.

Die ältere Dame rechts wirkt wie der isländische Vulkan mit den vielen Buchstaben, sie steht kurz vor dem Ausbruch.

»Die sind verliebt«, wispere ich ihr zu und zwinkere. »Hier ist Ihr Tomatensaft. Wenn Sie möchten, kann ich Ihnen auch ein Glas Sekt bringen.«

Es würde sie vielleicht entspannen, denke ich, aber sie lehnt brüskiert ab und setzt sich demonstrativ die Kopfhörer auf.

Wir wärmen die Essen auf, bestücken die Trolleys.

»Können wir bitte noch Sekt haben?«, fragt Loverboy.

»Ich komme gleich noch einmal mit Getränken durch«, muss ich ihn vertrösten. Er nimmt es gelassen hin und fummelt weiter an seiner Liebsten rum.

Essen beruhigt die meisten Paxe, so auch die Vulkan-Dame. Sie möchte das Fleischgericht, und davon habe ich noch reichlich. Zufrieden nimmt sie es entgegen.

Ich komme zur Kehrwochentruppe. Die scheinen sich alle verkleidet zu haben. Leuchtende Hemden und Blusen in wirklich seltsamen Mustern. Das war schon mal in den Siebzigerjahren modern, es wird doch wohl nicht wiederkommen? Oder ist das der Fanklub von Jürgen von der Lippe?

Eine der Frauen – ihre dauergewellten Löckchen wippen aufgeregt – stößt mich in die Seite. »Heimadsogga, isch des schee«, sagt sie und strahlt über das ganze Gesicht. »Wir san e Joargaang, treffa uns zwoimal i Joar. Und nu sinds zwanisch, da mussa weidda weg, gell? Und desch üba Wainacht, schee!«

Ich nicke, verstehe aber nur die Hälfte, höchstens. Mit Englisch und Französisch habe ich kein Problem, wohl aber mit Schwäbisch.

»Gugg na, frisch verliabd«, sagt die nächste Frau und lächelt breit. »Schee is des! So schee. Sollns usläbbe, die beida.«

Ich teile das Essen aus. Die Paxe haben fast alle sehr gute Laune, es wird viel gelacht und gescherzt. Eine entspannte Stimmung, so mag ich das. Als ich ein Stück weit den Gang runter bin, kommt ein Mann der Kehrwochentruppe hinter mir her und tippt mir auf die Schulter. Er trägt ein Hawaiihemd der übelsten Sorte – türkisfarben mit Dutzenden von Palmen, dargestellt als Schattenriss vor einem Sonnenuntergang. Das Motiv macht schwindelig, wenn man zu lange hinschaut.

»D'schulldigung, Froilainsche.« Er grinst verlegen.

»Ja? Kann ich Ihnen helfen? Stimmt etwas mit dem Essen nicht?«

»Noh, desch isch all guad. I häm a Fragge.«

In meinem Kopf versuche ich simultan zu übersetzen – alles ist gut, er hat nur eine Frage. Okay.

»Ja?«

Der Mann schaut nach links und nach rechts, so als würde er sichergehen wollen, dass uns niemand belauscht. Nein, wir sind nicht allein hier, die Maschine ist voll besetzt, aber die Passagiere neben ihm und neben mir sind mit ihren Tabletts und dem Essen beschäftigt.

»Sie ham doch auch a Bordverkauf?«, haucht er mir fragend ins Ohr.

»Bordverkauf machen wir später.«

»Händ Sie Pariser an Bord?« Er beißt sich auf die Lippe und wird rot wie ein Hummer, den man just in diesem Moment in den Kochtopf geschmissen hat.

Ich sehe mich um, denke nach. »Franzosen sind mit Sicherheit dabei, aber ob sie aus Paris –«

Dann wird mir klar, was er wirklich meint.

»Im Bordverkauf?«, frage ich leise zurück.

Der Mann nickt.

»Leider nein. Dafür haben wir eigentlich keinen Bedarf.« Ich muss mich räuspern, um keinen Lachanfall zu bekommen.

»Desch is gerad schaad«, sagt er, dreht sich verlegen um und geht zurück zu seiner Reihe.

Später, die meisten Fluggäste schlafen friedlich und träumen vermutlich von einem schönen Badeurlaub an weißen Stränden und mit türkisblauem Meer, gehe ich noch mal durchs Flugzeug. Da und dort gibt es vereinzelte Passagiere, die Musik hören oder lesen. Nur unser Liebespärchen ist nicht mehr da.

Die Decken liegen zerknuddelt auf den Sitzen, die Kissen im Fußraum. Ich seufze, hebe sie auf, falte die Decke. Ob die das zu Hause auch so machen? Einfach alles hinschmeißen? Aber wo sind sie überhaupt hin? Weg können sie ja nicht sein.

»Tststs«, macht es hinter meinem Rücken. Es ist die ältere Dame im Mittelgang. Sie hebt die Brauen, verdreht die Augen und zeigt nach vorne. Da vorne ist aber nichts mehr. Nur die Toiletten und unser Ruhebereich.

Ich schüttele den Kopf.

Sie nickt energisch und zeigt nach links.

Dort ist die Toilette.

Und in diesem Moment öffnet sich die Klapptür des WCs. Der junge Mann kommt keuchend und mit hochrotem Kopf heraus.

Er grinst mich breit an, keine Spur von Verlegenheit. Seine Begleiterin folgt, sie hat den Kopf gesenkt und stopft das T-Shirt in die Hose, schließt die Gürtelschnalle.

Ich lege den Kopf schief. Ist das sein Ernst?

»Ey«, sagt er leise zu mir. »Das war der geilste Fick meines Lebens!«

»Oh NEIN!«, kommt es vom Mittelgang, und die ältere Dame macht Geräusche, als würde sie sich gleich in eine der Brechtüten übergeben müssen.

Aber da sich die beiden jungen Liebenden erschöpft und glücklich auf ihre Plätze fallen lassen, erspare ich mir jeden weiteren Kommentar.

Als wir in POP, Puerto Plata, landen, taumeln sie in die schwüle Hitze der Dominikanischen Republik. Ich bin mir sicher, sie werden ihre blaue Lagune hier finden.

»Sind unsere Flitterwochen«, vertraut der junge Mann mir an, als ich sie an der Gangway verabschiede. »Wir haben vorgestern erst geheiratet. Es ist Hochzeits- und Weihnachtsgeschenk in einem.«

Na, dann sei es euch gerade noch mal verziehen, denke ich und grinse.

»So ein Schweinkram«, echauffiert sich die ältere Dame, die dem Paar folgt. »So etwas habe ich noch nie auf einem Flug erlebt, und ich fliege oft. Ich bin empört und denke darüber nach, mich zu beschweren.«

Smile and wave, denke ich nur. Lächeln und winken. »Frohe Weihnachten«, wünsche ich ihr und drücke ihr zwei Schokoladenherzen in die Hand.

»Desch wa a so a aufreggenda Fluag!« Die Kehrwoche grinst mich an. »So schee, gell? Froas Fescht.«

Dann gehen sie an mir vorbei in die Sonne.

»Dieter, des mached mir auch, gell? Aber erscht im Hotel«, ist das Letzte, was ich höre.

»Tja«, sagt Mia und stößt mich in die Seite. »Ein POP-Flug. Nomen est omen.«

»Sex im Flugzeug«, beginnt Jan kurz darauf das Debriefing. »Kommt immer mal wieder vor. Manche meinen, sie müssten das machen, um eine Mitgliedschaft im Mile High Club zu ergattern. So nennt man nämlich die Leute, die es erfolgreich hinter sich gebracht haben. Rein juristisch ist es eine Straftat, denn auch eine Luftnummer ist Sex in der Öffentlichkeit. Wir sind dazu angehalten, das zu unterbinden«, erklärt er. »Wenn Paxe allerdings nur kuscheln und sich niemand dadurch gestört fühlt … nun ja, dann liegt es in eurem Ermessen, wie ihr vorgeht. Allerdings gibt es einige Länder, die wesentlich härter dagegen vorgehen.«

»Als ich es bemerkt habe, war es ja schon zu spät«, entschuldige ich mich.

»Da kann man dann nichts machen. Aber mach dir keine Gedanken – das passiert jedem von uns mal. So, meine Lieben, auf ins Hotel, lasst uns ein paar schöne warme Weihnachtsfeiertage verbringen.«

Weihnachten bei dreißig Grad am Pool ist schon etwas gewöhnungsbedürftig. Die richtige Stimmung kommt trotz Galaessen am ersten Weihnachtsfeiertag nicht auf, und der Heilige Abend wird in der Karibik erst gar nicht gefeiert. Seltsam finde ich auch die Bescherung, die einige Familien nachmittags am Pool organisiert haben. Kinder in Bikinis und Badeanzügen öffnen Geschenke, die in Papier mit Schnee- und Weihnachtsmannmotiven verpackt sind. Und wie seltsam eine Palme mit draufgesprühtem Kunstschnee aussieht, kann man sich ja denken.

Mia und ich genießen die Sonne und die Wärme. Das gute Essen sorgt für volle Mägen, und wir lassen es uns richtig gut gehen, so wie die anderen Kollegen auch. Nur Sandra leidet. Sie hat ein kleines Kind zuhause und niemanden gefunden, der mit ihr tauscht.

»Wir werden natürlich nachfeiern«, sagt sie traurig. »Aber ohne Krippenspiel ist das nicht dasselbe.«

Inzwischen weiß ich, dass einige der Kollegen verheiratet sind und Kinder haben. Möglich ist das durchaus in unserem Job – man muss nur die Betreuung gut organisieren.

Sandra ist jedenfalls froh, als es wieder nach Hause geht. Mia und ich hätten gerne noch ein paar Tage in der Sonne am Pool gelegen, statt nun in das nasskalte Deutschland zurückzukehren. Aber selbst wenn gerade Weihnachten ist: Nicht jeder Wunsch wird bekanntlich erfüllt.

DER PREIS IST HEISS

Gut erholt treffen wir uns am 27. Dezember frühmorgens zum Briefing. Es geht zurück in die Heimat. Jan weist darauf hin, dass es einen neuen Katalog für den Bordverkauf gibt. Wir haben die neuen Prospekte schon vor zwei Wochen erhalten, damit wir uns mit den Produkten und Preisen vertraut machen konnten. Wieder teilt er Mia und mich zusammen ein. Wir haben festgestellt, dass wir nicht nur eine wunderbare Wohngemeinschaft bilden, sondern auch sehr gut zusammen arbeiten können, und freuen uns.

Die Passagiere werden vom Bodenpersonal geschickt, und wir begrüßen sie herzlich. Man merkt jedoch, dass es wieder nach Hause geht. Auch wenn die Urlauber alle einen sehr entspannten Eindruck machen, sind sie wohl doch traurig, dass die Ferien schon wieder vorbei sind. Auf dem Hinweg war die Stimmung zwar angespannter, aber auch fröhlicher und gelöster.

Nachdem wir die ersten beiden Servicedurchgänge absolviert haben, starten wir den Bordverkauf. Wenn es in den Urlaub geht, werden gerne Adapter, Sonnenbrillen und Wasserspielzeug gekauft. Auf dem Rückweg wird öfter nach Schmuck oder Parfüm gefragt.

Eine junge Frau, ich schätze sie auf Anfang dreißig, sitzt in meinem Bereich. Sie blättert hektisch im Katalog. »Ich finde es nicht«, murmelt sie vor sich hin.

»Möchten Sie etwas aus dem Duty Free kaufen?«, frage ich sie.

»Ja, aber ich finde es nicht im Katalog. Das letzte Mal war es noch da.«

»Was denn?«, frage ich freundlich nach.

»Haben Sie etwa Ihre Kollektion geändert?«, will sie wissen und klingt dabei ziemlich unwirsch.

»Ja«, antworte ich. »Worum geht es denn?«

»Ich kann es einfach nicht finden!«

»Ich würde Ihnen gern helfen, aber das geht nur, wenn Sie mir verraten, was Sie suchen.«

Hinter mir ruft jemand: »Was kostet das Parfüm?«

Ich drehe mich um. »Einen Moment bitte, ich bin gleich bei Ihnen.«

»Ich habe es meinem Neffen versprochen«, sagt die Frau nun, schlägt den Katalog wieder auf der ersten Seite auf und blättert ihn durch. »Ich wollte es ihm als nachträgliches Weihnachtsgeschenk mitbringen.«

»Was denn?«

»Was kostet denn das Parfü-hüm?«, brüllt es hinter mir.

»Kleinen Moment, ich komme gleich zu Ihnen!«

»Aber ich bin mir sicher, dass ich es im Katalog gesehen habe«, seufzt die Dame.

»Wenn Sie mir verraten, was es ist, kann ich Ihnen sagen, ob wir es dabeihaben.«

»So ein aufblasbares Dings.«

»Wir haben Wasserbälle und dieses Flugzeug.« Ich zeige ihr die entsprechende Seite in dem Heft.

»Nein, es war ein Bär, und er war rot!«

»Ich will endlich wissen, was das Parfüm kostet, verdammt noch mal«, ruft der ungeduldige Mann aus der Reihe hinter uns.

»Der Preis steht im Heft«, versuche ich, so freundlich wie möglich zu sagen, obwohl mir auf der Zunge liegt: Wenn der Kuchen redet, haben die Krümel Pause.

»Ist das der aktuelle Preis?«

»Natürlich.«

»Und wo ist nun der rote Bär?«, fragt die Dame und starrt auf das Wasserspielzeug.

»Den haben wir nicht im Programm.«

»Aber ich bin mir sicher, dass ich ihn gesehen habe.«

»Das wird bei einer anderen Fluglinie gewesen sein. Wir führen nur diesen Ball und das Flugzeug in Hellblau.«

»Mein Neffe möchte aber den Bären haben.« Sie fährt sich durch die Haare, schaut mich böse an.

»Es tut mir sehr leid, aber den können Sie bei uns leider nicht kaufen.«

»Ich habe es ihm versprochen«, nölt sie.

Das kann ich nicht ändern. Denn leider, *leider* haben wir keine Werbeartikel von anderen Fluglinien an Bord.

»Sind das wirklich die aktuellen Preise für das Parfüm?«, brüllt es wieder von hinten. »Auf dem Hinflug war das aber billiger.«

Ich seufze. »Ich komme gleich!«

»Wo bekomme ich denn nun den Bären her?«, will die blonde Frau wissen.

»Hier jedenfalls nicht«, sage ich. »Kann es denn vielleicht etwas anderes sein? Schauen Sie sich doch den Katalog noch einmal in Ruhe an, und ich komme gleich wieder zu Ihnen.«

»Können Sie mir den Bären nicht besorgen?«

Ich überlege, wie ich diese Frage möglichst freundlich beantworte, ohne mir meine offensichtliche Genervtheit anmerken zu lassen. Leider kann ich in der Luft keine Artikel besorgen, denn dieses Flugzeug fliegt ohne Zwischenhalte. Und Artikel von anderen Fluglinien besorge ich schon erst recht nicht.

»Nein«, sage ich also bedauernd.

»Aber ich habe es meinem Neffen doch versprochen.« Sie scheint den Tränen nahe zu sein.

»Es tut mir sehr leid, aber wir haben nur diese Artikel an Bord. Einen aufblasbaren Bären haben wir nicht«, wiederhole ich und komme mir langsam vor wie eine Schallplatte mit Sprung.

»Sind Sie sich sicher, dass die Preise für das Parfüm stimmen?«

Ich denke an einen Spruch von meiner Oma: Bist du wütend, zähl bis vier, hilft das nicht, dann explodier. Ich zähle sicherheitshalber bis zehn, dann geht es wieder, und ich kann mich lächelnd zu dem Mann umdrehen.

»Ja, bin ich.«

»Aber auf dem Hinflug war es billiger.«

»Wir haben einen neuen Katalog bekommen, möglicherweise haben sich die Preise geändert«, versuche ich zu erklären.

»Ich habe all-inclusive gebucht. Flug, Hotel, alles. Dann kann ich doch auch erwarten, dass die Preise sich nicht innerhalb meines Urlaubs ändern.«

Diese Art der Logik macht mich sprachlos. Aber nur für einen Moment. »Der Bordverkauf wird zwar von uns organisiert, aber weder wir noch Ihr Urlaubsveranstalter haben Einfluss auf die Preise. Es tut mir leid.«

»Ich möchte den Piloten sprechen. Ich will mich beschweren.«

»Beschweren können Sie sich gerne schriftlich. Der Pilot ist hierfür leider nicht die passende Ansprechperson.«

Und überhaupt. Wo kämen wir denn da hin, wenn wir den armen Mann unentwegt wegen geänderter Preise für Parfüms und nicht vorhandener roter Teddybären zum Aufblasen nerven würden? Wer würde dann die Sache mit dem Fliegen übernehmen? Am besten die Leute vom Marketing, die die Preise geändert und den roten Bären aus dem Sortiment genommen haben, den es bei uns noch nie zu kaufen gab.

Ich merke deutlich, dass ich hier bald mit meinem Latein am Ende bin. Was soll ich machen, wenn der Mann weiterhin darauf besteht, den alten Preis zu bekommen oder gar den Piloten zu sprechen? Oder noch besser: den Chef der Fluggesellschaft.

»Heinz«, sagt jetzt die Frau neben dem Typ. »Jetzt beruhige dich mal. Die nette junge Frau kann doch nichts dafür. Vielleicht findest du ja noch etwas anderes, was du haben möchtest.«

Dankbar nicke ich ihr zu und kann mir gerade noch verkneifen, ihm den nicht vorhandenen Aufblasteddy als Ersatz für das überteuerte Parfüm anzubieten.

Etwa eine Stunde, bevor wir landen, beenden wir den Bordverkauf. Die Kasse wird abgerechnet, der Verkaufstrolley verplombt. Das müssen wir für den Zoll so machen. Kaum haben wir die Plomben verschlossen, kommt Heinz zu mir in die Galley.

»Ich nehme dann das Parfüm«, sagt er mürrisch. »Auch wenn es teurer ist.«

»Es tut mir leid, aber wir haben den Bordverkauf eingestellt. Gleich gehen wir in den Sinkflug. Bitte setzen Sie sich und schnallen Sie sich an.«

»Was?«, faucht er. »Ich will aber das Parfüm!«

»Das geht jetzt nicht mehr. Wir haben die Kasse schon geschlossen und den Verkauf beendet.«

»Dann machen Sie das verdammte Ding doch einfach wieder auf!«

»Das ist gegen die Bestimmungen«, versuche ich mit sehr freundlicher Stimme zu erklären. Aber der Flug war lang und anstrengend, und so langsam geht mir die Geduld aus. Vielleicht höre ich mich also nicht ganz so zuvorkommend an, wie ich es beabsichtigt hatte.

»Wieso soll das nicht gehen? Zeigen Sie mal her.« Er drückt sich an mir vorbei und will sich am Trolley zu schaffen machen.

Ich gebe Mia ein Zeichen, sie soll den Purser holen.

»Bitte setzen Sie sich«, versuche ich es noch einmal. »Wir landen in einer halben Stunde. Ich habe den Verkauf schon abgeschlossen und für den Zoll verplombt.«

»Das können Sie doch wohl wieder aufmachen. Es ist wohl nicht zu viel verlangt, wenn ich jetzt noch etwas kaufen möchte. Bekommen Sie nicht eine Provision? Sie sollten doch froh sein, wenn überhaupt jemand etwas kauft.«

Ich seufze leise. »Es geht leider nicht mehr.«

Zum Glück kommt in diesem Moment Jan, unser Purser. »Darf ich Sie bitten, sich auf Ihren Platz zu begeben?«, sagt er freundlich, aber bestimmt.

»Ich will das Parfüm. Das ist ja eine Frechheit! Erst erhöhen Sie den Preis, und jetzt wollen Sie es noch nicht einmal herausgeben.«

»Das ist leider gegen die Bestimmungen, den Trolley jetzt noch einmal zu öffnen. Sie können sich aber schriftlich an BlueSky wenden und Ihre Beschwerde einreichen.«

»Das werde ich auch tun«, poltert er und setzt sich endlich wieder hin.

»Unter den besten Einsendungen werden jedes Jahr tolle Sachpreise verlost«, flüstert mir Jan leise zu. »Mit ein bisschen Glück bekommt er dann genau das Parfüm, das er bei uns nicht kaufen durfte!«

Wir gehen durch die Reihen und kontrollieren, ob alle angeschnallt sind, dann setzt das Flugzeug zur Landung an.

Manche Passagiere geben einem einfach Rätsel auf. Sie kommen aus zwei Wochen herrlichstem karibischen Strandurlaub und haben nichts Besseres zu tun, als sich noch auf dem Heimflug mit der Crew anzulegen.

Als wir gelandet sind und die Paxe das Flugzeug verlassen, wünsche ich Heinz und seiner Frau einen guten Rutsch ins neue Jahr. Aber wirklich nur, weil es in meinem Arbeitsvertrag steht.

DAS VERFLIXTE SIEBTE JAHR

Ich beende das Jahr mit mehreren kurzen Umläufen. Leider muss ich auch Silvester fliegen: DUS – MUC und MUC – FRA und zurück wieder MUC – FRA und FRA – DUS. Hoffentlich krieg ich keinen Drehwurm bei dem dauernden Gekreisel über Deutschland.

Die Stimmung der Fluggäste ist ganz gemischt. Manche freuen sich, nach Hause zu kommen, bei einigen habe ich das Gefühl, dass sie das Jahr Revue passieren lassen. Öfters als sonst schenke ich Sekt aus, dabei sind Mitternacht und der Jahreswechsel noch ein paar Stunden entfernt.

Auf dem zweiten Flug nach Frankfurt sitzt ein Geschäftsmann, der mich schon an der Tür herzlich begrüßt hat. »Darf ich Ihnen etwas zu trinken anbieten?«, frage ich ihn, als wir in der Luft sind. Die Maschine ist nur mäßig besetzt, wir haben viel Zeit für den Service.

»Ausnahmsweise ein Bier«, sagt er und lächelt wieder. »Wie geht es Ihnen?«, fragt er dann, so als würden wir uns kennen.

Ich blicke ihn nachdenklich an. Wahrscheinlich hatte ich ihn schon einmal auf einem Flug, auf dieser Strecke sitzen ja oft Pendler. Aber ich kann mich beim besten Willen nicht an ihn erinnern. Das sieht er mir wohl an und grinst.

»Wir sind uns schon begegnet«, sagt er. »Aber an mich erinnern Sie sich wohl nicht mehr. Vielleicht aber an meinen Hund Pippin?«

Ach ja, der Scheidungshund. Diesmal hat er ihn aber nicht dabei, weder in der Kabine noch im Belly ist heute ein Tier.

»Ja, stimmt. Der heulende Hund. Haben Sie ihn abgegeben?«

»Nein, das bringe ich nicht übers Herz. Er ist im Moment unter der Woche in einer Hundepension, und am Wochenende ist er bei mir.«

»Das ist aber hoffentlich keine endgültige Lösung«, sage ich und beiße mir im Anschluss auf die Zunge. Es ist nicht unsere Aufgabe, Fluggäste zu kritisieren.

»Nein, das stimmt«, sagt er ruhig. »Ich suche noch nach einer besseren Lösung und hoffe, dass ich öfter Home Office in Frankfurt machen kann.«

Wegen eines Hundes?, denke ich perplex, aber die immer noch festgebissene Zunge hilft diesmal, meinen Gedanken nicht laut auszusprechen.

»Eigentlich wollte meine Frau ja den Hund haben«, sagt er dann traurig.

Ich erinnere mich an die Geschichte, die mir Mia erzählt hat, und möchte sie nicht noch einmal hören, aber er erzählt sie trotzdem. Wie *alle* Passagiere es immer tun. Aus seinen Worten spricht ganz viel Liebe zu dem Tier. Ihm ist jedoch auch sehr bewusst, dass Pippin unter den Umständen leidet.

»Meine Eltern wollen vielleicht in meine Nähe ziehen«, erklärt er mir.

»Wegen eines Hundes?« Offenbar hat meine selbst verordnete Maulsperre ihren Geist aufgegeben.

»Ja, sie lieben ihn auch.«

Oje, denke ich, der Hund hat eine Ersatzfunktion bekommen! Das ist nicht gesund, aber ich halte mich mit einem Urteil besser zurück.

Als wir im Landeanflug sind, denke ich über das nach, was ich gerade gehört habe. Hätte ich mich nicht im Frühsommer gegen die drei Hs entschieden, würde ich jetzt wahrscheinlich auch einen Hund besitzen. Außerdem einen Ehering am Finger. Im Prinzip mag ich Hunde (und teuren Schmuck) sehr, aber zu meiner jetzigen Lebenssituation passen Tiere auf keinen Fall. Ich steuere schnurstracks auf das erste Silvester ohne Gregor seit Jahren zu. Ich vermisse ihn überhaupt nicht und genieße meine Freiheit sehr. Aber auf lange Sicht möchte ich doch irgendwann mal wieder einen Partner haben. Beziehungen sind bei unserem Beruf nicht so einfach zu führen, das weiß ich inzwischen aus Gesprächen mit Kolleginnen. Auch wenn wir unseren Flugplan einen Monat im Voraus erhalten, gibt es viele private Termine, an denen wir nicht teilnehmen können. Oft sind wir auch über das Wochenende weg, da wird es schwer, sich zu Dates zu verabreden.

Allerdings scheint es durchaus möglich zu sein, eine Partnerschaft zu führen, sobald sie stabil ist – das sehe ich ebenfalls bei vielen Kollegen. Die meisten der etwas älteren Flugbegleiter sind verheiratet oder in einer festen Beziehung. Doch das ist so ziemlich das Letzte, was ich gerade will.

Wir landen, und ich wünsche den Gästen einen guten Rutsch und ein frohes neues Jahr. Pippins Besitzer reicht mir zum Abschied seine Visitenkarte. »Wohnen Sie hier in Frankfurt? Vielleicht können wir ja mal etwas zusammen essen gehen.«

Er hat tatsächlich eine warme, tiefe Stimme. Und ein ziemlich süßes Lächeln.

»Nein, meine Homebase ist in Düsseldorf.«

»Schade, aber vielleicht sind Sie ja mal wieder hier. Melden Sie sich ruhig.« Er zwinkert mir zu und verschwindet.

Verblüfft sehe ich ihm hinterher und stecke die Visitenkarte dann in meine Jackentasche. Würde ich? Ach nein.

Endlich sind auch mein Arbeitstag und somit auch mein Arbeitsjahr beendet. In der nächsten Woche geht es auf einen langen Umlauf nach Bangkok. Darauf freue ich mich schon sehr, denn in Thailand war ich noch nie. Und – Premiere! – ich werde das erste Mal zusammen mit Michael fliegen.

Mit ihm und einigen Freunden treffe ich mich, kurz bevor das Jahr tatsächlich zu Ende ist. Mia hat ein paar Tage frei und ist zu ihrer Familie nach Hause gefahren.

Arm in Arm stehen Michael und ich bei seinem Freund Benny auf der Terrasse, stoßen mit Sekt an und bewundern das Feuerwerk über dem Rhein.

»Na?«, sagt er. »Bist du immer noch glücklich mit deiner Entscheidung? Es hat sich ja ziemlich viel in deinem Leben verändert im vergangenen Jahr.«

»Das war die beste Entscheidung meines Lebens«, antworte ich. »Ich bin so froh, dass ich es gewagt habe. Ich finde den Beruf traumhaft schön.«

»Trotz seiner Schattenseiten?«

»Bisher überwiegen die guten Erlebnisse. Ich habe viele unterschiedliche Menschen kennengelernt, viele Länder bereist, die ich sonst nie gesehen hätte. Wir haben meistens Spaß auf den Flügen, auch wenn es anstrengend ist. Ich möchte gar nichts anders machen. Und du?«

»Ich auch nicht«, sagt er und hebt das Glas.

Drei Tage später geht es los. Wir starten nachts um zehn. Ich stehe am Morgen erst spät auf, trödele noch rum und bade dann ganz lange. Wie immer rufe ich vor dem Flug meine Mutter an. Wie immer sorgt sie sich um mich.

»Thailand? Pass bloß auf dich auf. Geh nachts nicht alleine raus. Da leben doch so viele Verbrecher. Wie gut, dass Michael mitfliegt. Er wird sicher auf dich aufpassen.«

Na klar, denke ich und grinse. Und wenn ein böser Mann kommt, wird Michael ihn einfach so lange mit Servietten beschmeißen, bis er freiwillig Leine zieht.

Ich versuche, mich nachmittags noch einmal hinzulegen, aber schlafen kann ich nicht, also schaue ich Blödsinn im Fernsehen. Mein Koffer ist gepackt, das ist immerhin etwas. Immer noch macht es mir Schwierigkeiten, meine Sachen ordentlich im Koffer zu verfrachten, auch wenn ich mir viel von Mia abgeschaut habe.

Dann fahre ich zum Flughafen. Michael ist schon da, und gemeinsam gehen wir zum Briefing. Markus, der Purser, teilt uns zusammen ein. R2, eine schöne Position direkt an der vorderen Galley. Michael freut sich schon sehr auf das thailändische Essen, und ich fieber den Massagen entgegen, die ich auf seine Empfehlung hin schon vorab gebucht habe.

Langsam füllt sich das Flugzeug. Obwohl eine Langstrecke vor uns liegt, sind die meisten Fluggäste entspannt und freundlich. Nach dem üblichen Prozedere heben wir pünktlich ab. Als wir unsere Flughöhe erreicht haben, machen wir die Trolleys fertig. Zuerst gibt es ein Getränk, dann das warme Essen.

Michael schaut immer wieder aus der Galley in den Gang.

»Stimmt was nicht?«, frage ich ihn.

»Doch, doch«, murmelt er.

Ich bestücke meinen Wagen, als er sich wieder an mir vorbeischiebt und in den Gang guckt.

»Hast du nichts zu tun? Ist dein Wagen schon fertig?«

»Gleich.« Er wirkt nachdenklich, ein wenig nervös.

Auch ich schaue den Gang hinunter, mir fällt aber nichts Ungewöhnliches auf. Keine Terroristen, keine Chaosfamilien mit sechs Kindern, keine preisgekrönten Rassekatzen. Alles ganz normal.

»Nun mach mal«, fordere ich ihn auf.

Er füllt den Trolley, geht dann aber wiederum zu meiner Seite und schaut den Gang hinunter. Schließlich geht er, mit elegantem Hüftschwung, zu Platz 49G.

»Hallo«, sagt er laut und begleitet von einer übertriebenen Gestik, die ich sonst gar nicht von ihm kenne. »Na, wie geht's?«

Der Mann schaut ihn an, runzelt die Stirn. »Entschuldigung? Kennen wir uns?«

»Kennen wir uns etwa nicht?« Michael kichert. »Doch, sicher. Das ist doch nicht dein erster Flug nach Bangkok.« Er zwinkert ihm schelmisch zu. »Weißt du nicht mehr? Vor ein paar Wochen? Wie viel Spaß wir hatten?«

»Bitte?« Der Mann auf 49G schüttelt verärgert den Kopf. »Ich kenne Sie nicht, und Spaß hatten wir ganz sicher auch nicht zusammen.«

Michael legt den Kopf schief. »Da bin ich aber ganz anderer Meinung. Du warst auf dem Flug nach Bangkok vor ein paar Wochen, und dann haben wir uns in der Bar des Hotels getroffen. Nun komm schon, du hast zwar einige Mai Tais getrunken, aber du wirst dich doch noch erinnern?«

»Wer ist das, Jürgen?«, fragt nun die Frau, die auf dem Platz auf der anderen Seite des Gangs sitzt. »Woher kennst du ihn? Und *wobei* hattet ihr viel Spaß?«

Michaels Kinnlade klappt herunter. Unsicher schaut er zwischen dem offensichtlichen Paar hin und her.

Der Mann wendet sich der Frau zu. »Beruhig dich, Sabine. Das muss eine Verwechslung sein. Ich kenne den Typen nicht!«

»Aber …« Michael scheint verwirrt. »Waren Sie nicht in Bangkok?«

»Äh, doch … war ich«, sagt der Mann verdattert, wird aber prompt unterbrochen.

»Jürgen? Was will der Mann von dir?«, kreischt die Frau. »Was ist da in Bangkok passiert? Ich will ALLES wissen, sofort!«

»Da gibt es nichts zu wissen«, herrscht er sie an, dann dreht er sich zu Michael um. »Sie verwechseln mich. Und nun lassen Sie uns in Ruhe!«

Verblüfft lässt Michael die Arme sinken, zuckt dann hilflos mit den Schultern. »Ich hätte schwören können …«

»Also wirklich«, ereifert sich die Frau. »Was für eine Unverschämtheit!«

Michael kehrt in die Galley zurück.

»Was war *das* denn?«, frage ich ihn überrascht.

»Ich weiß nicht.« Er macht ein unglückliches Gesicht. »Ich war mir so sicher … Jetzt bin ich es aber nicht mehr.«

»Kennst du ihn, oder kennst du ihn nicht?«

»Ich dachte schon, aber er bestreitet es ja vehement. Vielleicht ist es ein Doppelgänger?«

»Michael, du wirst doch wissen, mit wem du gepopp-«

Aber weiter komme ich nicht, weil Michael den Finger an den Mund legt und ein deutliches »Pssst!« vernehmen lässt.

Ich sehe in der Passagierliste nach. »Er heißt Jürgen Müller. Und die Frau neben ihm wird wohl seine Gattin sein – Sabine Müller. Sie sind verheiratet, denke ich.«

»Es gibt Tausende Müllers in Deutschland«, sagt Michael, klingt aber kleinlaut. »Vielleicht habe ich mich echt getäuscht. Aber der sieht genauso süß aus wie der Typ von vor drei Wochen. Wir haben erst Cocktails getrunken und sind dann –«

»Too much information!« Ich halte mir demonstrativ die Ohren zu. »Erspar mir die Details und mach lieber deinen Wagen fertig, wir müssen endlich den Service machen.«

Wir beladen die Trolleys und geben die Getränke aus. Als wir in Reihe 49 ankommen, ist das Ehepaar Müller in eine heftige Diskussion verstrickt. Sie zischen zwar und schreien nicht, dennoch sehe ich die Blicke der anderen Fluggäste, die unangenehm berührt sind.

Michaels Blick wandert immer wieder in meinen Bereich und zu den Plätzen der Müllers. Aber auch er steht unter strengster Beobachtung, denn Frau Müller lässt Michael nicht aus den Augen. Vermutlich hat sie Angst, dass er ihren Göttergatten noch in der Galley vernascht. Wenn Blicke töten könnten, würde sie ein Massaker anrichten. Und auch Herr Müller wird mit entsprechenden Blicken bedacht. Es sieht so aus, als würde dies kein entspannender Trip für ihn werden.

»Aber du warst doch vor drei Wochen in Bangkok«, zischelt sie, als ich ihnen die Getränke reiche. »Das weiß ich genau, und das kannst du nicht leugnen.«

»Sabine, ich leugne es doch auch gar nicht. Ich war geschäftlich dort, und ich kenne diesen Mann nicht! Nach sieben Jahren

Ehe dürftest du doch wissen, dass ich nicht auf Männer stehe!«, raunt er wütend.

Oje, denke ich, das könnte sich zu einer ernsten Krise ausweiten. Aber solange sie sich nicht während des Flugs an den Hals gehen, ist es nicht mein Problem.

Als wir in der Galley die Essen in den Ofen schieben, seufzt Michael theatralisch. Erst zögere ich, aber da er nicht aufhört, laut zu leiden, frage ich doch nach. »Was ist los?«

»Hach, mir hängt diese Geschichte mit dem Typen nach. Es tut mir so leid, aber ich fürchte, ich habe mich wirklich vertan. Er ist es nicht.«

»Du hast eine veritable Ehekrise ausgelöst.«

»Das ist wirklich furchtbar.« Er schiebt zwei Tabletts in seinen Wagen. »Richtig furchtbar!« Dann schaut er mich an und grinst. »Aber Versöhnungssex ist der beste überhaupt!«

»MICHAEL!«

»Ist doch wahr.« Michael kichert.

Doch das Kichern vergeht ihm vier Stunden später. Immer, wenn ich an den Plätzen der Müllers vorbeigehe, habe ich das Gefühl, dass die Temperatur um einige Grad sinkt. Hin und wieder zischeln die beiden miteinander, aber von entspannter Urlaubsatmosphäre ist nichts mehr zu spüren. Er hat sich schon drei Whiskys bestellt, aber das scheint auch nicht zu helfen. Sie trinkt Sekt. Ein Glas nach dem anderen. Das Essen lassen sie fast unangetastet zurückgehen.

Ob es nicht geschmeckt hat, frage ich und kassiere einen dieser gnadenlosen Blicke, die fast schon körperlich wehtun. Manchmal ist Nachfragen Silber, die Schnauze halten aber Gold.

Michael und ich räumen die Galley auf, als Frau Müller plötzlich vor uns steht. »Sie«, ruft sie und zeigt mit dem Finger auf Michael. »Sie!«

»Kann ich Ihnen helfen?«, frage ich und schiebe mich zwischen die beiden.

»Sie«, sagt sie nun zu mir. »Sie halten sich da raus. Ich muss was mi'dem Kerl hier klären.« Sie verschleift die Silben, schwankt ein wenig. Ganz sicher hat sie ordentlich einen im Kahn.

»Was kann ich für Sie tun?« Michael ist Prinz Charming in Person.

»Was hamm Sie mimei'm Mamm gemacht?«, lallt Frau Müller nun.

»Nichts. Es tut mir leid, aber ich habe ihn verwechselt.«

»Was?« Sie schaut ihn verunsichert an, hält sich an der Arbeitsplatte fest.

»Ich habe ihn verwechselt. Wirklich. Ich kenne Ihren Mann nicht, hatte auch noch nie etwas mit ihm zu tun.«

»Abba ... abba ...« Sie schwankt bedenklich. »Das kann nich sein. Er war vor drei Woch'n beruflich in Ban'kok.« »Bangkok« spricht sie aus, als hätte sie Schluckauf – hat sie tatsächlich, merke ich kurz darauf. Auf ihren Wangen bilden sich rote Flecken.

»Er war in Ban'kok, un' Siiie, hicks, Siiie, Siiie hamm was mi'ihm gehabt, hicks.«

»Nein, habe ich nicht. Ich schwöre es.« Michael versucht, das Grinsen zu unterdrücken. So ganz gelingt es ihm nicht. »Ich kenne Ihren Mann nicht, ganz ehrlich.«

»Das glaub ich niiich!« Sie schwankt bedenklich.

Ich gehe zu ihr, fasse sie am Ellenbogen. »Wir beruhigen uns jetzt alle, und ich helfe Ihnen zurück zu Ihrem Platz.«

»Ich will nich auf mein' Platz«, brüllt sie plötzlich. »Ich will wiss'n, was der Typ mimei'm Mann gemacht hat!«

Wir haben die volle Aufmerksamkeit des ganzen Flugzeugs. Wenn ich wichtige Mitteilungen zu machen habe, wünsche ich mir so etwas, aber gerade hätte ich lieber weniger Beachtung.

»SABINE!« Herr Müller steht plötzlich hinter ihr. »Reiß dich zusammen. Das ist PEINLICH!«

»Abba ... abba ...«

Und dann bricht sie in Tränen aus. Das Drama ist perfekt.

»SABINE! Du kommst jetzt mit.« Er erlöst mich und fasst nach ihrem Arm. »Komm!« Dann aber dreht er sich noch mal um und fixiert Michael. »Wir kennen uns nicht, oder?«

»Nein, tut mir leid. Ich habe schon versucht, es Ihrer Frau zu erklären. Ich habe Sie verwechselt. Aber total. Jetzt, wo Sie vor mir stehen, weiß ich gar nicht, wie es dazu kommen konnte. Es ist mir unsagbar peinlich.« Michael senkt den Kopf.

»Das sollte es auch sein«, herrscht der Passagier meinen Kollegen an. »Wie können Sie bloß solche Gerüchte in die Welt setzen? Unglaublich!« Er packt seine Frau, und die beiden rauschen ab.

»Ich finde es auch unglaublich«, sage ich kurz darauf, als wir die Thermoskannen mit Kaffee und Tee befüllen.

»Was?« Michael schaut mich irritiert an.

»Na ja, ich dachte immer, ein Schwein erkennt das andere am Gang?«

Er schaut mich an, als hätte ich gerade Scotty gebeten, mich aufs Mutterschiff zu beamen, lacht dann schallend los.

»Ist das nicht so?«, frage ich ein wenig irritiert.

»Nein.« Er schüttelt den Kopf, überlegt. »Doch. Manchmal.« Dann grinst er. »Oft.«

»Und? Ich meine, du hast den Typen gesehen, diesen Herrn Müller. War da nicht so ein Funke? Oder irgendwie … du weißt schon?«

»Ja, der war da. Aber da habe ich mich wohl getäuscht. Das kommt vor.« Er sieht mich an, lächelt. »Wir haben zwar Antennen, aber die funktionieren genauso zuverlässig und unzuverlässig wie eure.«

Ich denke darüber nach, nicke dann. »Verstehe.«

Frau Müller verschläft den Rest des Fluges – zu unserer und auch zur Erleichterung von Herrn Müller. Er muss sie wecken, als wir landen. Schlaftrunken geht sie zum Ausgang.

An der Gangway bleibt Jürgen Müller kurz stehen. Seine Frau stolpert bereits die Gangway entlang ins warme Paradies. Er jedoch bleibt bei Michael und redet mit ihm. Ich sehe, wie mein bester Freund die Schultern strafft, lächelt.

»Was?«, frage ich ihn später im Crewbus. Und er weiß genau, was ich meine.

»Nichts.«

»Ach komm, raus damit! Was hat er dir gegeben? Ich hab es gesehen.«

»Das war nur seine Visitenkarte mit seiner sehr privaten Handynummer.«

»Kennt ihr euch etwa doch?« Ich bin nicht neugierig. Nur interessiert an meinen Mitmenschen. Je häufiger ich es sage, desto weniger glaube ich es.

»Nein. Bisher noch nicht. Aber das wird sich ändern.« Michael grinst und zwinkert mir zu. Das Schwein.

MÉNAGE À TROIS

New York, Bangkok, Punta Cana, Frankfurt, München, Mallorca, Berlin, London, Los Angeles, Alicante und andere Ziele habe ich inzwischen angeflogen. Mal mit mehr, oft mit weniger Aufenthalt. Routine habe ich erlangt, und mein Beruf macht mir immer noch Spaß. Fast ein Jahr bin ich jetzt schon Flugbegleiterin und habe die Entscheidung dazu immer nur sehr kurz bereut. Ja, es gibt anstrengende Paxe, turbulente Flüge, nervige Umläufe, Stress im Hotel. Nicht alles ist immer schön. Aber meistens macht es wirklich Spaß.

Auf einer Kurzstrecke sehe ich Tom wieder, den Besitzer von Pippin. Pippin ist auch an Bord, allerdings im Belly in einer großen Transportkiste. Rhodesian Ridgebacks werden bis zu siebzig Zentimeter groß und an die vierzig Kilo schwer und damit viel zu groß, um in der Kabine mitzufliegen.

»Hallo«, begrüßt mich Tom strahlend. »Schön, Sie mal wieder zu sehen.«

Ich freue mich ebenfalls, denn er ist ein netter Gast. Und außerdem hat er diese wahnsinnig tolle Stimme, die irgendwie sexy klingt.

»Sie haben sich gar nicht bei mir gemeldet«, sagt er.

Darauf gehe ich nicht ein. Wenn ich jede Nummer anrufen würde, die mir zugesteckt wird, könnte ich in einem Callcenter arbeiten.

»Haben Sie eine Lösung für Ihren Hund gefunden?«, frage ich stattdessen.

»Ja, meine Nachbarin und meine Eltern haben ihn unter der

Woche, wenn ich in München bin. Zudem habe ich zwei bis drei Tage Home Office. Das geht schon. Nur diese Woche hat es nicht geklappt, weil meine Eltern verreist sind, da habe ich ihn mitgenommen, und jetzt fliegen wir wieder heim. Er macht das aber ganz gut.«

Weißt du ja gar nicht, denke ich. Du bist ja nicht im Frachtraum während des Fluges.

»Das mit der Nachbarin ist aber schön«, sage ich und hoffe für ihn, dass die Nachbarin noch andere Qualitäten hat.

»Ja, für mich ist das wie ein Sechser im Lotto. Sie liebt Pippin.«

Hinter ihm stauen sich die anderen Passagiere, was Tom aber glücklicherweise auffällt. Er geht auf seinen Platz, schnallt sich sofort an. Ein routinierter Gast, so etwas mag ich.

Der Flug ist kurz, ich haste mit dem Trolley durch den Gang. »Pute oder Käse?« Die Frage hat sich in mein Gehirn eingegraben.

Tom lächelt mich an. »Es ist schon spät. Fliegen Sie noch weiter?«

Ausnahmsweise muss ich heute in Frankfurt bleiben. Soll ich ihm das sagen? Ich bin mir nicht sicher. Ach, was soll's. »Nein.«

»Es klingt vielleicht komisch, aber hätten Sie nicht Lust, noch auf einen Happen und ein Glas Wein zu mir zu kommen? Ich zahle Ihnen auch das Taxi. Sie sind hier doch sicher im Hotel, wenn Düsseldorf Ihre Base ist.«

Das hat er sich gemerkt, alle Achtung. Ich schüttele dennoch bedauernd den Kopf. »Ich glaube nicht, dass das eine gute Idee ist.«

»Meine Nachbarin kocht ganz hervorragend.« Er zwinkert mir zu.

Ach, so ist das – die Nachbarin kocht. Dann wäre ich also nicht mit ihm alleine. Im besten Fall ist sie dabei, und wir machen einen flotten Dreier. In der Küche, versteht sich.

Hm. Andererseits … Alle anderen aus der Crew sind in Frankfurt stationiert, ich wäre vermutlich allein im Hotel. Und besser das Essen von der Nachbarin als gar nichts im Magen. Oder?

»Meinen Sie wirklich?«, frage ich unsicher.

»Natürlich. Ingrid kocht immer für drei.« Wie passend. »Sie freut sich über Besuch.«

»Ich überlege es mir«, sage ich und schiebe den Trolley weiter. »Käse oder Pute?«

Der Flug geht schnell vorbei, und ich stehe bald schon wieder an der Tür und verabschiede die Passagiere.

»Wie sieht es nun aus?«, fragt mich Tom.

»Ich weiß nicht. Das kommt doch recht plötzlich.« Verlegen knete ich meine Hände.

»Geben Sie sich einen Ruck. Ich verspreche Ihnen, dass ich nichts tue. Und Ingrid ist da und passt auf.« Er lächelt gewinnend. Zucker. Ich schmelze wie Butter in der Sonne und gebe mir schließlich einen Ruck. So schlimm kann Ingrid schon nicht werden. Und wenn sie wirklich so gut kocht, wie er sagt …

Das ist ein Fehler, das ist ein Fehler, das ist ein Fehler, denke ich, als ich zwei Stunden später im Taxi sitze und zu ihm fahre. Mensch, Claudia, wie kannst du nur so blöd sein? Ja, er hat eine sexy Stimme, ein gewinnendes Lächeln, er ist ein Vorzeigepax und außerdem irgendwie süß. Er ist der Prototyp eines Serienmörders.

Noch vor der Haustür will ich umkehren, tue es aber nicht. Michael und Mia habe ich eine SMS geschickt mit der Adresse und dem Hinweis, dass sie sofort die Polizei alarmieren sollen, wenn ich mich in einer Stunde nicht bei ihnen gemeldet habe. Ich habe im Crew-Hotel eingecheckt, geduscht und mich umgezogen. Das Bett lachte mich an, rief: Bleib hier! Mein Magen rief aber etwas anderes, und ich freue mich eigentlich darauf, endlich mal wieder in einer Wohnung zu sitzen und nicht in einem Hotel oder Restaurant.

Es kribbelt in meinem Bauch, so als hätte ich ein Date. Liegt aber bestimmt nur am Hunger. Trotzdem fällt mir auf, dass ich gar keine Erfahrungen mehr habe, was das angeht – Dating und so. Ich bin gefühlt eine Ewigkeit mit Gregor zusammen gewesen. Und bisher hatte ich kein Interesse an anderen Männern, habe meine Freiheit genossen. Gregor hat irgendwann aufgehört, Mails oder SMS zu schicken. Freunde haben mir letzte Woche berichtet, dass er neu liiert wäre. Das freut mich für ihn, aber ein wenig seltsam fühlt sich das trotzdem an. Bin ich deshalb hier? Ich weiß es nicht.

Es ist ein schönes Mehrfamilienhaus, recht modern. Tom wohnt im Erdgeschoss. Pippin bellt, als ich klingele. Mein Herz klopft. Tom öffnet mir die Tür. Das Kalb an seiner Seite wedelt mit dem Schwanz.

»Hallo«, sage ich unsicher.

»Kommen Sie herein. Ohne Uniform hätte ich Sie fast nicht erkannt.«

Ist das gut, oder ist das schlecht?, frage ich mich und folge ihm in die Wohnung. Sehr edel, sehr modern, sehr schön. Und es duftet umwerfend. »Hallihallo«, ruft jemand aus der Küche, das muss Ingrid sein. Und da kommt sie mir entgegen. Ich hatte mir eine Frau in meinem Alter vorgestellt, vielleicht etwas älter. Tom schätze ich auf Mitte bis Ende dreißig. Aber Ingrid ist vermutlich Ende fünfzig. Sehr agil, sehr lebhaft, und vor allem ist sie eine hervorragende Köchin.

Ich komme mir erst etwas komisch vor, genieße dann aber den Abend sehr. Wir lachen viel, das Essen ist ein Traum. Doch ich muss am anderen Tag wieder fliegen, und vorher brauche ich dringend eine Mütze Schlaf.

Wir reichen uns die Hand, versprechen uns, dass wir in Kontakt bleiben werden. Solche Versprechen habe ich in den letzten Monaten schon einigen gegeben, meist Kolleginnen, aber gehalten habe ich sie selten. Mein Leben ist zu unstet. Und wenn ich zuhause am Niederrhein bin, will ich mit meinen Freunden und der Familie Kontakt halten. Ein wenig wehmütig steige ich in das Taxi. Tom steht in der hell erleuchteten Tür und winkt. Nett sieht er aus …

Ich schlafe lange, tief und fest und erwache erholt erst am späten Vormittag. Da ich genug Zeit habe, frühstücke ich in aller Ruhe in der Stadt, dusche noch einmal und packe dann meine Sachen für den Stopover in Los Angeles.

Es ist ein Nachtflug, und er wird anstrengend werden. Beim Briefing erfahren wir von Lars, unserem Purser, dass wir zwei Unaccompanied Minors an Bord haben werden, Kinder unter zwölf Jahren, die ohne Begleitung fliegen.

»Die UMs übernimmst du, Claudia«, sagt Lars. »Sie werden preboarden. Es sind Zwillinge, acht Jahre alt. Sie fliegen zu ihren Großeltern.«

Ich habe schon einige UMs an Bord betreut. Meist sind das Scheidungskinder, die von oder zu einem Elternteil fliegen. Mir tun sie oft schrecklich leid. Das Bodenpersonal nimmt sie in Empfang, bringt sie früher als die anderen Paxe zum Flieger, wo dann eine von uns für die Kinder verantwortlich ist. Natürlich schauen wir häufig nach ihnen, aber wir haben kaum Zeit, um mit ihnen zu spielen oder sie anderweitig zu beschäftigen.

Nach den üblichen Sicherheitschecks kommen die Zwillinge, ein Junge und ein Mädchen. Sie scheinen sich zu hassen. Na, vielen Dank. Ihre Plätze sind direkt an der Galley, sodass ich sie im Blick habe. Nach den ersten zehn Minuten, in denen sie sich anschreien und bekriegen, überlege ich, ob ich sie nicht besser trennen soll, doch dann kommt der Aufruf über die Intercom – der Boden schickt die Paxe. Ich nehme meinen Platz an der Tür ein und lächele.

Ein Mann und eine Frau stürzen auf mich zu. Sie grinsen breit. Gut, dass sie Ohren haben, sonst würden sie einmal rundherum lächeln, denke ich. Sie erzählen mir und jedem, der es hören will, und allen anderen auch, dass sie den Flug nach L. A. gewonnen haben. Bei einem Radiosender.

»Wo sind unsere Plätze?«, ruft der Mann.

Ich zeige sie ihm. Mittelgang, einmal in der Mitte und einmal am Gang.

»Haben Sie keine Fensterplätze?«

Ich schüttele den Kopf. »Wenn alle an Bord sind, kann ich schauen, ob noch etwas frei ist, aber dies sind Ihre Sitze.«

»In so einem Moment freut man sich darüber, keine Kinder zu haben«, sagt meine Kollegin Anja mit einem Blick auf die Zwillinge kurze Zeit später, die gerade damit begonnen haben, sich mit Gummibärchen zu bewerfen. Ich habe jedem ein Tütchen mit den Süßigkeiten gegeben und weiß jetzt, dass es ein Fehler war.

Die Maschine ist voll, immer mehr Paxe kommen an Bord. Ich zeige Plätze und helfe, das Gepäck zu verstauen. Zwischendurch versuche ich, die Zwillinge zu beruhigen. »Fliegt ihr das erste Mal alleine?«, will ich wissen.

»Nein, wir fliegen immer in den Ferien zu Oma und Opa. Schon viermal bis jetzt«, sagt der Junge und bohrt in der Nase.

»Fünfmal.« Das Mädchen streckt ihm die Zunge heraus. »Du bist ja zu doof zum Zählen!«

Ich hole tief Luft, lächele dann. »Ihr wisst, wie das geht. Anschnallen und ruhig sitzen bleiben.«

Reines Wunschdenken, das ist mir klar.

»Was mach ich nur mit denen?«, frage ich Anja.

»Schmeiß sie raus.« Sie zwinkert mir zu. »Noch sind wir am Boden.«

Das geht aber nicht. Das Boarding ist abgeschlossen, alle Paxe sind im Flieger. Außerdem haben sich die Zwillinge eindeutig noch nicht schlimm genug benommen, um des Flugzeugs verwiesen zu werden.

Wir gehen durch die Reihen, kontrollieren die Gurte.

»Was ist mit den Fensterplätzen?«, fragt der Gewinner.

»Tut mir leid, wir sind ausgebucht, es ist nichts mehr frei«, tröste ich ihn. »Aber wenn wir gleich in der Luft sind, bringe ich Ihnen ein Glas Sekt.«

Er verschränkt schmollend die Arme vor der Brust.

Das Zwillingsmädchen kreischt laut auf: »Kai hat mich beleidigt. Ich will nach Hause. Jetzt!«

Das Flugzeug rollt los. Zu spät. Da müssen sie und ich und alle drum herum jetzt durch. Elf Stunden Flugzeit, das kann ja heiter werden. Ich haste zu meinem Sitz, schnalle mich stöhnend an.

»Um die beiden beneide ich dich nicht«, sagt Anja.

Wir erreichen die Flughöhe und beginnen mit dem Service. Da es ein später Abendflug ist, werden wir zügig die warme Mahlzeit verteilen. Aber zuerst gibt es Getränke. Das Gewinnerpärchen bestellt Sekt. Und noch einmal Sekt. Die zusätzlichen Kosten, so sagt er mir, übernimmt der Sender – und die beiden verursachen eine Menge Kosten. Dann beladen wir die Trolleys mit den Mahlzeiten. Ein vegetarisches und ein Fleischgericht stehen zur Auswahl.

»Ich hätte gerne Kaviar«, sagt der Gewinnspiel-Mann zu mir. »Und meine Frau möchte Hummer.«

»Da müssen Sie warten, bis wir landen«, antworte ich. »Oder in die erste Klasse gehen.«

»Wieso?« Er schaut mich verwundert an. »Hier steht doch, dass Sie Kaviar und Hummer haben.« Er reicht mir einen Computerausdruck der Speisekarte aus der ersten Klasse.

»Das haben wir, aber dafür müssen Sie upgraden.«

»Up-was?«

»Nun, dies ist die Economy Class – hier gibt es entweder Rinderbraten oder Gemüseauflauf. Die Menüs haben wir Ihnen zu Beginn des Fluges gezeigt.« Ich ziehe die Informationsbroschüre aus der Tasche am Sitz und halte sie ihm vor die Nase. »Sollten Sie nichts anderes vorab bestellt haben, besteht nur die Auswahl zwischen diesen beiden Gerichten«, sage ich freundlich.

»Aber ich will Kaviar, und meine Frau möchte Hummer. Da steht, dass es das an Bord gibt.«

Ich seufze. »Ja, beides gibt es. In der ERSTEN Klasse.« Ich spreche langsam und betont, so als würde ich einem Dreijährigen erklären, wie man sich die Schuhe zubindet.

»Und wie komme ich dahin?«

»Ich muss nachschauen, ob noch Plätze frei sind. Falls ja, können Sie die fehlende Summe per Kreditkarte bezahlen.«

»Fehlende Summe? Hier fehlt keine Summe. Wir haben die Reise gewonnen, der Sender zahlt alles!« Er strahlt. »Wo ist die erste Klasse?«, fragt er. Beim Aufstehen stupst er seine Frau an. »Pack die Sachen, wir ziehen um.«

»Moment«, sage ich und stelle mich vor ihn. »Erst müssen Sie bezahlen. Ich schau mal nach, was das kostet – müssten so ungefähr viertausend Euro sein. Zahlen Sie mit Kreditkarte?«

Er schaut mich an wie ein Karpfen auf dem Trockenen. »Wieso das denn? Wir haben all-inclusive!«

»Der Sender zahlt Ihren Platz hier, in der Economy, aber nicht den in der ersten Klasse. Da müssten *Sie* zahlen. Das geht sicher, auch wenn ich mich erst noch erkundigen muss, ob es eventuell einen Aufschlag gibt, weil Sie die Plätze erst im Flugzeug umbuchen.« Keine Ahnung, ob das stimmt. Vermutlich nicht. Aber bei der Bahn ist es so, da gibt es diesen Aufschlag. Ich verkneife mir das böse Grinsen und nicke ihm freundlich zu.

»Wie?« Er lässt sich wieder in den Sitz plumpsen. Ich sehe in den Gesichtern der Gäste rundherum die Enttäuschung. Sie hatten sich sicher schon gefreut, ihn loszuwerden. Pech gehabt. »Kein Kaviar? Kein Hummer?«

»Das bekommen Sie sicher alles im Hotel in L. A.«, versuche ich ihn zu trösten. Er sagt nichts.

Er schweigt immer noch, als ich ihm das Essen serviere, dabei ist es gar nicht so schlecht. Allerdings ist weder Hummer noch Kaviar dabei. Er nimmt das Fleischgericht, seine Frau wählt Gemüse.

Die Eltern haben für die UMs ein Special Meal bestellt – Nudeln mit Tomatensoße. Ich sehe schon ein Schlachtfeld vor mir, doch die kleinen Monster essen erstaunlich friedlich. Als ich die Trays wieder einsammele, sind sie fast schon eingeschlafen. Ich bringe ihnen Decken und Kissen.

Zwei Stunden nach dem Service gehe ich noch einmal durch die Reihen und frage leise nach Getränkewünschen. Viele der Paxe schlafen bereits, andere sehen sich den Film an. Der Gewinner reicht mir stumm das Zollformular, das wir schon am Anfang des Flugs verteilen und das alle Passagiere bei der Einreise in die USA ausfüllen müssen.

»Ich brauche das nicht«, sage ich lächelnd. »Das müssen Sie bei der Einreise abgeben.«

»Blödsinn«, knurrt er und wedelt damit vor meinem Gesicht herum.

»Sie haben das Formular ja gar nicht ausgefüllt«, stelle ich verwundert fest.

»Natürlich nicht.«

»Das müssen Sie aber.«

»Nein, das muss ich nicht.«

Ich verdrehe die Augen. »Doch, das muss jeder.«

»Aber ich habe die Reise doch *gewonnen*. Ich muss das nicht.«

»Selbst wenn Sie nichts zu verzollen haben und nichts in die Staaten einführen, müssen Sie es ausfüllen und dann eben immer nur Nein ankreuzen.«

»Aber ich habe die Reise doch gewonnen, das muss doch der Sender machen!«

»*Sie* fliegen doch, nicht der Sender.« Ich seufze, hocke mich neben seinen Sitz und helfe ihm, das Formular auszufüllen. Als wir fertig sind, werden die Zwillinge wach und fangen eine Kissenschlacht an. Ich stürme zu ihnen und nehme ihnen die Kissen weg.

»Das geht so nicht«, zische ich. »Ihr müsst leise sein.« Ich organisiere Malsachen und ein Kartenspiel, hoffe, dass sie damit wenigstens eine Weile beschäftigt sind.

Auf diesem Flug haben wir kein Mobile Crew Rest, sondern nur eine Crew Rest Area – also Sitzplätze mit Vorhang. Ich trau mich aber gar nicht, eine Pause zu machen, da ich Angst habe, dass die Zwillinge wieder irgendetwas anstellen. Zum Glück schlafen sie aber bald wieder ein, und auch der Gewinner gibt Ruhe.

Ich bin froh, als wir in Los Angeles landen. Es ist noch diesig über der Bucht, doch der Tag verspricht schön zu werden. Aber das tolle Panorama lockt mich diesmal nicht – ich könnte fast im Stehen einschlafen.

Unser Gewinner hat seinen Ärger vergessen. Strahlend führt er seine Frau aus dem Flugzeug. »Erst einmal checken wir im Hotel ein. Da gibt es ein Frühstücksbuffet. Und dann fahren wir nach Hollywood. Ist das nicht geil?«

Ich rufe ihnen hinterher: »Viel Spaß und einen schönen Aufenthalt«, aber das hören sie schon gar nicht mehr.

Die Zwillinge müssen warten, bis alle anderen ausgestiegen sind, damit wir sie sicher bei Oma und Opa abliefern können, die schon bei der Gepäckausgabe auf sie warten. Kai und seine Schwester sind ausgeschlafen und laufen schon wieder zu Höchstform auf. Ich kann gut verstehen, warum die Eltern sie, sooft es geht, zu den Großeltern verschicken.

Endlich sind alle von Bord. Die Reinigungskräfte warten schon. Diesmal haben sie dank der Kinder viel zu tun, zwei oder drei Chipstüten liegen zerkrümelt auf Sitzen und dem Boden.

»Kommst du mit?«, fragt mich Anja. »Ralf hat einen Wagen gemietet, wir wollen in die Berge fahren.«

»Sonst immer gerne«, sage ich müde. »Aber heute will ich nur noch ins Hotel. Vielleicht sehen wir uns heute Abend.«

Los Angeles ist für mich nur ein kurzer Zwischenstopp, schon am nächsten Tag geht es weiter nach Las Vegas. Dorthin muss ich nur proceeden, das bedeutet, ich fliege als Passagier zu meinem nächsten Einsatzort. Vielleicht nutze ich ja die Gelegenheit und benehme mich mal so richtig schön daneben.

AUS DER ZEIT GEFALLEN

Ich bin schon einige Male in Las Vegas, der grünen Stadt in der Wüste, gewesen. Die Stadt des Glücksspiels, die niemals schläft. Flugbegleiter aber müssen schlafen. Es gibt gesetzlich vorgeschriebene Arbeits- und vor allem Ruhezeiten, die wir einhalten müssen. Das ist manchmal gar nicht so einfach. Wie zum Beispiel von Las Vegas zurück nach Deutschland. Der Flug dauert zehn Stunden. Die Crew muss eine Stunde vorher einchecken, das Boarding machen und hat damit bei zwölf Stunden Maximalarbeitszeit nur eine Stunde Puffer – für alle Fälle. Das ist bei allen Flügen so, nur in Ausnahmefällen kann man die Einsatzzeiten überschreiten. Bei besonders langen Flügen muss gewährleistet sein, dass drei Piloten und eine gewisse Anzahl an Flugbegleitern an Bord sind, die dann nacheinander schlafen und sich abwechseln können.

Diesmal komme ich von Los Angeles, hatte eine Nacht Schlaf und einen ganzen Tag Freizeit. Ich bin mit einer Kollegin zum Hoover-Staudamm gefahren – ein grandioses Erlebnis. Aber jetzt heißt es Check-in und Briefing. Es ist ein voll besetzter Nachtflug, also nichts Neues und immer noch besser als ein Flug tagsüber.

Wir kommen an das Gate, wo schon Henry, ein netter Mann Anfang dreißig, steht. Er ist Security-Mann und uns bereits von früheren Flügen bekannt. Bei USA- und Kanadaflügen wird seit dem 11. September der Safety-und-Security-Check von einer damit beauftragten US-amerikanischen Firma ausgeführt. Wir müssen also nicht überprüfen, ob die Feuerlöscher da sind, wo sie sein sollen, ob sie verplombt sind, und müssen Schwimmwesten, Sauerstoffflaschen, Rauchhauben und so einiges mehr nicht kontrollieren. Das übernehmen die Amerikaner.

Henry hat ein phänomenales Gedächtnis für Gesichter und begrüßt mich freundlich. »Hallo Claudia! Na, was hast du dieses Mal in L. A. unternommen?«

»Diesmal haben wir einen Ausflug zur Hoover-Talsperre gemacht. Es gibt hier einfach immer wieder etwas Neues zu entdecken«, antworte ich. »Dennoch, es wird Zeit, dass ich nach Hause komme.«

»Das glaube ich.« Er wünscht uns einen guten Flug, und wir betreten das Flugzeug.

Für den vorderen Teil der Maschine gibt es vier Wagen mit Essen – zwei für die warme Mahlzeit und zwei für das Frühstück. Hinten gibt es sechs – jeweils drei pro Mahlzeit. Die Catering-Firma bringt die beladenen Trolleys zum Flugzeug, wo sie mit dem Hubwagen nach oben befördert werden. Dies soll geschehen, bevor die Paxe kommen, zum einen, damit wir sie zu den Galleys bringen können, ohne Gegenverkehr zu haben, zum anderen aus Sicherheitsgründen. Der Hubwagen schließt zwar bündig mit der Tür ab, trotzdem ist an den Seiten noch ein Zwischenraum, durch den ein Kind fallen könnte.

Ich bin heute die Galleymaus und muss die Trolleys kontrollieren. So wie ich es gelernt habe, öffne ich jeden Wagen, tippe die Trays an, versuche sie durchzuschieben. Vorne ist alles gut, alle Essen sind da. Dann gehe ich nach hinten. Es sind sechs Wagen, aber leider vier mit Abendessen und nur zwei mit Frühstück. Uns fehlen also fünfzig Frühstücke. Ich sage der Purserette Anette Bescheid, sie spricht mit Jim, dem Caterer.

»Jim, wir haben fünfzig Frühstücke zu wenig, dafür fünfzig Dinner zu viel.«

»Oh.« Jim lächelt freundlich. »Das tut mir leid.«

Anette seufzt. »Und jetzt?«

»Da kann ich nichts machen.«

»Du musst.« Entnervt schaut Anette auf die Uhr. Es wird Zeit, dass wir die Passagiere an Bord lassen. »Und zwar schnellstens.«

Jim ist nicht die hellste Leuchte am Weihnachtsbaum, und besonders schnell ist er auch nicht. Er trollt sich gemächlich nach hinten.

»Hoffentlich ruft er jetzt seinen Chef an. Ich werde den Captain informieren.«

Unser Pilot, Ralf, ist ein kleiner, aber sehr forscher Mann. Er ist nicht auf den Mund gefallen und wird von uns allen sehr geschätzt. Ich bin schon drei- oder viermal mit ihm Langstrecke geflogen und mag ihn sehr.

Anette schildert ihm das Problem. Auch er schaut auf die Uhr. Eine Stunde ist bereits vergangen, wir haben nur noch eine als Puffer. Eine halbe Stunde müssen wir einrechnen, bis alle Paxe an Bord sind.

»Die Zeit läuft uns davon«, sagt er. »Fangt mit dem Boarden an. Schließt hinten die Tür, der Hubwagen soll aber stehen bleiben. Weit können die fünfzig Essen ja nicht sein.«

Dein Wort in Gottes Gehörgang, denke ich.

Wir lassen die Paxe an Bord. Nach einer halben Stunde kommt endlich Jim wieder. Im Schlepptau hat er seinen Supervisor John.

»Es gibt ein Problem?«, fragt er.

»Ja!« Anette ist mittlerweile reichlich wütend. »Uns fehlen fünfzig Frühstücke, dafür haben wir fünfzig Dinner zu viel.«

»Das kann gar nicht sein«, sagt John in aller Ruhe. Dann kontrolliert er die Trolleys.

Die Zeit läuft uns davon. Wenn wir zwei Stunden am Boden überschreiten, dürfen wir nicht mehr fliegen. Dann müssen alle aussteigen und entweder zwölf Stunden warten, oder es muss eine andere Crew organisiert werden. Das wollen weder wir noch die Passagiere. Und am allerwenigsten BlueSky.

»Können wir mit den Essen nicht irgendwie tricksen?«, überlegt Anette.

»Wie soll das gehen? Wir haben als Dinner Hühnchen mit Kartoffelbrei und Soße oder Pasta. Willst du das morgen früh servieren? Die Paxe werden dir vor Freude an die Gurgel springen.« Ich schüttele den Kopf.

»Ich weiß es doch auch nicht«, seufzt Anette. Sie nimmt den Hörer unserer Intercom und ruft im Cockpit an. »Houston, ich glaube, wir haben ein Problem.«

»Das Essen?«, fragt Ralf. »Ist es immer noch nicht da?«

»Nein, aber der Supervisor der Catering-Firma ist an Bord. Blöderweise kann man *ihn* niemandem zum Frühstück servieren.«

John ist inzwischen mit seiner Kontrolle fertig. »Es stimmt. Es fehlen fünfzig Frühstücke«, sagt er und lächelt freundlich.

In diesem Moment geht die Tür des Cockpits auf, und Ralf geht mit Stechschritt durch den Gang zu uns nach hinten. »Was gibt es für ein Problem?«, herrscht er John an.

»Jim hat mir mitgeteilt, dass Essen fehlen.« John lächelt immer noch.

»Und?«

»Ich habe es gerade kontrolliert, es stimmt.«

Anette und ich sehen uns an. Unglaublich.

»Haben Sie eine Lösung für dieses Problem? Wir fallen nämlich bald aus unserer Zeit. Da Sie ja schon eine Weile am Flughafen arbeiten, dürfte Ihnen bekannt sein, was das bedeutet.« Ralf hatte die Stimme erhoben. Trotz seiner gerade mal eins fünfundsiebzig wirkt er imposant, sogar furchteinflößend.

Endlich verschwindet das Lächeln aus Johns Gesicht. Wurde auch Zeit. »Eine Lösung?«

»Ja, haben Sie eine Lösung für das Problem? Können Sie uns die fünfzig fehlenden Mahlzeiten noch besorgen?« Ralf schaut auf seine Armbanduhr. »In, sagen wir mal, höchstens zehn Minuten?«

»Nein. Noch nicht einmal in einer Stunde.« Johns Schultern sacken nach unten.

»Gut. Dann weiß ich das also. Sie haben eine Menge unserer Zeit verschwendet. Verlassen Sie sofort das Flugzeug.« Ralf schnaubt.

»Und nun, Chef?« Anette zieht die Augenbrauen fragend hoch.

»Jetzt«, sagt Ralf leise zu uns, »holen wir die Paxe mit ins Boot.« Er kehrt ins Cockpit zurück. Wir sind gespannt, was er sich ausgedacht hat, denn wir kennen die Flüge nur zu gut, wo nur wenige Essen fehlen und es für die Passagiere einer Katastrophe gleichkommt, wenn sie nicht das Gewünschte bekommen.

Die Paxe sind inzwischen an Bord. Anette kontrolliert die Listen, während wir anderen durch die Reihen gehen und alle dazu auffordern, sich anzuschnallen. »Boarding completed«, meldet die Purserette dem Cockpit.

»Sehr geehrte Fluggäste«, meldet sich Ralf über das Mikrofon. »Sie haben sicher schon mitbekommen, dass es einige Schwierigkeiten gibt und wir deshalb Verspätung haben. Das ist nicht unsere Schuld.«

Er wartet einen Augenblick. Alle Passagiere lauschen gespannt, es ist so ruhig im Flugzeug, dass man eine Stecknadel würde fallen hören.

»Es gibt kein technisches Problem, Sie müssen sich also keine Sorgen machen«, fährt Ralf fort. »Wir haben eher ein zeitliches und logistisches Problem. Uns wurden fünfzig Frühstücke zu wenig geliefert. Jetzt haben wir zwei Möglichkeiten. Erstens, wir warten, bis die Mahlzeiten nachgeliefert werden, das kann aber dauern, und dann fallen wir aus der Zeit. Das bedeutet, diese Crew wird dann im Laufe des zehnstündigen Flugs ihre maximale Arbeitszeit überschreiten und darf nicht fliegen. Es muss eine neue Crew angefordert werden, und vielleicht sind wir dann morgen noch nicht wieder in Deutschland. Die zweite Möglichkeit: Sie teilen sich mit Ihrem Partner das Frühstück. Kaffee oder Tee und die dazugehörigen Tassen haben wir in ausreichender Menge an Bord. Aber eben nicht genügend Brötchen, Aufschnitt und Muffins.« Er holt hörbar Luft. »Ich habe mich für die zweite Lösung entschieden und bin mir sicher, dass Sie diese Entscheidung verstehen können und mich und die Crew unterstützen. Wir werden jetzt starten und mit etwas Glück und Rückenwind ein wenig von der Verspätung aufholen.«

Nun beginnen die Passagiere zu murmeln, aber dann klatscht der Erste, und fast alle schließen sich ihm an. Ralf hat recht gehabt. So, wie er es formuliert hat, bezieht er die Paxe mit ein. Sie helfen uns aus einer Notlage, und wir können gerade noch rechtzeitig starten, ohne die maximale Zeit, die wir arbeiten dürfen, zu überschreiten.

Als wir die nötige Flughöhe erreicht haben, erfüllen wir Getränkewünsche. Ein älteres Ehepaar sitzt im Mittelgang, sie reden eifrig miteinander und sehen sehr glücklich aus.

»Können wir Sekt haben?«, fragt er mich.

»Oh ja«, sagt sie. »Wir müssen anstoßen.«

Ich bringe das Gewünschte. »Haben Sie etwas zu feiern?«

»Unsere Tochter hat in Vegas geheiratet. Sie und ihr Mann machen jetzt noch ein paar Tage Flitterwochen. Es war toll«, sagt sie.

»Aber wir sind dennoch froh, wieder zurückzufliegen«, sagt er. »Vegas ist doch sehr laut und aufregend.«

»Herzlichen Glückwunsch. Es muss ein tolles Gefühl sein, wenn die eigenen Kinder heiraten. Aber es war doch nicht so eine Elvis-Hochzeit, oder?« Ich zwinkere ihnen zu.

»Nein, nein«, sie winkt ab. »So richtig schön mit Wedding Chapel mit allem drum und dran. Zehn Freunde von ihnen waren dabei, die bleiben auch noch zwei Tage.«

»Das klingt nach einer Menge Spaß«, meine ich.

»Es war einfach so schön!« Sie wollen mir Bilder auf ihrer Digitalkamera zeigen, doch ich muss sie auf später vertrösten, auch andere Gäste haben Durst.

Etwas weiter vorne sitzt ein Mann, der mürrisch aus der Wäsche schaut. Seine Glatze ist schweißbedeckt, das Doppelkinn zittert, der Hemdkragen ist speckig. Ob der gute Mann Geld in Las Vegas gelassen und deshalb schlechte Laune hat?

»Was ist denn das für eine Scheiße mit den Mahlzeiten?«, herrscht er mich an.

»Es betrifft nicht alle«, versuche ich ihn zu beschwichtigen. »Nur etwa fünfzig Personen.«

»Bei den Preisen kann sich die Fluggesellschaft noch nicht einmal ordentliches Essen leisten oder was?« Er wird immer lauter.

Ich zähle bis vier und hole tief Luft. Genau so etwas haben wir befürchtet. »Es liegt nicht an der Fluggesellschaft. Es ist ein einmaliges Problem mit der Catering-Firma, die uns beliefert.«

»Sie haben doch Küchen an Bord. Können Sie noch nicht einmal ein einfaches Frühstück herrichten?«

»Doch, aber auch dazu müssen wir Lebensmittel haben. Brötchen für dreihundert Leute können wir nicht backen.« Ich lächele, so freundlich ich kann, obwohl ich ihm eigentlich gerne meinen Mittelfinger ins linke Nasenloch stecken würde.

»Ja, für alles haben Sie Ausreden.« Er schüttelt den Kopf. »Ich werde mich beschweren.«

»Ich werde dafür sorgen, dass *Sie* alle Mahlzeiten bekommen. Beschweren dürfen Sie sich aber trotzdem.«

Er hat Tomatensaft bestellt, und für einen kleinen Augenblick wünsche ich mir ein Luftloch herbei, damit ich ihm *ganz aus Versehen* den Tomatensaft in den Schoß gießen kann, aber das Universum scheint gerade andere Dinge zu tun zu haben, denn wir fliegen ruhig weiter.

Das nette Ehepaar winkt mich zu sich. »Machen Sie sich keine Sorgen, wir teilen uns ein Frühstück. Ich habe morgens eh keinen Hunger, nur Kaffee brauche ich«, sagt sie.

»Kaffee haben wir zur Genüge. Den kochen wir immer frisch. Aber vielen Dank.«

Auch weitere Passagiere sprechen mich nun an.

»Was genau ist denn auf einem Frühstückstablett?«, will ein junger sonnengebräunter Mann wissen.

»Normalerweise Joghurt, zwei Brötchen, ein Muffin, Butter, zwei Scheiben Aufschnitt und eine Scheibe Käse.«

»Das ist doch wunderbar. Das reicht doch bis zur Landung. Ich teile mir das gerne mit meiner Freundin. Nicht wahr?« Er schaut sie an, und sie nickt.

»Wir teilen auch gerne«, kommt es da von hinten. Es sind zwei Männer im Anzug, die nebeneinandersitzen und gemeinsam Unterlagen durchgehen. Geschäftspartner, vermute ich.

»Ja«, sagt der Mann neben ihm. »Wir sind sowieso morgen zum Brunch eingeladen. Da reicht ein Häppchen.«

Es bleibt bei dem einen Gast, der sich beschwert. Alle anderen sind dankbar und froh, dass wir die Flugzeiten einhalten können. Am Ende bleiben sogar noch drei Frühstücke übrig.

Wir landen dank günstiger Winde nur mit wenig Verspätung in Düsseldorf. Diesmal bin ich wirklich froh, wieder zu Hause zu sein. Im Crewbus schalte ich mein Handy an. Eine SMS von Tom: *Sehen wir uns wieder?* Ich weiß es nicht.

Wir haben soeben unsere Reiseflughöhe verlassen und beginnen mit dem Anflug auf unseren Zielflughafen. Bitte vergewissern Sie sich, dass Ihr Handgepäck wieder sicher verstaut ist. Schnallen Sie sich wieder an und bringen Sie in Vorbereitung zur Landung Ihre Rückenlehne wieder in die Senkrechte und klappen Ihren Tisch hoch. Vielen Dank.

Flugzeuge im Bauch

»Ich muss dir etwas sagen.« Mia schaut verlegen zu Boden. Fast eineinhalb Jahre teilen wir uns nun die gemeinsame Wohnung und kennen uns gut. Wir verbringen unsere freie und auch die Arbeitszeit miteinander, manchmal, nicht immer. Oft laufen unsere Flugpläne konträr. Die eine kommt an, wenn die andere geht. Das hat bisher immer wunderbar geklappt.

Dass aber etwas im Busch ist, habe ich schon an Weihnachten gemerkt. Mia hatte einen Umlauf in die Karibik, während ich nach Amerika geflogen bin. Seitdem hat sie sich verändert. Sie telefoniert viel und schreibt ununterbrochen SMS. Es scheint, als wäre ihr Handy in der Handinnenfläche festgewachsen. Manchmal war sie auch an ihren freien Tagen weg, aber nicht in Berlin bei ihrer Familie.

»Du hast dich verliebt«, sage ich grinsend. »Wer ist es? Kenne ich ihn?«

»André.« Sie strahlt wie ein Honigkuchenpferd. »Wir waren zusammen in Mexiko letztes Jahr, dann über Weihnachten in der Dom Rep. Und jetzt in Bangkok. Du bist nicht böse?«

Böse? Ich? Hallo? Ich freue mich für sie, sogar sehr.

»Wir wollen zusammenziehen. Seine Base ist Frankfurt, und ich habe schon einen Versetzungsantrag gestellt.« Mia schaut mich an wie ein Hundewelpe, der sich gerade am Küchenschrank bedient hat, obwohl er weiß, dass sein Knochen woanders liegt.

Ich lache und nehme sie in den Arm. »Das ist doch klasse!«

»Aber du wärst dann allein hier.« Sie schaut immer noch sehr betroffen.

»Mia, meine Mia, ich bin nicht allein. Du bleibst meine Freundin, das weiß ich.« Und dann lasse ich mir jedes noch so kleine Detail von ihr und André erzählen.

In der Nacht überlege ich. Mit Mia, da bin ich mir sicher, werde ich Kontakt halten. Andere Freunde habe ich aus den Augen verloren – die einen sind in Beziehungen verschwunden, die anderen kamen mit meinen Arbeitszeiten nicht klar. Das ist okay, damit habe ich gerechnet.

Aber was ist mit mir? Mit meinem Liebesleben? Seit ich mich von Gregor getrennt habe, bin ich Single. Ich habe mich zwar schon mit Kollegen verabredet, hatte Dates. Auch mit dem ein oder anderen Fluggast in Urlaubsresorts. Aber nie ist daraus etwas Festes geworden. Gregor simst mir nicht mehr, er hat sich verlobt. Aber da ist noch Tom. Wir simsen und telefonieren, treffen uns gelegentlich. Oft ist es leider so, dass, wenn ich in Düsseldorf bin und freie Tage habe, er in München ist und arbeiten muss. Treffen wir uns in Frankfurt, habe ich meist wenig Zeit. Manchmal reicht es nur für einen Kaffee oder ein Glas Wein. Manchmal gehen wir auch essen oder lassen uns von Ingrid bekochen. Es kribbelt definitiv zwischen uns, aber will ich das? Er hat Pippin. Ich mag den Hund wirklich, aber immerhin ist der Hund eines der drei Hs, und diese Tatsache macht mir Angst. Davor bin ich geflüchtet, in mein neues Leben als Flugbegleiterin. Ich kann doch jetzt nicht wieder mit so was anfangen, wo ich es gerade erst losgeworden bin?

Beim letzten Mal habe ich zugelassen, dass er mich küsst. Das war das erste Mal, denn davor haben wir unentwegt einen auf ziemlich beste Freunde gemacht – ich zumindest. Und der Kuss, na ja, der war … WOW! Wie der Moment, wenn das Flugzeug richtig Fahrt aufgenommen hat und über die Rollbahn donnert, dann die Nase langsam nach oben zieht und es in dem Augenblick, in dem die Maschine abhebt, im Bauch einen kleinen

Hüpfer macht. Nur, dass mein Bauch bei Toms sehr zärtlichem und vielversprechendem Kuss mehrmals abgehoben hat, sodass mir beinahe schlecht geworden ist vor Aufregung. Aber dennoch, Claudia: Ein Kuss ist ein Kuss und keine Beziehung.

Bevor Mia aber auszieht, haben wir einen gemeinsamen Flug in die USA. Las Vegas mal wieder. Wir haben nur zwei Tage Stopover und bleiben diesmal im Hotel am Pool. Mia erzählt mir von André und ihrem Plan zusammenzuziehen. Es hört sich alles rosarot und toll an, aber André und sie haben vieles bedacht und stürzen sich nicht blind in eine Beziehung.

»Wir haben einige Flüge zusammen. Und wenn wir mal getrennt fliegen, können wir unsere Off-Tage zusammenlegen, so haben wir gemeinsame Zeit.«

»Willst du denn überhaupt weiterfliegen?«, frage ich leise.

Sie schaut mich mit großen Augen an. »Natürlich. Der Job ist doch toll!«

»Und willst du irgendwann Kinder?«

Sie winkt ab. »Ja, später vielleicht. Aber jetzt doch noch nicht. Aber selbst das würden wir hinbekommen.«

Ich merke, dass ich ein wenig neidisch bin. Kinder kommen in meiner Lebensplanung noch gar nicht vor, wenn, dann nur unter »ferner liefen«. Aber jemanden zu haben, mit dem man Pläne machen kann, das fehlt mir inzwischen. Wäre Tom der Richtige dafür? Ich glaube nicht. Irgendwie. Oder doch? Den Gedanken habe ich noch nie so richtig zugelassen. Vielleicht sollte ich das mal.

In Vegas herrscht drückende Hitze, wir sind froh, als wir den Rückflug antreten können. Wieder kontrolliert Henry, der nette Sicherheitsmann, unsere Namen und Ausweise, wieder hat er für jeden ein freundliches Wort. Und wieder scheint er jeden zu kennen.

An diesem Tag ist es extrem heiß, was Klaus, unserem Piloten, zu denken gibt. Schon im Briefing meldet er Zweifel an. Las Vegas liegt siebenhundert Meter über dem Meeresspiegel mitten in der Wüste. Die Luft dort ist dünn. Durch die Hitze hat die Luft eine höhere Dichte, so, als wären wir auf zweitausend Metern. Je dünner aber die Luft ist, umso größer muss die Leistung der Triebwerke sein, um das Flugzeug in die Luft zu bekommen. Heute gibt es zu allem Überfluss auch noch widrige Winde.

»Wir müssen mal schauen«, sagt Klaus skeptisch, »wie das wird.«

An Bord kontrolliere ich die Essen.

»Hast du die Trolleys schon überprüft?«, fragt Mia mich besorgt. Sie ist morgen mit André verabredet und kennt meine Geschichte vom letzten Las-Vegas-Trip. Auf keinen Fall möchte sie, dass wir aus der Zeit fallen, weil André morgen Abend nach Bangkok fliegt und vier Tage weg sein wird. Wenn er wiederkommt, ist sie unterwegs nach Cancún. Beziehungen mit Flugbegleitern sind eben kompliziert.

»Ja, alles paletti. Zehn Wagen, und alle mit den richtigen Mahlzeiten bestückt.«

»Wunderbar, dann können die Paxe ja kommen.«

Schon beim Boarden wird uns klar, dass dies kein besonders angenehmer Flug werden wird. Die Hitze scheint den meisten aufs Gemüt geschlagen zu haben.

»Ich hatte einen Fensterplatz gebucht«, keift eine Frau in einem giftgrünen Kleid. »Ich bestehe auf meinen Fensterplatz!«

Ich gehe zu ihr, nehme das Ticket. »Tut mir leid, aber Sie haben einen Platz im Mittelgang.«

»Ich will aber am Fenster sitzen, sonst bekomme ich Platzangst.«

»Ihr Ticket ist aber auf den Mittelgang ausgestellt. Aber sehen Sie mal, so haben sie mehr Platz für die Beine, am Fenster ist es viel enger.«

»Ich will aber rausgucken«, nölt sie.

»Ich kann es nicht ändern. Das hätten Sie beim Check-in klären müssen. Vielleicht bleibt ja ein Fensterplatz frei, dann können Sie den Platz tauschen.«

»Ich will nicht tauschen, ich will jetzt einen Fensterplatz!«

»Damit kann ich leider nicht dienen. Bitte nehmen Sie Platz, damit die anderen Passagiere durchkommen.«

Murrend lässt sie sich auf den Sitz fallen. Ihr Handgepäck steht im Gang. Na super. Um eine weitere Diskussion mit ihr zu vermeiden, verfrachte ich es selbst in den Hatrack.

»Ich will einen Whisky«, sagt ein Mann im Befehlston zu mir. Er hat eine rote Knollennase und erinnert mich an Rudolph, das Rentier.

»Wenn wir in der Luft sind, gern«, vertröste ich ihn.

»So ein Blödsinn, ich will ihn jetzt!«

Seine Fahne raubt mir beinahe den Atem. Er scheint am Flughafen schon ordentlich getankt zu haben.

»Entschuldigen Sie, aber das geht nicht.«

Weiter vorne nimmt eine Familie mit zwei greinenden Kindern Platz. »Schokolade!«, brüllt Kind 1. »Chips!«, schreit Kind 2.

Wunderbar, da geht mir doch das Herz auf. Das wird bestimmt ein ganz besonders toller Flug! Es graut mir vor den kommenden zehn Stunden. Mia schaut ebenfalls verzweifelt aus. Sie hat in ihrer Abteilung auch einige besonders nervige Paxe mit Sonderwünschen.

Sie gibt dem Cockpit durch, dass alle Paxe an Bord sind, und beginnt mit den Sicherheitseinweisungen. Natürlich hört kaum einer zu. Es ist furchtbar unruhig und sehr laut im Flugzeug.

Wir rollen auf die Startbahn, rollen und rollen.

Wollen wir nach Düsseldorf *fahren*?

Mia ruft im Cockpit an. »Gibt es ein Problem?«

»Leider ja«, sagt Co-Pilot Andreas. »Wir müssen noch einmal rechnen.«

Vor dem Start wird die Leistung, die von der lokalen Außentemperatur und Luftdichte abhängt, so berechnet, als würde nur ein Triebwerk funktionieren. Normalerweise sollte es kein Problem sein, wenn man mit nur einem funktionstüchtigen Triebwerk startet, unter Umständen braucht man eine etwas längere Startbahn. Für das Berechnen der Leistung gibt es Berechnungstabellen.

»Wir nehmen die längste Startbahn, müssen aber zum anderen Ende rollen, sonst haben wir den Wind gegen uns«, sagt Andreas.

Mia schaut auf die Uhr. Wir sind schon eine Viertelstunde später als geplant. Vor uns ist noch ein anderes Flugzeug, wir müssen warten. Auch dieses scheint Schwierigkeiten zu haben, hebt dann aber schließlich ab. Als Ralf uns in Position gebracht hat, dreht urplötzlich der Wind.

»Meine Damen und Herren, hier spricht Ralf Meier, Ihr Pilot. Sie haben sicher gemerkt, dass sich unser Start verzögert. Ich bitte um noch etwas Geduld, wir müssen leider eine andere Startbahn nehmen.«

»Gibt es technische Probleme?«, brüllt jemand.

»Eine Bombendrohung?«, kreischt eine Frau.

Mia verdreht die Augen, schnallt sich ab, steht auf und nimmt das Mikrofon.

»Meine Damen und Herren, es gibt weder Probleme mit der Technik noch eine Bedrohung. Der Wind hat gedreht, das ist alles. Wir bitten um ein wenig Geduld, wir werden sicher gleich starten.«

Wir drehen uns einmal um hundertachtzig Grad und fahren dann zum anderen Ende der Startbahn, damit wir den Wind wieder im Rücken haben. Das kostet uns weitere zwanzig Minuten. Die Fluggäste beschweren sich, wollen Getränke. Ich will auch einiges und bekomme es nicht: einen Whirlpool, einen Caipirinha und einen Sechser im Lotto. Einen Partner?

»Wir müssen alles neu berechnen«, gibt uns Andreas fluchend durch. »Außerdem ist schon wieder einer vor uns.«

Das Wendemanöver hat uns Zeit gekostet. Ein Flugzeug hat keinen Rückwärtsgang. Servicewagen müssen es zurückschieben, oder es muss der Platz da sein, damit man wenden kann.

Die Zeit verstreicht. Wir rollen und rollen und rollen. Bald müssten wir in Phoenix sein. Die Triebwerke sind bereits am Leistungslimit, und der Pilot ist gezwungen, sie abzuschalten. Das Murren der Paxe wird noch lauter.

»Was ist denn jetzt los?«, brüllt der rotnasige Whiskymann.

»Motorschaden?«, greint eine Frau.

»Hab Hunger«, motzt Kind 1 in den vorderen Reihen.

»Durst«, stimmt Kind 2 ein.

»Ich bitte Sie um etwas Geduld«, sagt Ralf durch den Lautsprecher. Mia und ich hören ihm an, dass er genervt ist.

Meine Freundin geht ins Cockpit. Kurz darauf kommt sie wieder. »Wenn wir nicht in kürzester Zeit starten, fallen wir aus der Zeit. Ralf hat schon mit den Verantwortlichen gesprochen, sie suchen nach einer Lösung.«

»Wie beispielsweise?«

»Wir fliegen nach L.A. Dort ist eine Crew, die unseren Flug übernehmen könnte.«

»Gute Idee. Los Angeles – da war ich schon seit letzter Woche nicht mehr.« Ich grinse. »Sollen die sich doch mit den doofen Paxen rumärgern.«

»Geht aber nicht«, wispert Mia. »Zu viel Sprit.«

Stimmt, wir haben natürlich vollgetankt, um den Atlantik zu überqueren. Nach Los Angeles fliegen wir aber nur eine Stunde und verbrauchen nicht so viel – und damit hätten wir zu viel Sprit an Bord, um landen zu dürfen. Es ist mehr als gefährlich, ein vollgetanktes Flugzeug zu landen. Geht etwas schief, explodieren die Tanks, die in den Tragflächen sind. Deshalb muss ein Flieger manchmal in der Luft Treibstoff ablassen oder noch ein paar Extrarunden drehen. Aber weder das eine noch das andere ist in unserem Fall sinnvoll.

»Und New York?«, frage ich hoffnungsvoll, da war ich nämlich tatsächlich schon länger nicht mehr.

»Keine Crew. Sie suchen nach Lösungen.«

Der Pilot lässt die Triebwerke wieder an, wir rollen erneut. Ich schaue auf die Uhr. Wir sind schon lange aus der Zeit gefallen, diesen Flug können wir auf keinen Fall mehr machen. Ich schaue aus dem Fenster, es ist urplötzlich dunkel geworden, und die Staubwolken zeigen mir, dass der Wind schon wieder gedreht hat und uns jetzt abermals entgegenkommt. Dann wird es rabenschwarz, Blitze zerteilen das Dunkel – es sieht aus, als würden mit einem gigantischen Apparat Fotos gemacht.

»Meine Damen und Herren«, meldet Ralf sich. »Wie Sie sehen, gewittert es heftig. Die aktuelle Wetterlage lässt es nicht zu, dass wir starten. Wir kehren jetzt zum Gate zurück. Es tut uns leid, aber den himmlischen Mächten sind wir unterlegen.«

Mia und ich gucken uns an. Es ist zwar nicht schön, dass wir nun einen längeren Aufenthalt haben – wir haben uns auf zu Hause und unsere Betten gefreut –, aber immerhin müssen wir nicht mit den stressigen Paxen fliegen. Die beschweren sich nämlich immer noch lauthals, aber es ist ja nicht zu ändern.

Eine Crew aus Los Angeles wird nach Las Vegas geflogen und übernimmt das Flugzeug. Wir werden nach Los Angeles gebracht und machen am nächsten Tag den Flug, für den sie vorgesehen waren. Der geht aber nach Frankfurt und nicht nach Düsseldorf. Auf diesem Flug haben wir glücklicherweise nur nette Fluggäste. Mia ist am Boden zerstört, denn sie verpasst das Treffen mit André. Sobald wir gelandet sind, schalte ich mein Handy ein und schicke Tom eine SMS: *Bin in Frankfurt. Wo bist du?*

In München, schreibt er zurück.

Mist. Ich hätte zu gerne noch einmal mit ihm ein paar Maschinen von der Rollbahn abheben lassen.

Missmutig stapfe ich durch den Flughafen zum Terminal und besorge mir meinen neuen Flugplan. Durch den Delay hat sich alles geändert, stelle ich fest. Meine Enttäuschung über das ins Wasser gefallene Treffen mit Tom verfliegt schnell, denn ich habe zwei Tage frei.

Kurz zögere ich noch. Ist das wirklich eine gute Idee?

Ach, was soll's. Mehr als schiefgehen kann es nicht.

Ich gehe zum Schalter der BlueSky Airline und frage nach einem Ticket nach München.

HOLTERDIPOLTER

München Airport. Es regnet. Ob meine Frisur sitzt oder nicht, ist mir gerade egal. Suchend schaue ich mich um. Da vorne steht er. Tom. Mit Pippin. Mein Herz macht einen Satz. Wegen Tom, nicht wegen dem Kalb. Da sind eine ganze Menge »Was wäre, wenn« in meinem Kopf, aber ich schiebe es in bester Scarlett-O'Hara-Manie beiseite.

Tom hat mich noch nicht gesehen. Ich gehe auf ihn zu, versuche, lässig-elegant auszusehen, wobei das nicht so einfach ist, wenn man einen Rollkoffer hinter sich herzieht.

Was sage ich zu ihm? Irgendetwas Poetisches.

Hinter mir höre ich lautes Fluchen und Gepoltere, als wäre eine Herde Wasserbüffel auf der Flucht. Es sind nur zwei beleibte Männer, die keuchend durch den Flughafen hetzen. Direkt auf mich zu. Ich will schon in Deckung gehen, als sie einen Schlenker machen. Typ Nummer zwei hat allerdings keine gute Kurvenlage und stolpert über mein Bordcase. Mich reißt es von den Beinen.

»Scheiße!«, entfährt es mir, während ich umkippe, aber statt auf den miefigen Flughafenfußboden falle ich ihn zwei starke Arme.

Gerade noch rechtzeitig hat Tom mich auffangen können. »Hallo, schöne Frau«, sagt er und hält mich fest. Diese Stimme. Und er riecht so gut. Und dann diese strahlenden Augen. Und sein Mund. Perfekt.

Er küsst mich und lässt eine komplette Boeing-Flotte in meinem Bauch immer wieder von der Rollbahn abheben. Als ich meine Augen wieder öffne, sind die Wasserbüffel verschwunden. Neben uns steht ein älteres Ehepaar und grinst.

»Ja mei«, seufzt sie. »Is dess schön, gell, Walter?« Dann gehen sie Hand in Hand davon.

Pippin läuft um uns herum, seine Rute spielt Propeller. Tom seufzt und strahlt mich an. »Na endlich! Ich dachte schon, dass wird nie etwas mit uns.«

»Da sind die drei Hs«, murmele ich. »Vor denen habe ich Angst.«

»Was?«

Ich winke ab. Die drei Hs gehören zu einem anderen Leben, zu dem der Lehrerin Frau Busch. Ich bin aber die Flugbegleiterin Claudia, und die hat keine Angst vor der Zukunft, weder in der Luft noch am Boden.

Wir haben zwei wunderschöne Tage zusammen, doch dann muss ich wieder los.

»Wohin?«, fragt Tom.

»New York. Ist nur ein kurzer Umlauf.«

Er nickt verständnisvoll.

Wird es funktionieren? Will ich das, ist die wichtigere Frage. Ich wollte die drei Fs – Freiheit, Freunde, Flüge. Das habe ich inzwischen. Aber ich weiß nun auch, dass das gar nicht so einfach ist. Viel Privatleben bleibt bei diesem Job auf der Strecke. Um dennoch eins zu haben, muss man Kompromisse eingehen und flexibel sein. Kann Tom das? Kann ich das?

Es war so einfach, als ich mir all diese Fragen noch nicht stellen musste. Aber viel weniger schön.

Es geht nach New York. Der Umlauf ist denkbar kurz – hinfliegen, ein paar Stunden schlafen, zurückfliegen. Und problemlos wird es auch nicht: Schon beim Briefing sagt uns Sven, der Purser, dass es Unwetterwarnungen gibt. Das Cockpit bestätigt die Meldung, es sind zwei Tiefausläufer über dem Atlantik, und wir werden vermutlich ordentlich durchgeschüttelt werden. Wir stellen uns auf eine wacklige Angelegenheit ein, aber warnen die Fluggäste noch nicht vor. Vielleicht haben wir ja Glück.

Aber schon als wir unsere Flughöhe erreicht haben, schaukelt es wie auf einer Hüpfburg. Trotzdem beladen wir die Trolleys und teilen Getränke aus.

»Kann ich ein Glas Rotwein haben?«, fragt mich eine junge Frau in einem eleganten Kostüm.

»Natürlich.« Ich nehme die Flasche aus dem Trolley, gieße ein und reiche ihr das Glas.

»Vorsicht«, sagt sie und hält eine Serviette darunter. »Ich muss geschäftlich nach New York. Habe morgen Vormittag einen wichtigen Termin.«

»Keine Zeit, sich umzuziehen.« Ich lächle.

»Nein. Ich habe direkt nach der Landung die Besprechung, dann erst geht es ab ins Hotel und morgen Abend schon wieder zurück nach Deutschland. Ich habe auch gar kein richtiges Gepäck dabei – Kulturbeutel, eine Bluse und Unterwäsche müssen reichen.« Sie lacht leise. »Das Kostüm war sauteuer, aber es ist tatsächlich knitterfrei.«

»Das ist wirklich praktisch. Wäre auch etwas für unsere Kostüme. Aber leider …« Ich lächele bedauernd.

»Ist schon nicht gerade preiswert, aber für so einen Trip lohnt sich das.« Sie nippt vorsichtig an dem Wein, hält die Serviette unter. »Aber Flecken kann ich jetzt dennoch nicht gebrauchen.«

»Das kann ich verstehen.«

Ich gehe zwei Reihen weiter. Dort sitzt ein Mann, dem furchtbar übel ist. Ich habe ihm schon die Spucktüte und Notfalltropfen gegeben.

»Schnaps«, röchelt er.

»Das würde ich Ihnen jetzt aber nicht empfehlen.«

Auf seiner Stirn stehen Schweißtropfen, er ist leichenblass. »Schnaps!«

Ich zucke mit den Schultern, sein Wunsch ist mir Befehl. Er wird schon sehen, was er davon hat.

Er sieht es auch, kurze Zeit später, aber die Passagiere um ihn herum müssen zudem noch die Geräusche und den Gestank ertragen, als er sich lauthals in den Beutel erbricht. Zum Glück trifft er die Tüte. Ich nehme sie ihm ab und gebe ihm eine neue.

»Noch einen Schnaps?«, frage ich und ziehe missbilligend die Augenbrauen hoch.

Er schüttelt den Kopf, starrt angestrengt auf die Kopfstütze vor sich und atmet hastig.

»Ich bringe Ihnen einen nassen Waschlappen und noch einmal Notfalltropfen«, sage ich. Irgendwie bedauere ich ihn ja schon.

Der Flug bleibt unruhig, und vielen Paxen ist es übel. Dann endlich bessert sich das Wetter ein wenig, und die Turbulenzen lassen nach. Meine Kolleginnen und ich haben entschieden, das Abendessen noch ein wenig hinauszuzögern, doch nun scheint der richtige Zeitpunkt gekommen zu sein, um es zu servieren.

Wir müssen die Essen in speziellen Öfen erhitzen und dann schnellstmöglich auftragen. Wir teilen uns auf – zwei Kolleginnen gehen von vorne bis zur Mitte, zwei von hinten bis zur Mitte. Anschließend servieren wir die Getränke, denn beides passt nicht auf die Trolleys.

Wir haben gerade alles ausgeteilt, als das Flugzeug plötzlich in ein Luftloch fällt. Ich kralle mich an einem Sitz fest – gerade noch rechtzeitig. Das Flugzeug sinkt nach unten, die Paxe schreien auf, wer nicht angeschnallt war, hüpft in die Höhe – und die Tabletts mit den Essen auch.

Nach einigen Schrecksekunden fängt sich das Flugzeug wieder. Leider fällt das Essen nicht zurück auf die Teller, und die Getränke landen auch nicht wieder in den Bechern. Was für eine Sauerei. Wir verteilen Feuchttücher, Küchenrollen und Handtücher – aber es hilft nichts. Frisuren, Anzüge, Kostüme – ein Albtraum in Bratensoße, Rotwein und Bier.

Der jungen Frau, die zum Geschäftstermin in den Big Apple jettet, nützt jetzt auch das Knitterfrei ihres Kostüms nicht mehr. Sie sieht aus, als hätte sie jemand rückwärts durch die Brombeerhecke gezogen.

»Verdammter Mist«, jammert sie. »Was mache ich denn jetzt? Ich habe wirklich keine Zeit, vor dem Meeting noch ins Hotel zu gehen.« Verzweifelt sieht sie mich an.

Ich zucke mit den Schultern, schaue auf das Kostüm, das einmal schlicht grau gewesen ist und nun aussieht wie die Landkarte der Stockholmer Schären in Bordeauxrot.

»Scheiße!« Sie hat Tränen in den Augen.

»Wir könnten versuchen, ein paar von den Flecken im Waschbecken auszuwaschen«, sage ich hilflos.

Sie sieht an sich herunter. »Na, damit wären wir bestimmt eine Weile beschäftigt. Aber Rotweinflecken?«

»Salz hilft.«

Meine Kollegin verteilt es schon fleißig, allerdings haben wir nur die winzigen Portionstütchen dabei – wirklich etwas rausreißen können wir damit nicht.

Nun weint die junge Frau hemmungslos. Außer Taschentüchern habe ich keinen Trost in petto.

Wir versuchen das größte Chaos zu beseitigen. Zum Glück haben wir alle gefüllten Spuckbeutel vorher entfernt – wenn die an die Decke geflogen und aufgeplatzt wären, daran mag ich gar nicht denken. Die Schlange vor den Toiletten wird nicht kürzer. Wir lassen die »Zusammenrottungen« zu, obwohl wir uns schon im amerikanischen Luftraum befinden. Nur notdürftig können sich die Paxe säubern. Noch nie habe ich eine derart hohe Anzahl von derangierten Passagieren auf einem Haufen gesehen. Immerhin gab es, bis auf einige blaue Flecke, keine weiteren Verletzungen.

»Meine Damen und Herren, ich entschuldige mich für dieses unangenehme Zwischenspiel. Die kleine Hüpfeinlage war weder beabsichtigt noch vorhersehbar. Es tut uns leid«, gibt der Pilot durch.

»Das hilft mir auch nicht«, sagt die junge Frau und schnieft. Die Tränen sind inzwischen getrocknet, sie sieht nachdenklich aus. »So kann ich unmöglich zu dem Meeting gehen, das geht einfach nicht.«

»Haben Sie die Möglichkeit, vorher kurz shoppen zu gehen?«

»Downtown? Keine Chance.«

»Vielleicht am Flughafen?«

Sie nickt und schnäuzt sich geräuschvoll in ein Taschentuch.

Die nächsten Stunden werden etwas ruhiger, und obwohl uns hin und wieder Turbulenzen durchrütteln, geraten wir nicht mehr in ein solch gigantisches Luftloch. Die meisten Passagiere schlafen zum Glück trotz des intensiven Geruchs von Alkohol und Bratensoße, der das Flugzeug erfüllt. Auch der Mann, dem so übel war, kommt endlich zur Ruhe. Wir alle sind erleichtert, als wir ohne weitere Zwischenfälle in New York landen. Der Anblick der Leute ist niederschmetternd. Es sieht aus, als hätte im Flugzeug eine Schlacht am kalten Buffet stattgefunden.

Wir haben nur einen kurzen Stopp, am nächsten Tag geht es zurück nach Deutschland. Ich staune nicht schlecht, als ich die junge Frau auf dem Rückflug entdecke. Sauber und frisiert ist sie, ihr Kostüm sieht aus wie nagelneu.

»Hallo«, begrüße ich sie. »Wie haben Sie das denn hinbekommen?«

Sie grinst. »Ich habe gezaubert.«

»Ja, aber … ist das nicht das Kostüm von gestern?«

Sie lacht. »Doch, das ist es. Der Preis zahlt sich offenbar aus – es ist nicht nur knitterfrei, sondern auch schmutzabweisend.«

»WAS?« Ich bin begeistert.

»Nun, als wir gelandet sind, bin ich im Flughafen in die nächstbeste Boutique gestiefelt. Die Verkäuferin hat mich entgeistert angeschaut – ich roch ja auch wie ein Schnapsladen, mal abgesehen von der bekleckerten Kleidung. In aller Eile habe ich mir etwas Neues gekauft, eine frische Bluse hatte ich dabei, und die Frisur habe ich auch einigermaßen wieder hinbekommen. Dann bin ich todesmutig zu meinem Meeting gefahren und habe gehofft, dass mein Parfüm die letzten Reste des Gestanks überdeckt.«

»Und?«

»Falls es nicht geklappt hat, so hat doch keiner eine Miene verzogen.« Sie lächelt. »Als ich dann endlich im Hotel war, habe ich die dreckigen Sachen in die Reinigung gegeben, geduscht, den Zimmerservice bestellt und danach selig geschlafen. Und wie ein Wunder habe ich am nächsten Morgen das gereinigte Kostüm wiederbekommen.«

»Ein wahres Happy End.« Ich strahle. »Darf ich Ihnen etwas zu trinken bringen?«

»Ja, einen Rotwein. Und nur keine Sorge, falls es tropft!«

Der Rückflug verläuft ohne Zwischenfälle oder Luftlöcher. Ich habe mich nach dem Preis des knitterfreien Kostüms erkundigt, aber leider hat mein Portemonnaie nach Nennung der Summe laut Widerspruch eingelegt.

Ich gehe in Düsseldorf von Bord und schaue direkt nach, ob Tom mir eine SMS geschrieben hat. Hat er. *Wann bist du wo, und wo treffen wir uns wieder?*, will er wissen.

Tom-Tom-Tom, hüpft mein Herz, und ich kann gar nicht glauben, dass ich derart verknallt bin.

NICHTS GEHT MEHR

Mia ist weg. Unsere Wohnung war immer ordentlich, vielleicht auch, weil wir beide so wenig zu Hause waren und gar keine Zeit hatten, Unordnung zu verbreiten. Aber ihr Auszug zeigt, welchen Kram und Krempel sie auf den wenigen Quadratmetern gehortet hatte. Gut verstaut in einem großen Schrank und mehreren Kommoden, einigen Regalen und Fächern, nicht zu vergessen im Bad und in der Küche, haben sich doch etliche Kartons ihrer persönlichen Sachen angehäuft. Für ein paar Wochen herrscht echtes Chaos in der Wohnung, auch weil wir beide immer wieder unterwegs sind und das Packen nur etappenweise ablaufen kann, aber dann ist es geschafft, und meine Wohnung wirkt auf einmal leer und einsam.

Das gefällt mir gar nicht, aber ich bin mir immer noch nicht sicher, ob ich jetzt schon den nächsten Schritt wagen soll.

Ich habe erst mal um Versetzung von Düsseldorf nach Frankfurt gebeten. Selbst wenn das nicht klappt, könnte ich nach Frankfurt ziehen und von dort aus nach Düsseldorf zur Arbeit pendeln. Aber es ist doch ein großer Schritt. So gut kenne ich Tom auch noch nicht. Wird es klappen können?

»Versuch es doch erst einmal«, schlägt er mir vor. »Und behalte deine Wohnung in Düsseldorf. Wenn es nicht klappt …« Er zuckt mit den Schultern.

Die Idee an sich ist nicht schlecht. Ich frage nach, ob ich erst einmal auf Probe einige Flüge von Frankfurt aus haben kann, und BlueSky zeigt sich erstaunlich kooperativ. Die Ziele unterscheiden sich jedoch von denen ab Düsseldorf, und außerdem ist Sommer und Urlaubszeit – Urlaub für die Paxe, Stress für uns.

Wir sind heute Morgen nach Antalya geflogen, knapp vier Stunden dauerte der Flug. Die Maschine war voll besetzt, und es waren unglaublich viele Kinder an Bord. Dementsprechend hoch war die Geräuschkulisse.

Kleine Kinder schaffen den Druckausgleich manchmal nicht so gut, und ich kann mir vorstellen, wie weh das dann tut. Ich empfehle allen Eltern, den Kindern während Start und Landung den Schnuller oder ein Fläschchen zu geben, das Nuckeln hilft beim Druckausgleich. Älteren Kindern gebe ich Kaugummi.

Kaum sind die Paxe von Bord, kommt das Reinigungspersonal. Der Müll wird weggebracht, die Container mit Essen und Trinken ausgetauscht. In aller Eile kontrollieren wir die Trolleys. Jonas, unser Purser, gibt Details zum Rückflug via Intercom durch, während wir alle Sitztaschen und die Hatracks überprüfen. Es sieht, wie immer nach so einem Flug, chaotisch aus. Die Zeit drängt, die nächsten Paxe warten schon darauf, zurückgeflogen zu werden. Sobald die Cleaning Crew das Flugzeug verlassen hat, kontrollieren wir überall noch einmal, ob nicht jemand etwas an Bord gebracht hat, was dort nicht hingehört.

Währenddessen gibt der Ramp Agent Bescheid, dass die Maschine wieder beladen wird. Und dann kommen die Paxe.

»Hast du das gesehen?«, frage ich Edith, meine Kollegin, verblüfft. »Was schleppen die denn alles an?«

»Du bist wohl noch nie diese Strecke geflogen?« Edith lacht amüsiert. »Das ist normal.«

»Nein, das ist nicht normal. Wie wollen die denn das ganze Handgepäck unterbringen?«

»Lass die Leute mal machen, die haben Erfahrung darin. Glaub mir!«

»Wie sind die denn damit durch die Kontrollen gekommen? Das überschreitet doch bei Weitem das zulässige Gewicht für Handgepäck.«

»Bakschisch«, sagt Edith lakonisch.

Ich staune und sehe weiter fassungslos zu, was die Leute alles mitbringen. »Dieses Flugzeug wird nie im Leben abheben können«, befürchte ich.

Ein Mann betritt die Szene, sein Sitz ist in der Mitte. Er flucht und stöhnt, kann seine Tasche kaum tragen, schleift sie den Gang entlang.

Jetzt kann ich mich nicht mehr halten. »Entschuldigen Sie, was haben Sie in der Tasche?«

»Das ist alles in Ordnung, alles durch den Zoll«, murrt er.

»Das glaube ich. Ich will auch nur wissen, was es ist. Backsteine?« Ich lache leise.

Er schaut auf, die Stirn gerunzelt. »Was ist daran so lustig?«

Mir fällt die Kinnlade etwa auf Nabelniveau. »Sie haben tatsächlich Backsteine in Ihrem Handgepäck? Nicht ernsthaft.«

»Fliesen«, sagt er knapp.

»Fliesen?« Ich kann es immer noch nicht fassen.

»Ja. Ich renoviere gerade unser Bad.«

»Und Sie kaufen die Fliesen in der Türkei?«

»Was ist daran verkehrt?« Er richtet sich auf, wischt sich den Schweiß mit einem großen karierten Taschentuch von der Stirn. Er ist mittelgroß und kräftig, sieht eigentlich nett aus, scheint aber durch den Kraftakt etwas entnervt zu sein.

»Es gibt doch auch Fliesen in Deutschland.«

»Völlig richtig«, stimmt mir der Mann zu, dann zieht er umständlich den Reißverschluss der Tasche auf und holt eine Fliese raus. »Aber nicht solche. Sehen Sie – die Glasur ist makellos, das Design perfekt, die Abriebfestigkeit ist hoch, das Wasseraufnahmevermögen optimal. Und dann noch zu dem Preis, so etwas gibt es in Deutschland gar nicht. Diese Fliesen entsprechen der DIN

EN 14411. Haben Sie so etwas schon einmal in Deutschland gesehen?«

Ich schnappe nach Luft wie ein Fisch auf dem Trockenen.

»Außerdem«, er dreht die Fliese um, »sehen Sie das?«

Gebannt starre ich auf die Rückseite der Fliese, kann aber nichts Ungewöhnliches entdecken. Es sieht halt aus wie die Rückseite einer Fliese.

Der Mann streicht mit verklärtem Gesichtsausdruck über die Oberfläche. »So glatt und dennoch rau genug, um perfekt am Fliesenkleber zu haften.«

»Sind Sie aus der Branche?«, frage ich fast tonlos.

Er öffnet wieder die Augen, schaut mich erstaunt an, schüttelt dann den Kopf. »Nein, ich bin Autohändler. Und Hobbyhandwerker.« Er packt die Fliese wieder vorsichtig in seine Tasche, zieht den Reißverschluss zu und holt tief Luft. Dann wuchtet er die Tasche mit einem Urschrei in das Gepäckfach.

Ich ziehe mich zurück, betrachte das Schauspiel. Jeder schleppt Taschen, Tüten und Beutel in das Flugzeug, als ginge es in ein Notstandsgebiet und nicht zurück nach Deutschland. Eine Frau steigt aus ihren hochhackigen Schuhen, klettert barfuß auf den Sitz und stopft ihre Taschen gnadenlos in den Hatrack. Nur mit Mühe lässt es sich schließen. Sie dreht sich um, bemerkt meinen verwunderten Blick und zwinkert mir zu. »T-Shirts. So preiswert krieg ich die noch nicht mal bei Kik.«

So ähnlich quetschen und pressen auch andere Paxe ihre Beute in die Fächer. Was nicht hineinpasst, wird unter, neben und auf den Sitzen verteilt.

Edith kennt das schon. Immer wieder muss sie die Paxe ermahnen, die Notausgänge frei zu halten. Ein Mann erweist sich als besonders hartnäckig. Er ist Türke, und anscheinend geht alles, was Edith sagt, bei ihm zum einen Ohr rein und zum anderen wieder raus. Schließlich gibt sie auf und bittet den Purser um Hilfe.

»Dies ist ein Notausgang«, sagt Jonas freundlich. »Sie können Ihre Tasche dort nicht hinstellen.«

Der Mann blickt ihn finster an.

»Meine Kollegin hat es Ihnen doch schon erklärt. Es geht nicht.«

Nun schaut der Mann von Jonas zu Edith und wieder zurück. »Sie Frau. Sie nix hat zu sagen!«

»Nun habe ich es Ihnen aber gesagt. Und ich bin ein Mann.« Jonas bleibt freundlich.

»Ich nix haben Platz für Tasche. Wohin?«

Jonas zuckt mit den Schultern, dreht sich zu Edith um. »Gibt es noch freie Plätze?«

Edith schüttelt den Kopf. »Die, die nicht belegt sind, sind schon voll mit Zusatzgepäck.«

»Siehst du, Frau«, sagt der türkische Passagier, »Tasche muss stehen hier.«

»Das ist gegen die Vorschriften.« Jonas seufzt. »Wir finden aber schon ein Plätzchen.«

Das Boarden und Verstauen des Gepäcks dauert länger als geplant. Andreas, unser Pilot, wird allmählich ungeduldig.

»Meine Damen und Herren, ich freue mich, Sie auf dem Flug der BlueSky Airlines von Antalya nach Frankfurt begrüßen zu dürfen.« Dann räuspert er sich. »Ein Hinweis in eigener Sache: Bevor wir starten, muss alles Handgepäck sicher verstaut sein. Entweder in den Hatracks oder unter den Sitzen. Bitte achten Sie darauf, dass die Fächer alle geschlossen sind. Falls Sie ihr Fach nicht zubekommen, weil es zu voll ist, dann schafft es die Crew auch nicht!«

Endlich ist alles untergebracht, selbst die große Tasche – die Frau des türkischen Passagiers nimmt sie auf ihren Schoß. Wir können starten.

»Ich wette«, sage ich grinsend zu Edith, als wir losrollen, »das Flugzeug ist nach außen hin völlig ausgebeult. Das muss ein göttlicher Anblick sein.«

Die vier Stunden Rückflug sind anstrengend, alle Paxe sind besonders hungrig und durstig, aber zum Glück sind sie auch geduldig. Vielleicht liegt das daran, dass sie gerade einen schönen Urlaub hatten oder, dass sie Tonnen an Schnäppchen mit nach Hause bringen.

Als wir gelandet sind, verabschiede ich die Paxe an der Tür. Leise murrend schleppt der Mann die Tasche mit den Fliesen an mir vorbei.

»Viel Freude beim Fliesenlegen«, wünsche ich ihm.

Er hebt den Kopf und lächelt mich an: »Danke!«

Das Debriefing ist heute sehr kurz, wir sind alle müde und wollen nach Hause. Am Ausgang erwartet mich eine Überraschung – Tom.

»Ich dachte, ich hole dich ab und wir gehen was essen«, sagt er fröhlich.

Hmm. Ich möchte eigentlich nur in die Wanne und dann ins Bett oder auf die Couch. Aber wie sage ich ihm das?

Tom schaut mich an, runzelt die Stirn. »Du bist ganz schön kaputt, oder?«

Ich nicke.

»Dann fahren wir nach Hause und bestellen uns eine Pizza.«

»Du bist es«, seufze ich glücklich. »Mein Prinz, mein Retter, der edle Ritter, der mir all meine Wünsche erfüllt.«

»Öhm.« Tom runzelt die Stirn. »Ich wollte nur eine Pizza bestellen, einen Heiratsantrag habe ich dir nicht gemacht.«

»Du bist mein Pizza-Mann. Der Held meiner Lieferträume«, schnurre ich.

Er lacht laut und küsst mich. »Vielleicht sollte ich dich doch heiraten«, flüstert er mir ins Ohr.

Die drei Hs? Sollte ich jetzt in Panik ausbrechen? Ach Quatsch, auf mich warten Pizza, Sofa und Schaumbad. Davor braucht man beileibe keine Angst zu haben.

»Jaaa«, seufze ich deswegen, und Tom lacht noch lauter.

ALLE MANN AN BORD

Ich habe meine vier freien Tage am Stück und genieße sie sehr. Allerdings ist es doch etwas ungewohnt bei Tom. Ich muss mich an die Wohnung gewöhnen und an den Hund. Zum Glück fällt mir Letzteres nicht besonders schwer, Pippin ist ein Goldstück. Allerdings muss ich erstmal damit klarkommen, dass plötzlich wieder ein Mann neben mir schläft. Zwar habe ich mir mit Mia eine Wohnung geteilt, aber wir haben uns doch eher selten gesehen und nie in einem Bett geschlafen.

So bin ich trotz aller Schmetterlinge im Bauch auch ein wenig froh, als ich den nächsten Umlauf habe. Abu Dhabi. Mit einer Nacht Layover. Allerdings hat die Sache einen Haken: Meine Eltern fliegen mit. Denn natürlich bekommt man Flüge günstiger für Verwandtschaft. Günstiger, nicht umsonst.

Meine Eltern haben sich inzwischen daran gewöhnt, dass ich Flugbegleiterin bin. Manchmal scheinen sie sogar stolz auf mich zu sein. Aber jetzt muss ich arbeiten, und sie wollen in den Urlaub. Sie dürfen preboarden, und der Pilot nimmt sie mit ins Cockpit. Papa ist ganz aufgeregt.

»Das ist der Wahnsinn. Das glaubt mir doch keiner. Ich durfte mich sogar ans Steuer setzen!« Wie ein kleiner Junge freut er sich.

Meine Kollegen grinsen. »Mitfliegende Verwandte sind ein wenig wie Unaccompanied Minors«, flüstert Sven mir zu. »Kennen wir alle.«

Natürlich will ich mich im besten Licht präsentieren, ihnen beweisen, dass es die richtige Entscheidung für mich war, den Lehrberuf hinzuschmeißen und mich auf das Herumschubsen von Getränketrolleys zu spezialisieren. Meistens jedenfalls. Also hoffe ich, dass heute nichts passiert – keine aufsässigen Fluggäste, keine Toten, keine Gebärenden, keine Katastrophen anderer Art.

Die Passagiere kommen an Bord. Ich zeige ihnen ihre Plätze, helfe mit dem Handgepäck. Zweimal springt mein Vater auf, reißt mir den Koffer aus der Hand und verstaut ihn selbst. »Das ist doch viel zu schwer für dich«, murmelt er besorgt.

»Papa, bitte! Setz dich hin und entspann dich. Ich mache nur meinen Job.«

Er sieht mich an und nickt schließlich mit grimmigem Gesichtsausdruck. Endlich heben wir ab. Das Anschnallzeichen erlischt, und wir fangen an, die Getränke auszuteilen.

Meine Mutter renkt sich immer wieder den Hals aus, um mich bei der Arbeit zu beobachten. Gekonnt schiebe ich meinen Trolley durch den Gang. Ich schenke allen ein liebenswürdiges Lächeln, finde für jeden ein nettes Wort.

»Was möchtet ihr trinken?«, frage ich, als ich zu meinen Eltern komme. Eine rhetorische Frage. Papa trinkt Bier, Mama Sekt.

»Tomatensaft«, poltert mein Vater und lacht laut über seinen Witz. Dabei stößt er sogar seinen Sitznachbar mit dem Ellenbogen an, der irritiert aufblickt, was mir unendlich peinlich ist.

»Du also ein Pils und für Mama Prosecco«, sage ich gedämpft.

»Bitte, Mausi, mach dir keine Umstände«, meint meine Mutter.

Als ich ihnen die Getränke gegeben habe und weitergehe, beugt sie sich über den Gang zum nächsten Sitz. »Macht sie das nicht toll?«, flüstert sie im Bühnenton ihrer Sitznachbarin zu. »Ist sie nicht bezaubernd in ihrer schicken Uniform? Und so formvollendet.«

Ich möchte im Erdboden versinken. Unglücklicherweise ist der gerade denkbar weit von mir entfernt.

»Das ist unsere Tochter. Fesches Mädel!«, ruft mein Vater über den Kopf meiner Mutter hinweg. Aus seiner Stimme quillt der elterliche Stolz geradezu heraus.

»*Das* ist Ihre Tochter?«, fragt die Frau zurück, so laut, dass es wahrscheinlich jeder hören kann, und sie klingt wirklich überrascht. Was denkt die denn? Dass Flugbegleiter einfach so vom Himmel fallen? Wir haben auch Eltern! Und ein Privatleben. So. »Sehr hübsches Mädchen.«

»Danke. Und macht sie ihren Job nicht wirklich gut?«

Ich möchte herumfahren und meinen Eltern zuzischen, dass sie mich bis auf die Knochen blamieren und das gefälligst lassen sollen, aber das geht natürlich nicht. Also tue ich das, was ich tun muss: Getränke ausschenken und sehr nett lächeln.

»Hervorragend macht sie das«, sagt die Frau. »Ich bin selten so gut bedient worden! Ach, das ist bestimmt schwer für Sie, Ihre Tochter ist ja immer unterwegs.«

»Es gibt ja Internet«, antwortet meine Mutter souverän und setzt ein Gesicht auf, als würde sie Bill Gates persönlich zu ihrem näheren Bekanntenkreis zählen. Komisch, mir gegenüber macht sie immer ein Riesentheater, weil man mich ja nur so schlecht erreichen könne.

»Eigentlich ist sie Lehrerin«, ruft mein Vater so laut, dass es sicher auch noch im Cockpit zu hören ist. »Sie will nur ein paar Jahre noch in der Welt herumkommen.«

HALT! DIE! KLAPPE! Ich könnte ihn umbringen. Ihm zumindest aber mit der Thermoskanne eins überbraten. Stattdessen frage ich den Glatzkopf auf 11B: »Was darf's für Sie sein?«

»Was sagt denn Ihr Schwiegersohn dazu? So eine hübsche Frau ist doch ganz sicher liiert«, fragt nun ein älterer Mann, der eine Reihe vor meinen Eltern sitzt und sich umgedreht hat, um sich am Gespräch, das mittlerweile die Reihen 6 bis 12 unterhält, zu beteiligen.

Ups, denke ich. Falsche Frage. Ich habe meinen Eltern noch nicht von Tom erzählt. Vielleicht habe ich ihn mal erwähnt –

der Gast mit dem Hund. Ganz sicher habe ich das. Aber nicht *so*. Doch allmählich wird es Zeit, sie miteinander bekannt zu machen. Denn zwischen Tom und mir wird es langsam ernst. Es klappt. Manchmal ist es schwierig, aber meistens funktioniert es. Ich habe inzwischen einen Schlüssel zu seiner Wohnung in Frankfurt und einen weiteren zu seinem kleinen Apartment in München. Und ich überlege ernsthaft, meine Base nach Frankfurt zu verlegen. Er hat einen Versetzungsantrag gestellt, will den Job in München ganz aufgeben und nur noch im Maingebiet arbeiten. Eine andere Alternative wäre, dass er nach Düsseldorf zieht. So weit sind wir aber noch nicht, das ist alles noch in der Planungsphase. Dennoch dürften meine Eltern langsam auch mal wissen, dass es ihn und Pippin in meinem Leben gibt.

Ich stehe in der Galley und bestücke den Trolley mit dem Lunch. »Pasta oder Fleisch?«, frage ich kurz darauf einen nach dem anderen. Pasta geht heute schnell weg, keiner scheint das Fleisch haben zu wollen. Vier Reihen weiter habe ich nur noch das Menü mit der Rinderroulade.

»Bitte schön«, sage ich und reiche dem Gast das Tablett.

»Ich will die Nudeln« sagt er und will das Tablett nicht annehmen.

»Tut mir leid, die sind schon weg.«

»Ich mag aber keine Rouladen.« Er schmollt.

»Das ist bedauerlich, aber ich habe leider nur noch dieses Menü.«

»Ich esse aber kein Fleisch.«

Sie hätten vorher ein vegetarisches Menü bestellen können, denke ich, verkneife es mir aber. »Ich frage gleich einmal nach, ob einer meiner Kollegen noch ein Pastagericht übrig hat«, sage ich so freundlich wie möglich.

»Dauert das lange?«, will er wissen.

»Ich beeile mich.« Es dauert so lange, wie es eben dauert, ich bin ja nicht Bibi Blocksberg. Schnell gehe ich weiter. Meine Eltern bekommen das Menü der ersten Klasse. Das machen wir immer so, wenn Familie mitfliegt. Oder eines der Crewessen, je nachdem, wie sich die bucklige Verwandtschaft benimmt.

»Ach«, sagt meine Mutter begeistert. »So leckerer Salat, und diese zweifarbigen Nudeln. Das sieht ja toll aus.«

Leider hat sie ihr Entzücken (über den, seien wir ehrlich, relativ farblosen Fraß) laut kundgetan. So laut, dass der fleischlose Gast es mitbekommen hat.

»Wieso kriegt die Nudeln und ich nicht?«, poltert er los.

Meine Mutter schaut erstaunt auf.

Ich zähle leise, komme aber nur bis fünf.

»Warum hast du ihm keine Pasta –«, fragt sie, aber Papa fällt ihr ins Wort.

»Mausi hat keine Nudeln mehr. Hat sie doch erklärt, hast du das nicht gehört?«

»Nein, ich habe doch im Bordkatalog geblättert. Hast du gesehen, was es alles Schönes gibt?«

Man könnte meinen, meine Mutter flöge zum ersten Mal.

Ich reiche meinem Vater sein Tablett, will weitergehen.

»Hallo?«, brüllt es hinter mir. »Ich will jetzt endlich meine Nudeln!«

Ich schaue zu meiner Kollegin im anderen Gang, aber sie zuckt nur mit den Schultern. Pech gehabt, keine Nudeln mehr da.

»Was ist das denn hier für ein beschissener Service?«, brüllt der Gast nun noch lauter.

»Beherrschen Sie sich!«, sagt mein Vater nun laut und empört. »Was ist das denn für eine Ausdrucksweise?«

»Mausi, er kann mein Essen haben.« Meine Mutter reicht mir ihr Tablett. »Ich habe noch nicht angefangen.«

»Nein, Mama, ist schon gut.« Ich drehe mich zu dem Plagegeist um. »Ein bisschen Geduld bitte, ich kümmere mich gleich um Ihr Essen.«

»Aber warum bekommt *die* etwas anderes?« Er steht auf, marschiert zu uns und starrt auf das Tablett meiner Mutter.

»Bitte, setzen Sie sich wieder«, fordere ich ihn auf. *Die*, denke ich, steht im Stall und macht Muh. Rede nicht so über meine Mutter!

»Wieso haben *die* vorhin zwei Aperitif bekommen und ich nur einen?«

»Es sind ihre Eltern«, zischt nun die Dame auf der anderen Seite des Ganges. »Nun machen Sie doch nicht so ein Theater!«

Ja, genau! Hör auf zu maulen und setz dich!

Aber er starrt meine Eltern weiterhin neiderfüllt an. »Haben *die* etwa mehr bezahlt als ich? Vermutlich nicht, vermutlich haben sie sogar weniger bezahlt. Aber sie werden besser behandelt!«

Der Kandidat erhält drei Gummipunkte. Natürlich habe ich meinen Eltern die Tickets besorgt.

»Was geht Sie das an?«, fragt mein Vater, sein Kopf hat einen gefährlichen Rotton angenommen. Sein Blutdruck steigt, das ist nicht gut – für keinen von uns. Außerdem haben die letzten Reihen noch immer nicht ihr Essen bekommen. Was soll ich tun?

Sven eilt von vorn herbei und rettet mich. »Ich habe hier noch eine Portion des Nudelgerichts«, sagt er und hält es in die Höhe. Er bleibt kurz vor der Sitzreihe des missgünstigen Gastes stehen und lächelt. Klare Sache, will der Gast sein Essen, muss er zu seinem Sitz zurückkehren. Das macht er zum Glück auch.

»Wirst du immer so schrecklich behandelt?«, fragt mein Vater laut genug, dass es alle anderen hören können. Ich tue jedoch so, als hätte ich Watte in den Ohren, und beende meinen Service. Zu guter Letzt bringe ich dem Neidhammel noch einen Sekt als Entschuldigung für die Probleme mit dem Essen.

»Danke, *Mausi*«, sagt er süffisant, und ich bitte das Universum um ein gigantisches Luftloch – leider vergebens.

Auch dieser Flug geht vorbei. Meine Mutter berichtet jedem, der es hören will, und allen anderen auch, wie toll ich mich als Flugbegleiterin mache. Auch mein Vater sieht recht stolz aus und tätschelt meine Schulter beim Rausgehen. Außerdem nimmt er sich viel mehr Bonbons vom Tablett als all die anderen Passagiere. Egal. Ich bin schon dankbar, dass er mich nicht umarmt und küsst, ich bin schließlich nicht mehr vier Jahre alt.

Abends an der Hotelbar erzähle ich meinen Eltern von Tom und Pippin, bevor ich mit dicken Füßen und schweren Beinen auf mein Zimmer verschwinde. In den nächsten zwei Wochen können sie in aller Ruhe über meine neue Situation nachdenken und müssen mir nicht mit nervigen Fragen auf den Keks gehen. Und davon haben am Ende ja alles was.

SMOKE ON THE WATER

Es geht auf einen langen Umlauf in die Staaten. Besonders freue ich mich, dass Michael dabei ist. Wir fliegen von Düsseldorf nach Las Vegas und haben dort drei Tage Layover.

»Und?«, fragt er mich. »Ziehst du jetzt nach Frankfurt?«

»Das weiß ich noch nicht.« Ich beiße mir auf die Lippen. »Wir probieren das erst einmal so. Ich behalte meine Wohnung in Düsseldorf, habe aber einen Schlüssel zu seinem Apartment. Ich war über zwei Jahre Single und fand das auch gar nicht schlimm, im Gegenteil. Aber mir ist klar, dass ich nicht frei und unabhängig *und* liiert und Teil einer Paarbeziehung sein kann. Die Lösung, die wir gefunden haben, passt zu meinem Job und zu meinen Vorstellungen von Freiheit.«

»Oh-oh«, sagt Michael. »Das klingt aber nicht gerade nach ›von Kopf bis Fuß auf Liebe eingestellt‹. Solltest du nicht die rosarote Brille aufhaben und alles, was mit Tom zu tun hat, ganz toll finden?«

»Vermutlich. Im Prinzip finde ich es ja auch ganz toll, ich weiß aber einfach noch nicht, wie das funktionieren soll. Er arbeitet drei bis vier Tage in München, ansonsten in Frankfurt. Wenn ich meine freien Tage habe und er in München ist, sehen wir uns gar nicht. Und nach München zu gehen und auch dort aus dem Koffer zu leben, das will ich nicht.«

»Verständlich.«

»Wenn er aber in Frankfurt Home Office macht und ich meine freien Tage habe, kann ich mich gar nicht richtig entspannen, weil ich ihn nicht stören will.«

»Okay. Und was, wenn du dir eine Wohnung in Frankfurt nimmst?«

»Hast du mal die Wucherpreise gesehen? Ich könnte mir höchstens ein Wohnklo leisten.«

»Alles nicht so einfach«, sagt Michael verständnisvoll.

Wir nutzen die Tage für viele intensive und gute Gespräche, machen ein wenig Sightseeing und planschen bei jeder Gelegenheit im Hotelpool. Wie immer vergeht die Zeit wie im Flug, und schon müssen wir uns wieder auf die Heimreise machen. Es wird ein Nachtflug, unser Briefing ist erst um sechs Uhr abends. Da wir, wie immer in den USA, keinen Security-Check an Bord machen müssen, haben wir ein wenig mehr Zeit. Die vertrödele ich allerdings auf dem Flughafen und bekomme dabei mit, dass ein Mann, braun gebrannt und muskulös, Schwierigkeiten beim Einchecken hat.

»Das ist zu groß und zu schwer«, sagt Henry, der Mann vom Bodenpersonal, zu ihm und zeigt auf eine große orangefarbene Kühlbox auf Rollen.

»Die war bei unserem Trip durch die Wüste so praktisch«, flucht der Mann. »Hab ich extra hier gekauft.«

»Das mag ja sein, aber sie ist trotzdem zu groß für das Handgepäck. Die Kühlbox muss verladen werden.«

»Na gut.« Der Passagier zuckt mit den Schultern, wuchtet das Teil auf die Waage.

»Okay, das macht dann vierzig Dollar«, meint Henry.

»WAS?«

»Das macht vierzig Dollar«, wiederholt er.

»Ich bezahl doch nicht vierzig Dollar für diese blöde Kühlbox. Das ist ja mehr, als sie gekostet hat!«

Henry zuckt mit den Schultern. »Ich kann auch nichts für die Vorschriften. Die Box ist zu groß, die können Sie nicht mit ins Flugzeug nehmen.«

»Ich zahl die vierzig Dollar nicht, ich bin doch nicht verrückt!«

Der Mann wird immer lauter. Die ersten Leute gucken sich nach ihm um.

»Nun, es wird Ihnen nichts anderes übrig bleiben.« Henry ist immer noch freundlich.

»Dann lass ich das Scheißding eben ganz einfach hier!«

Henry schüttelt den Kopf. »Tut mir leid, aber das geht leider auch nicht. Sie können Gepäckstücke nicht einfach hier stehen lassen – das wird dann als gefährliches Gut angesehen. Glauben Sie mir, die Kosten für die Räumung des Flughafens liegen deutlich über den vierzig Dollar.«

»Ich schenk sie Ihnen, verdammt!«

»Ich will sie nicht.« Wieder zuckt Henry mit den Schultern.

»Was mach ich denn dann damit?«, brüllt der Mann nun.

»Sie checken es als Übergepäck ein.«

»So eine verdammte Scheiße!«

»Nun beruhigen Sie sich mal«, sagt Henry. »Es nützt nichts, wenn Sie sich hier aufregen. Wenn Sie die Box im Motel gelassen hätten, hätten Sie das Problem jetzt nicht. So aber bleibt Ihnen nur eines übrig: Sie müssen das Übergepäck bezahlen.« Er schaut dem Mann über die Schulter. »Und das sollten Sie schnell machen, denn Sie halten alles auf.«

Der Passagier schimpft weiter vor sich hin, bezahlt dann aber schließlich. Den ganzen Flug über hat er schlechte Laune. Wegen eines technischen Problems und widriger Winde starten wir mal wieder mit Verspätung. Ich arbeite diesmal in der Business Class. Da ist es wirklich netter als in der Holzklasse. Das Essen wird auf Porzellantellern serviert, es gibt deutlich mehr Auswahl, und das Besteck und die Gläser sind nicht aus Plastik. Die Paxe haben zudem mehr Platz.

Bei mir in der Abteilung sitzt ein mexikanischer Geschäftsmann. Er lässt sich Getränke bringen, rutscht unruhig auf seinem Sitz hin und her und macht einen unzufriedenen Eindruck.

»Mr. Gonzales, kann ich Ihnen noch etwas bringen?«, frage ich besorgt.

Er schaut in sein Glas, das aber noch halb voll ist, schüttelt den Kopf.

»Geht es Ihnen gut?«

Er schaut sich um, streicht sich über den Schnurrbart. »Langer Flug«, sagt er dann.

»Ja«, stimme ich ihm zu. »Kann man nicht ändern.«

Er brummt leise vor sich hin, und ich ziehe mich zurück, lasse ihn aber nicht aus den Augen. Vielen Menschen, die Flugangst haben, hilft es schon, wenn man ein wenig mit ihnen spricht. Ich bin mir aber nicht sicher, ob er wirklich Angst hat oder einfach nur unruhig ist.

Die Arbeit in der Business Class ist entspannter, weil wir weniger Paxe haben. Die meisten sind sehr nett, und manchmal habe ich sogar Zeit für ein kleines Pläuschchen.

Wir sind etwa ein Drittel der Strecke geflogen, als Mr. Gonzales aufsteht und zur Toilette geht. Ich schenke dem keine weitere Beachtung. Zumindest nicht zuerst.

Doch dann bricht die Hölle los.

Die Warnanlage, die über unsere Intercom läuft, knackt kurz, dann erklingen die drei tiefen Töne: *Booop-Booop-Booop*. Kurze Pause, dann wieder. Das Geräusch geht durch Mark und Bein, und das soll es auch. Nichts ist so gefährlich wie Feuer an Bord. Ich eile nach vorne und schaue auf die Anzeigen. Es ist der Rauchmelder in der vorderen Toilette. Dort ist Mr. Gonzales.

Hat er etwa ein Feuer entfacht?

Der Pilot Andreas ruft mich auf der Intercom an. »Was ist los? Feuer auf der Toilette?«

Ich hämmere gegen die Tür. »Mr. Gonzales?« Dann rieche ich es – Zigarettenrauch. Er raucht! »Mr. Gonzales, bitte öffnen Sie sofort die Tür!«

Zum Glück folgt er meiner Anweisung. Er entriegelt die Tür und schiebt sie einen Spaltbreit auf. Hätte er es nicht getan, hätte ich die Tür von außen öffnen müssen. Das können wir ohne Probleme, müssen wir auch können, falls es mal einen Notfall auf der Toilette gibt.

»Rauchen ist hier verboten«, sage ich mit einem strengen Blick auf die Zigarette, die er vergeblich hinter seinem Rücken zu verstecken sucht. Als er merkt, wie sinnlos sein Versuch ist, drückt er sie im Waschbecken aus. Ich lasse Wasser über die Glut laufen und informiere das Cockpit. Zum Glück hat die Alarmanlage ihren Warnton eingestellt.

Ich zeige auf die Decke, dort ist der Rauchmelder. »Sie dürfen hier wirklich nicht rauchen!«

»Die Strecke ist so lang«, versucht er zu erklären. »Es ist eine Sucht.«

»Weiß ich, es ist aber trotzdem verboten.«

Irgendwie tut er mir leid, und ich beschließe, ihm nur eine Abmahnung zu erteilen. Er schleicht zurück zu seinem Sitz.

Wenn ein Rauchmelder anschlägt, wird das natürlich auch im Cockpit gemeldet. Dort ist es ein ganz ekelig lautes und durchdringendes Geräusch, das einem die Haare zu Berge stehen lässt. Das gleiche Geräusch ertönt übrigens, wenn ein Triebwerk brennt, und wir alle reagieren natürlich hochempfindlich auf den Warnton.

Einen Triebwerksbrand kann man löschen. Das Flugzeug fliegt auch nur mit einem einzigen Triebwerk weiter. Ein Brand im Innenraum ist nicht so einfach zu bekämpfen. Natürlich haben wir auch Feuerlöscher dabei, trotzdem ist ein Brand eine hochsensible Sache, denn wir können ja nicht die Fenster oder Türen zum Lüften öffnen. Zum Glück passiert so etwas fast nie.

Wir fliegen weiter. Der Rauchgeruch wurde abgesaugt, die meisten Paxe schlafen inzwischen. Wieder einmal haben wir nur eine Crew Rest Area, ein paar Sitzreihen, die man mit einem Vorhang abtrennen kann. Ich gehe noch einmal durch die Reihen, versichere mich, dass alle zufrieden sind und nichts mehr brauchen, dann ziehe ich mich auf meinen Sitz zurück und schließe den Vorhang. Es tut gut, für ein paar Augenblicke die Augen zumachen zu können. Wir haben Powernapping gelernt und trainiert. Fünfzehn Minuten Tiefenentspannung, das ist manchmal lebensrettend. Doch ich bekomme dann nicht mit, was die Passagiere machen. Meist machen sie ja nichts. Sie schlafen, dösen, lesen, manche hören auch Musik oder schauen einen Film.

Ich döse, drifte ab, träume von meinem Bett. Es ist ein sehr schöner Traum.

Plötzlich ertönt ein tiefer, lauter Ton, dann noch einer … Ich schrecke hoch, kriege vor Entsetzen kaum Luft, verheddere mich im Vorhang und schiebe ihn hektisch zur Seite. Es ist wieder die Rauchwarnung. Mein Blick schweift durch den Gang, nirgendwo sind offene Flammen zu sehen. Diesmal ist es der Rauchmelder in einer der mittleren Toiletten. Ich blicke über die Reihen – Mr. Gonzales ist nicht auf seinem Platz.

Jetzt werde ich richtig wütend. Mit großen Schritten eile ich durch den Gang, hämmere gegen die Toilettentür und brülle: »Mr. Gonzales? Sind Sie dort drin?«

Niemand antwortet, aber ich rieche den Dunst der Zigarette. Unglaublich!

»Mr. Gonzales!«

Andreas ruft mich über die Intercom. »Claudia? Brennt es?«

»Nein. Er raucht schon wieder«, gebe ich zurück. »Mr. Gonzales, machen Sie auf, sonst werden wir die Tür gewaltsam öffnen.«

Michael, Stefanie und Jan stehen neben mir. Die anderen beruhigen die Passagiere, die durch den erneuten Signalton ebenso unsanft geweckt wurden wie wir.

»Ist das etwa der Typ, der vorhin schon geraucht hat?«, fragt Michael.

»Ich denke schon.«

Wir alle sind auf hundertachtzig.

»Machen Sie die Tür auf, verdammt!«, brüllt Michael.

»Okay«, kommt es kleinlaut aus der Toilette. Gonzales öffnet die Tür, eine Wolke stinkenden Zigarettenqualms umhüllt ihn.

»Ich habe Ihnen doch gesagt, dass Sie an Bord nicht rauchen dürfen!« Ungläubig starre ich ihn an.

»Ich bin Raucher«, flüstert er und senkt beschämt den Kopf.

»Aber Sie wussten doch, was passiert!«

»Ich dachte, das wäre nur in der Business Class so und nicht hier in der Mitte bei der Economy Class.«

Ich verdrehe die Augen bei so viel Ignoranz und Dummheit.

»Rauchen ist generell untersagt!« Auch Michael hat die Geduld verloren. Er zieht Gonzales mit sich nach vorne. »Ich muss Ihre Personalien aufnehmen.«

»Meine Personalien? Warum?«

»Sie haben zweimal gegen die Vorschriften verstoßen. Das geht nicht. Rauchen ist auf interkontinentalen Flügen seit Jahren verboten. Falls Ihnen das nicht bekannt gewesen ist, so hat Sie meine Kollegin vorhin explizit darauf hingewiesen. Nun haben Sie das Verbot erneut gebrochen. Das können wir nicht ungestraft lassen. Sie haben die Nachtruhe empfindlich gestört.« Michael holt tief Luft. Er hat Mühe, seine Beherrschung zu wahren, das sieht man ihm an, man spürt es förmlich.

»Aber ich … ich meinte es nicht böse. Ich bin Raucher, wissen Sie? Es ist eine Sucht.« Mr. Gonzales zuckt entschuldigend mit den Schultern.

»Es dauert nur zehn Tage, mit dem Schiff nach Europa zu fahren. Bei günstigem Wetter eine Woche«, sagt Michael. »Dort können Sie quarzen, bis Sie umfallen. An Deck. Hier geht das nicht. Verdammt!« Er weist um sich, zeigt auf die Gesichter der Passagiere, die durch das Warnsignal unsanft aus den Träumen gerissen wurden. »Schauen Sie mal, was Ihre Sucht angerichtet hat. Sie sollten sich schämen!«

»Es tut mir leid«, murmelt Mr. Gonzales wieder.

»Damit ist es aber nicht getan«, faucht Michael. »Ich benötige Ihren Ausweis!«

»Wozu?«

»Weil wir Sie jetzt anzeigen, ganz einfach. Beim ersten Mal war unser Captain so gütig und hat es bei einer Abmahnung belassen. Wenn man aber dann so blöd ist und wieder gegen die Vorschriften verstößt, dann gibt es eine Anzeige.«

»Eine Anzeige?« Gonzales sieht ihn verdattert an. »Weil ich geraucht habe?«

»Sie haben gegen die Vorschriften verstoßen«, sage ich.

»Aber … aber …«

»Kein Aber«, sagt Michael. »Ihren Pass.«

Früher haben die Piloten die Personalien aufgenommen, aber heute dürfen sie während des Fluges das Cockpit nicht mehr verlassen, um sich keinem Angriff auszusetzen. Jetzt müssen wir diese Aufgaben übernehmen. Aber wenn jedes Flugzeug über einen wild gewordenen Michael verfügt, müssen die Piloten den Job auch gar nicht mehr übernehmen.

Zerknirscht reicht Mr. Gonzales ihm seinen Ausweis. Michael notiert sich alle relevanten Daten, dann darf der Mann zurück auf seinen Platz gehen. Michael gibt die Daten per Funk an die Polizei weiter, die Mr. Gonzales am Flughafen in Empfang nehmen wird.

Da er sich zwar als außerordentlich dumm herausgestellt, aber ansonsten friedlich verhalten hat, wird er nur eine Anzeige und eine Geldstrafe bekommen. Hätte er randaliert, sähe das anders aus.

Der Rest des Fluges verläuft friedlich. Nach dem Schock finden die Paxe jedoch schwer wieder zur Ruhe. Mr. Gonzales wird mit giftigen Blicken bedacht, was ich niemandem übel nehme. Der muskulöse Mann mit der orangefarbenen Kühlbox lässt Mr. Gonzales nicht mehr aus den Augen. Ich bin mir sicher, dass er ihm auf den Fuß folgen würde, sollte Gonzales zur Toilette oder in die Galley gehen.

Schließlich landen wir ohne weiteren Zwischenfall. Die Polizei wartet schon und nimmt den reumütigen Raucher in Empfang. Beim Debriefing ist Rauchen an Bord und Feuer natürlich unser

Thema. Wir gehen zusammen die Bestimmungen durch, frischen die Sicherheitsbestimmungen und das Vorgehen in verschiedenen Fällen auf.

Tom ist nach Düsseldorf gekommen. Er hatte einen Termin hier. Ich habe nur einen freien Tag, den verbringen wir zusammen. Dann geht es auf einen Umlauf DUS – VIE, VIE – DUS, und dann DUS – SVO. SVO, das ist Moskau, und da war ich noch nie. Wir haben dort zwei Übernachtungen und einen Tag frei. Mia fliegt auch mit, und sie hat uns Karten fürs Ballett bestellt. Nastrovje!

SAKRAMENTE

»Wie geht's dir denn?«, fragt Mia mich. »Du siehst fantastisch aus.«

Gemeinsam haben wir die Aktualisierung unserer Flugpläne im Terminal gezogen, gehen nun zum Briefingraum.

»Ich kann nicht klagen. Und bei dir?«

»Läuft. Ist ein wenig schwierig, Andrés und meine Flugpläne koordiniert zu bekommen, aber nächste Woche haben wir gemeinsam einen langen Umlauf nach Punta Cana. Darauf freuen wir uns schon.«

Elody ist unsere Purserette, sie geht mit uns die Route durch. »Die kurzen Flüge werden wahrscheinlich reine Routine sein«, sagt sie. »Auf dem Flug nach Moskau könnte es stressig werden. Lasst euch von den Russen nicht aus der Ruhe bringen, und schenkt nicht zu viel Wodka aus. Die werden zum Teil echt hemmungslos.«

Sie teilt uns in unsere Positionen ein, Mia und ich haben zusammen den Service in R3. Ralf ist unser Pilot, ich bin schon öfter mit ihm geflogen und mag seine sichere und ruhige Art. »Keine besonderen Wettervorkommnisse«, sagt er und zeigt uns auf der Europakarte die Routen, die wir fliegen werden. In Moskau lösen wir eine Crew ab, die das Flugzeug direkt wieder mit zurücknimmt.

Wir gehen an Bord, machen die Sicherheitschecks, prüfen die Sitztaschen – business as usual. Das Catering war schon da, und der Boden schickt uns die ersten Gäste.

»Herzlich willkommen an Bord«, sagen wir das zweite Mal, nachdem die Paxe in Wien ausgestiegen sind, das Catering aufgefüllt wurde und die Putztruppe in einem Schnelldurchgang das Flugzeug gesäubert hat, als die nächsten Paxe zusteigen.

Wir zeigen ihnen ihre Plätze, es sind meist Vielflieger, Geschäftsleute. Auf den kurzen Flügen gibt es nur ein Sandwich und ein Getränk, das passt, wenn man es gut verstaut, auf einen Trolley, sodass wir nur einen Servicedurchgang machen müssen. Zu mehr wäre auch kaum Zeit.

Ich nehme den Trolley, reiche Kaffee oder Softdrinks. »Pute oder Käse?«, frage ich.

In der dritten Reihe sitzt ein Mann, der krampfhaft aus dem Fenster starrt. Er scheint nervös zu sein.

»Kann ich Ihnen noch etwas geben?«, frage ich. Er schüttelt nur den Kopf, auf seiner Stirn glänzen Schweißperlen. »Geht es Ihnen nicht gut?«

»Geht schon.«

»Aber doch keine Flugangst?« Ich lächele.

»Nein, nein.« Er öffnet den Knoten seiner Krawatte und den obersten Knopf seines Hemdes. Oft kommt man mit Passagieren ins Gespräch, die unter Flugangst leiden, und meist kann man ihre Ängste beschwichtigen. Aber dieser Mann will nicht reden.

»Ein Becher Wasser vielleicht?«

Er überlegt kurz, nickt dann.

Den sollten wir im Auge behalten, denke ich, er wirkt irgendwie krank. Ich bin gerade hinten angelangt, als die Intercom klingelt. Mia.

»Komm sofort her!« Sie klingt hektisch.

Ich eile nach vorne, jemand versucht mich festzuhalten.

»Kann ich noch –«

»Einen kleinen Moment bitte.«

Die Krise befindet sich in der dritten Reihe. Es ist der Mann, der vorhin so nervös gewirkt hat. Er zuckt und windet sich, Schaum steht vor seinem Mund, er scheint eine Art Krampf oder Anfall zu haben.

Zum Glück sind noch Plätze frei, und wir können den Passagier neben ihm schnell umsetzen. Ich hole das Notfall-Kit, während Mia versucht, ihn anzusprechen. Doch der Mann zittert unkontrolliert, verdreht die Augen, spuckt schaumigen Speichel. Ich gehe nach vorne, informiere die Purserette, die das Cockpit anruft.

»Falls sich ein Arzt oder medizinisches Personal an Bord befinden, bitten wir Sie, sich bei uns zu melden«, sagt Elody durch die Lautsprecheranlage.

Ich schaue durch die Reihen, aber niemand steht auf. Mist. So eine Notfallsituation kommt vor, allerdings nicht oft. Meistens haben wir Glück, und jemand mit medizinischem Fachwissen ist an Bord. Diesmal aber allem Anschein nach nicht.

»Er ist nicht bewusstlos!« Mia kniet nun auf dem Sitz neben ihm, wischt sein Gesicht mit einem kalten Lappen ab.

»Medika- … Me- …«, stammelt der Mann.

Ich hole seine Tasche aus dem Hatrack, halte sie ihm hin – aber er kann sich nicht mehr artikulieren, also suche ich nach Medikamenten.

»Kann ich helfen?« Eine Frau ist zu uns getreten.

»Sind Sie Ärztin?«, will Mia wissen.

»Nein, aber Krankenschwester.«

Das ist gut. Denn trotz unserer Ausbildung und der jährlichen Erste-Hilfe-Kurse ist eine Krankenschwester weitaus besser ausgebildet als wir.

Wir lassen die Frau durch. In der Tasche des Mannes finde ich ein kleines Fläschchen, das ich der Krankenschwester gebe. Sie liest kurz die winzigen Zeichen auf der Rückseite des Etiketts durch, dann nickt sie leicht und verabreicht dem Mann ein paar Tropfen.

Es ist sehr still geworden, man hört nur leises, besorgtes Stimmengemurmel. Nach einer Weile meldet sich das Cockpit. Nach Absprache mit der Krankenschwester hat der Pilot eine Entscheidung getroffen.

»Meine Damen und Herren, hier spricht Ihr Pilot. Wir haben einen medizinischen Notfall, deshalb nehmen wir einen anderen Flugkorridor und werden tiefer fliegen. Vielen Dank für Ihr Verständnis.«

Die Krankenschwester kümmert sich immer noch um den Mann, bittet mich um Wasser. Sie hat ihn stabilisieren können, und ihm scheint es ein wenig besser zu gehen.

Ich hole eine Flasche Wasser aus der Galley, werde links und rechts angesprochen.

»Wird hier ein Film gedreht?«, fragt mich eine Dame mit dicker Brille interessiert.

»Ein Film?« Ich blicke sie irritiert an.

»Nun ja, ich dachte, solche Sätze kommen nur in Filmen vor – diese Frage nach dem Arzt.«

»Nein, das ist leider tatsächlich ein Notfall, aber dem Mann geht es schon wieder besser.«

Natürlich darf ich keine genauere Auskunft geben, auch hier greift der Persönlichkeitsschutz, aber ich kann verstehen, dass die Passagiere wissen wollen, was los ist. Ich bringe der Krankenschwester und dem Patienten das Wasser, dann kümmern Mia und ich uns wieder um die anderen Passagiere in unserer Abteilung. Diese sind beunruhigt. Wir erklären, so gut wir können, die Situation.

Durch den anderen Flugkorridor kommen wir schneller voran. Immer wieder schaue ich nach dem erkrankten Passagier, aber sein Zustand scheint sich minütlich zu verbessern. Ich teile ihm mit, dass die Ärzte am Boden schon informiert sind und er direkt nach der Landung abgeholt werden wird. Es ist ihm merklich unangenehm, aber dennoch ist er erleichtert.

Als ich wieder nach hinten gehe, steht plötzlich ein junger Mann vor mir. Er ist dürr und hat strubbelige Haare, die so aussehen, als hätte er sie selbst geschnitten. Über seinem karierten Hemd trägt er einen gestreiften Pullunder, der aus der Kleidersammlung kommen könnte. Ist das retro oder ernst gemeint?, frage ich mich.

»Entschuldigen Sie«, sagt er sichtlich nervös und versucht, über meine Schulter zu starren. »Ich habe gehört, es gibt einen Notfall?«

»Ja.«

»Nun ja, Sie haben nach einem Arzt gefragt, aber es hat sich keiner gemeldet.«

»Das ist richtig.« Ich frage mich, was er wohl von mir will. Ist er ein Schaulustiger?

»Da sich kein Arzt gemeldet hat, dachte ich, dass Sie nun vielleicht meine Hilfe gebrauchen könnten.«

»Bitte?« Mir ist absolut nicht klar, was er beabsichtigt. Ist er vielleicht Sanitäter? Dann kommt er aber ein wenig spät, um seine Hilfe anzubieten, denn seit der Durchsage ist sicherlich schon eine halbe Stunde vergangen.

»Ja, wissen Sie, ich bin kein Arzt, aber ich bin angehender Priester.«

Meine Kinnlade folgt der Erdanziehung und klappt nach unten. Ich kann nicht glauben, was ich da höre. »Bitte?«, frage ich nach.

»Ja, ich bin angehender Priester. Ich könnte die Sakramente spenden, falls das gewünscht wird.«

So etwas habe ich in meiner ganzen Laufbahn noch nicht erlebt. Ich weiß gar nicht, wie ich reagieren soll. »Das ist nett«, sage ich schließlich, »aber so schlimm ist es nicht.«

»Dann ist ja gut. Falls Sie mich dennoch brauchen, Sie wissen ja, wo Sie mich finden«, sagt er, setzt sich wieder hin und lächelt zufrieden.

Ich bin sehr froh, als wir in Düsseldorf landen und ich den jungen Priester nicht bitten musste, die Letzte Ölung zu geben.

DIE MACHT DER MÄCHTIGEN

Uns allen sitzt immer noch der Schreck in den Gliedern. Das Flugzeug wird für den Weiterflug nach Moskau vorbereitet, und wir haben uns zur Krisensitzung in der First Class eingefunden. Denn so ein medizinischer Notfall ist auch für uns immer wieder aufregend. Zum Glück ist mir nach dem Erlebnis mit dem jungen Taucher nie wieder jemand auf einem Flug verstorben. Vergessen habe ich den Vorfall jedoch nicht.

Elody nutzt die längere Pause, um uns noch einmal an unsere Aufgaben in solchen Situationen zu erinnern.

»Nur gut, dass die Krankenschwester an Bord war«, sage ich. »Sie hat ihm einen Zugang gelegt und ihm die Kochsalzlösung aus dem Notfall-Kit gegeben. Außerdem sein Medikament gegen Epilepsie.«

»Wie ihr gesehen habt, kam auch wieder Sauerstoff zum Einsatz. Ich habe beim Ramp Agent schon eine neue Flasche angefordert, sie sollte gleich gebracht werden«, sagt Elody. »Denkt daran, auf dem Flug gleich nicht zu viel Alkohol auszuschenken.«

»Was machen wir denn, wenn sie es bestellen?«, will Mia wissen. »Wir können doch nicht Nein sagen.«

»Natürlich nicht. Aber wenn ihr das Gefühl habt, dass der Pax genug hatte, könnt ihr den weiteren Ausschank verweigern. Manchmal hilft es auch, den Service zu verzögern.«

Wieder überprüfen wir alle sicherheitsrelevanten Aspekte und arbeiten unsere Checkliste ab. Auch wenn wir das heute schon zweimal getan haben. Die Essen werden gebracht, die Paxe warten schon. Dann gibt Elody das Zeichen, mit dem Boarding zu beginnen.

Ein wichtig aussehender Mann stürmt in Begleitung einer aufgedonnerten Frau durch meinen Gang. Er trägt tatsächlich einen Pelzmantel, die Frau an seiner Seite auch. Außerdem haben sie zwei Köfferchen dabei und mehrere Taschen. Am Handgelenk der Frau baumeln hochwertig aussehende Papiertüten. Was sie tragen, ist alles sehr edel und nobel, nur Markensachen. Sie hat Schuhe von Louboutin und ein Kostüm von Versace an, er Gucci und Boss. Echter Geldadel, denke ich. Mit Besorgnis sehe ich, dass sie ihre ganzen Sachen in den Hatracks verstauen, sogar die Pelzmäntel. Er legt sie sorgfältig der Länge nach hin.

Ich trete zu ihm. »Verzeihung, aber das müssen wir noch optimieren«, sage ich. »Es kommen noch andere Gäste, die auch Handgepäck dabeihaben.«

Sein Blick ist so stechend, wäre er ein Messer, wäre ich jetzt tot. Er schaut mich nur an und setzt sich dann, ohne ein Wort zu sagen.

Nach und nach füllen sich die Reihen. Hilflos schauen die Paxe der umliegenden Plätze in die beiden bereits gefüllten Hatracks. Herr Wichtig hat den Platz für mindestens vier weitere Paxe belegt.

Wieder gehe ich zu ihm. »Entschuldigung, würden Sie bitte Ihr Handgepäck etwas zusammenräumen? Damit auch die anderen Fluggäste ihre Sachen verstauen können.«

Er rührt sich nicht. Ich versuche es auf Englisch und Französisch, aber er ignoriert mich einfach.

»Sergej«, sagt seine blondierte und mit Goldschmuck behängte Begleiterin auf Deutsch zu ihm. »Die Frau hat was gesagt.«

»Mir egal.« Sein russischer Akzent ist stark.

»Bitte«, versuche ich es noch einmal. »Man kann die Taschen ein wenig zusammenschieben und die Mäntel oben drüberlegen.«

Jetzt sieht er mich an. »Finger weg von unseren Sachen«, zischt er mich an.

»Hören Sie, es sind noch andere Gäste da. Es geht doch nur um ein wenig Platz.«

Er verschränkt die Arme, schaut stur geradeaus.

Was für ein Mistkerl, denke ich. Es hilft alles nichts, das übrige Handgepäck kann nicht so stehen bleiben. Ich öffne den Hatrack direkt über seinem Kopf und schiebe die Taschen zusammen.

Der Mann springt auf. »Finger weg«, brüllt er mich an.

Vor Schreck springe ich fast einen halben Meter zurück. Mia hat das Theater mitbekommen, sie ruft die Purserette. Elody kommt zusammen mit Sven herbeigeeilt. »Gibt es ein Problem?«, fragt sie freundlich.

»Ich habe Frau gesagt, Finger weg von meinen Sachen!« Böse starrt er mich an.

Leise erkläre ich Elody mein Problem. Sie nickt. »Sven, du tauschst mit Claudia die Position und hilfst den Gästen, ihre Sachen hier zu verstauen.«

Über diese Entscheidung bin ich sehr froh, denn mit dem Kerl ist nicht gut Kirschen essen, das merkt man. »Boarding completed«, sagt Elody kurz darauf durch, und wir schließen die Türen. Das Sicherheitsvideo für die Paxe folgt. Noch ein kurzer Gang, sind alle angeschnallt? Dann rollen wir los.

Elody hat uns nicht umsonst gewarnt: Alkohol, vor allem Wodka, fließt reichlich auf diesem Flug. Es ist laut, es wird gesungen, gelacht, gebrüllt. Wie bei den Wikingern. Aber in meiner Abteilung sind alle eher lustig als aufdringlich, deswegen ist es okay. Wir machen den Service, bringen das Essen. Es wird unglaublich viel aus dem Bordverkauf gekauft: Schmuck, Parfüm und auch teure Fliegeruhren. So leer war mein Trolley noch nie. Die Russen hier haben alle Geld. Sie waren auf der Königsallee in Düsseldorf und haben die Kreditkarte zum Glühen gebracht, und was noch übrig ist, scheinen sie ebenfalls der deutschen Wirtschaft zuführen zu wollen.

Ich koche Kaffee in der Galley, als plötzlich ein Pax hereinkommt. Es ist der wichtige Sergej. Er schaut mich an, sieht auf mein Namensschild, nickt dann böse und geht wieder. Sein eiskalter Blick macht mir Angst.

Du spinnst, sage ich mir, du hast zu viele Agentenromane gelesen. Was kann er dir schon tun?

Das Flugzeug geht in den Sinkflug, wir nähern uns unserem Ziel. Die Anschnallzeichen leuchten auf, alle setzen sich, und wir kontrollieren die Gurte der Paxe, bevor wir auf unseren Klappsitzen Platz nehmen. Das Flugzeug landet, rollt zur Position. Die Russen klatschen begeistert. Ich bin froh, dass wir da sind, denn der Tag war anstrengend. Gleich werden wir uns alle zusammen an die Bar setzen und einen Absacker trinken, das wird sicher lustig. Morgen geht es ins russische Staatsballett.

Wir verabschieden die Paxe. Die Cleaning Crew wartet schon, genau wie das Catering. In einer Stunde fliegt dieses Flugzeug mit einer anderen Crew zurück nach Düsseldorf.

»Elody und Claudia, kommt ihr mal?«, sagt Sven, er klingt besorgt. »Dieser Pax, der mit den Pelzmänteln …«

»Hat er noch etwas gemacht?«, fragt Elody. »Mensch, war der arrogant.«

»Kaum waren wir gelandet, noch als wir gerollt sind, hat er sein Handy angeschaltet und telefoniert. Ich weiß nicht, warum, aber es beunruhigt mich.«

Mir fällt der Besuch von ihm in der Galley ein. »Er hat explizit nach meinem Namensschild geschaut. Kann er mir etwas anhaben?«

Sven schüttelt den Kopf. »Das weiß ich nicht. Lasst uns mit Ralf darüber sprechen.«

Wir erzählen unserem Piloten von den Vorkommnissen.

»Wahrscheinlich wollte der sich nur aufspielen«, sage ich, »und es steckt nichts dahinter.«

Ralf schüttelt den Kopf und zeigt nach draußen. Auf dem Rollfeld vor der Treppe stehen zwei Männer in dunklen Anzügen. Sie sehen nicht so aus, als wollten sie sich mit mir über die wirtschaftliche Lage Russlands im weltweiten Vergleich oder die gesammelten Werke Dostojewskis unterhalten.

John Le Carré, KGB, Mission Impossible. In meinem Kopf rattern die Bilder von Agentenfilmen aus den Achtzigern vorbei. Wahnsinn, denke ich. Das muss ich träumen.

Aber leider ist es kein Traum. Ralf geht raus und fragt, was sie wollen. Dann kommt er wieder ins Flugzeug. »Sie sagen, sie sind vom Zoll und wollen Frau Claudia Busch überprüfen.«

Ich muss mich setzen, weil meine Knie zittern.

»Die sind nicht vom Zoll«, meint Sven, »die sind vom Geheimdienst. Der Typ hat irgendwelche Verbindungen nach ganz oben.«

»Und jetzt?« Mir wird schlecht.

Ralf schüttelt den Kopf. »Ich lasse nicht zu, dass meiner Crew etwas passiert. Alle, bis auf Claudia, gehen jetzt geschlossen zum Bus. Sorgt dafür, dass der Ramp Agent Claudias Koffer im Belly lässt. Ich warte hier mit dir, bis die nächste Crew kommt. Du fliegst direkt wieder zurück nach Düsseldorf.«

»Das geht?«

Ralf geht ins Cockpit und spricht mit BlueSky, erklärt die Situation. »Alles abgesegnet, wir machen das so, wie ich gesagt habe.«

»Und wenn sie an Bord kommen?«

»Das dürfen sie nicht.«

Unsere Crew verlässt das Flugzeug. Die beiden Männer kontrollieren jeden Pass, lassen aber alle durchgehen. Eine halbe Stunde später kommt die nächste Crew. Ralf erklärt dem Purser Kai und dem Piloten Axel, was vorgefallen ist.

»Kein Problem«, sagt Axel. »Wir bringen dich sicher nach Hause. Du darfst vorne bei uns sitzen.«

Ich war schon so manches Mal im Cockpit, aber noch nie für einen ganzen Flug. Inzwischen ist es spät geworden. Ralf verabschiedet sich, lässt sich ins Hotel bringen. Schade um die Ballettkarten, denke ich, bin aber sehr erleichtert, keinen Fuß auf russischen Boden setzen zu müssen.

ÜBER DEN WOLKEN

Weil ich für den Rückflug aus Moskau und die anschließenden Flüge ausfalle, ist mein Flugplan natürlich völlig durcheinandergeraten, und ich werde zu einem Los-Angeles-Umlauf eingeteilt, statt ins russische Staatsballett zu gehen. Das ist mir dennoch lieber als die zwei Herren vom russischen Geheimdienst. Ich genieße den Strand des Pazifiks, gehe shoppen und freue mich, dass ich nach dem Umlauf zwei Wochen Urlaub habe. Tom erzählt mir bei einem unserer unzähligen Skypegespräche, weswegen er in Düsseldorf war – er hat sich dort auf einen Job beworben und ihn auch bekommen. Jetzt wird alles einfacher. Er und Pippin ziehen nach Düsseldorf. Eigentlich könnte ich Gregor ja mal ansimsen und fragen, ob er ein Haus für Tom, Pippin und mich im Angebot hat, denke ich.

Nach dem Briefing gehen wir entspannt an Bord. Es ist ein Nachtflug unter der Woche, und wir haben nur wenige Paxe. Alles läuft wie geschmiert, aber ich finde auch, dass ich genügend Aufregung in der letzten Zeit gehabt habe.

Als wir über dem Atlantik sind, gehe ich noch einmal durch das Flugzeug und überzeuge mich davon, dass alle Passagiere ohne Wünsche, aber mit Decken und Kissen versorgt sind. Nur vor der Mitteltrennwand, da sitzt eine junge Familie mit einem Säugling. Das Kind schreit und schreit und schreit. Die Mutter versucht, es zu beruhigen, wird aber selbst immer nervöser. Muss man mit einem so kleinen Kind wirklich fliegen?, frag ich mich.

»Nehmen Sie den Kleinen und gehen Sie den Gang rauf und

runter«, biete ich ihr an. »Meistens beruhigen sie sich dann. Ich kann Ihnen auch ein Fläschchen aufwärmen.«

»Ich will keinen stören«, sagt sie unsicher.

Na ja, denke ich mir, lieber rumlaufen, als das Kind schreien zu lassen. Sie reicht mir ein Babyfläschchen, das ich aufwärme, und dann dreht sie tatsächlich mit dem Kleinen ein paar Runden. Bald darauf schläft der Zwerg im Klappbettchen ein. Nun lächelt sie mir müde zu, zieht die Decke bis zum Kinn und ist Sekunden später weggedöst.

Geht doch, denke ich und schaue mich um. Das Licht ist gedimmt, fast alle schlafen oder versuchen es. Nur vereinzelt leuchten die kleinen Leseleuchten über den Sitzen. Keiner scheint noch einen Wunsch zu haben, also gehe ich nach vorne ins Cockpit.

Jan, der Pilot, ist inzwischen ein guter Freund von mir. Wir freuen uns immer, wenn wir gemeinsam fliegen können. Ich setze mich auf den Notsitz hinter den Piloten.

»Alles gut?«, frage ich. Eine rhetorische Frage. Jan grinst und zeigt nach draußen. Eine sternenklare Nacht, wunderschön. Wir scheinen die einzigen Menschen über dem Atlantik zu sein.

Klaus, der Co-Pilot, lacht und stellt den Funk an. »Hallo. Hier ist Flug BS 7023 von L. A. nach Düsseldorf. Irgendjemand auch noch unterwegs?«

Es rauscht und knackt. Ganz sicher sind noch andere Flieger in der Luft, doch diese Funkfrequenz nutzen die Flugzeuge nur untereinander, und um diese Zeit hat vermutlich keiner mehr Lust zu quatschen.

»Na dann«, sagt Jan und zieht überraschenderweise seine Gitarre hinter seinem Sitz hervor. »Lass den Funk ruhig auf«, meint er und zupft einige Akkorde.

»Wind Nord-Ost, Startbahn null-drei, bis hier hör ich die Motoren«, singt er dann leise. »Wie ein Pfeil zischt sie vorbei, und es dröhnt in meinen Ohren.«

Klaus singt mit.

»Und der nasse Asphalt bebt, wie ein Schleier staubt der Regen, bis sie abhebt und sie schwebt, der Sonne entgegen.«

»Über den Wolken«, singen wir nun alle gemeinsam, »muss die Freiheit wohl grenzenlos sein.«

Jan singt weiter, und mir ist plötzlich ganz warm ums Herz. Wir, die Crew, die Weltenbummler mit den wechselnden Schichten und Kollegen, wir sind irgendwie eine Familie. So eine Nacht, so eine halbe Stunde zwischen Schlafen und Wachen, diese Stunde der Gestaltlosigkeit, wo nichts ist, aber alles kann und werden wird, hat einen magischen Zauber in sich ruhen.

»Nur von fern klingt monoton, das Summen der Motoren.« Jan schaut uns an, nickt, und wir setzen wieder zum Refrain an. »Über den Wolken ...«

»... muss die Freiheit wohl grenzenlos sein«, klingt es plötzlich aus dem Funk, und zwei weitere Stimmen klinken sich in unsere kleine Band ein.

Wir singen den Refrain noch zu Ende, dann fragt Klaus: »Hier Flug BS 7023 – wer da?«

»Hallo, Kollegen«, schallt es aus dem Äther. »Hier ist Flug LH 5678 von Miami nach Düsseldorf. Wir haben euch gehört und dachten, wir stimmen mal mit ein.«

Und tatsächlich singen wir. Nicht nur Reinhard Mey, sondern auch »If I had a hammer« von Peter, Paul und Mary.

»Hello?«, tönt es plötzlich aus dem Funk. »This is flight AE 2356 from Moscow to New York.« Jemand mit einem stark russischen Akzent spricht. »May we join you?«

»Of course!«

Erst ist mir ein wenig mulmig zumute – aller Völkerverständigung zum Trotz habe ich die Russen zuletzt eher schlecht in Erinnerung behalten, doch dann höre ich ein rhythmisches Summen. Eine Melodie, die mir bekannt vorkommt. Dann setzt eine tiefe Bassstimme ein:

»Kalinka, kalinka, kalinka moja!

W sadu jagoda malinka, malinka moja!«

Langsam, doch dann immer schneller singen die beiden russischen Piloten den Refrain zusammen. Der Bass singt lang gezogen den Text des Volksliedes, und auch bei diesem Song stimmt jedes Mal die Crew in den flotten Refrain ein.

Die Kontrolllichter im Cockpit leuchten, um uns ist dunkle Nacht, unter uns das Meer, und dennoch haben wir hier plötzlich eine Lagerfeueratmosphäre. Wir singen gemeinsam, hoch über den Wolken, die sich heute gar nicht zeigen, Hunderte von Kilometern voneinander entfernt, und haben das Gefühl, ganz nah nebeneinanderzusitzen. Ein schönes Gefühl, ein inniges. Pfadfinder, Sommerurlaub, Gänsehaut, Familie. Ich liebe es. Und das will ich nicht aufgeben. Für keine Hs, keinen Tom oder Pippin. Ich liebe fliegen, es ist Teil meines Lebens. Wie schön, dass ich das Leben als ganzen Kuchen und nicht nur in Form von ein paar Krümeln genießen darf, ohne Gruppenhusten und Papierkügelchen, die einem in den Rücken geschossen werden. Denn dagegen würde sofort der Sky Marshal einschreiten.

Meine Damen und Herren, wir sind soeben am Ziel Ihrer Träume gelandet. Wir hoffen, Ihnen hat der Flug mit uns gefallen und Sie hatten einen angenehmen Aufenthalt. Im Namen vom Captain und der gesamten Besatzung hoffen wir, Sie bald wieder an Bord begrüßen zu dürfen. Bitte bleiben Sie noch so lange angeschnallt, bis wir unsere finale Parkposition erreicht haben. Vielen Dank. Wir wünschen Ihnen einen angenehmen Aufenthalt und eine gute Weiterreise. Bitte vergessen Sie keine Gepäckstücke in den Ablagen oder in den Sitztaschen vor Ihnen. Auf Wiedersehen.

EIN KLEINES NACHWORT

Inzwischen bin ich eine ganze Reihe von Jahren bei BlueSky International tätig, und es ist immer noch mein Traumjob. Tom hat seine Stelle in Düsseldorf bekommen, und wir haben uns ein Haus am Niederrhein gekauft und sind dort mit Pippin eingezogen. Geheiratet haben wir auch. Plötzlich fand ich die drei Hs gar nicht mehr so schrecklich, ich hatte ja immer noch meine Fs. Und schon ein H, den Hund. Dann haben wir sogar ein Kind bekommen. Meine Eltern kümmern sich begeistert um ihr Enkelkind, wenn ich fliege. Man kann das gut miteinander verbinden, Kinder und diesen sehr speziellen Beruf, wenn man ein soziales Netz hat.

Ich würde nie in einem Büro sitzen oder vor einer Schulklasse stehen wollen, solange ich stattdessen diesen abwechslungsreichen, aufregenden und spannenden Beruf ausüben kann. Das Fliegen hat für mich noch lange nicht seinen Reiz verloren. In der Presse sind manchmal Berichte über unfreundliche Flugbegleiter und schreckliche Flüge zu lesen. Liebe Paxe, wir sind auch Menschen und deshalb auch menschlich. Unser Interesse ist es, Sie sicher an Ihr Ziel zu bringen. Wenn wir mit einer Kanne durch die Gänge laufen und fragen, ob Sie noch einen Kaffee möchten, dann haben wir nur Kaffee in der Kanne, keinen Tee und erst recht keinen Tomatensaft. Nach einem elfstündigem Flug werde ich manchmal gefragt, ob es sofort wieder zurückgeht. Nein, wir *wohnen* nämlich nicht im Flugzeug. Wir brauchen Ruhephasen, die sind sogar gesetzlich geregelt. Nach einem Flug in die Türkei oder nach Mallorca wurde ich schon einmal gefragt, wie lange ich denn jetzt Urlaub mache. Gar nicht. Diese Strecken fliegen wir so, wie andere Bus fahren – hin und zurück. Eine andere oft gestellte Frage ist: Wie viele Sprachen sprechen Sie denn? Und sind das alles Muttersprachen? Wir alle beherrschen Deutsch und Englisch, viele können außerdem Französisch oder Spanisch und einige auch noch eine weitere Sprache. Jeder von uns hat aber nur *eine* Muttersprache.

Und wenn wir gefragt werden, warum wir keine vernünftige Ausbildung gemacht hätten, antworten wir immer und immer wieder: Die meisten von uns haben studiert, so wie ich auch. Aber uns hat dieser Job gelockt, und wir lieben ihn, auch wenn er anstrengend ist.

Mein Name ist Claudia Busch, und vielleicht bin ich auf Ihrem nächsten Flug mit BlueSky International Ihre Flugbegleiterin. Sie erkennen mich an meinem strahlenden Lächeln.

Always happy landings!

Herrlich skurrile Fallgeschichten aus der Medizin

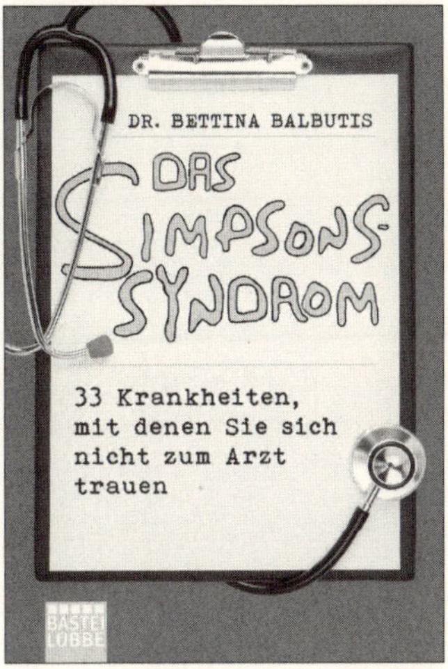

Bettina Balbutis
DAS SIMPSONS-SYNDROM
33 Krankheiten, mit denen Sie sich nicht zum Arzt trauen
320 Seiten
ISBN 978-3-404-60788-4

Stellen Sie sich vor, Sie sind hackedicht, obwohl sie keinen Tropfen Alkohol getrunken haben. Stellen Sie sich vor, Sie halten sich für mausetot, obwohl Sie quicklebendig sind. Stellen Sie sich vor, Sie werden vor Scham plötzlich nicht mehr rot, sondern gelb – wie Homer Simpson. Das gibt es nicht? Doch das gibt es! Dr. Bettina Balbutis hat diese und andere kuriose Krankheiten erlebt. Sie erzählt von 33 medizinischen Phänomenen, die so bizarr und seltsam sind, dass jeder Hausarzt mit den Schultern zuckt, bevor er laut zu lachen anfängt. Lustig, absurd, informativ: ein Gesundheitsbuch der ganz besonderen Art!

Bastei Lübbe

Der Tod kennt kein Pardon!

David Alliot / Philippe Charlier
TSCHÖ MIT Ö
Dumme Todesfälle aus der Geschichte
Aus dem Französischen von Ulrike Werner-Richter
272 Seiten
ISBN 978-3-404-60785-3

Auch berühmte Menschen sind vor dem Sensenmann nicht sicher. Schlimmer noch: Wenn es Könige, Wissenschaftler oder Politiker trifft, wird es besonders kurios. Da findet ein französischer Präsident sein Ende schon mal zwischen den Beinen einer Mätresse. Das Herz eines schwedischen Monarchen macht nach 14 Portionen Nachtisch schlapp. Oder ein überheblicher Dichter wird von herumfliegenden Schildkröten erschlagen. Dieses Buch versammelt hundert absurde Todesfälle von der Antike bis heute: böse, skurril - einfach zum Totlachen!

Bastei Lübbe